Katharina M. Mylius

Ein FEHLER
mit Vergangenheit

Ein FEHLER mit Vergangenheit

Ein Oxford-Krimi von
Katharina M. Mylius

Mit einer kleinen Einführung
in den Polosport
und einem Besucher-Guide
für das Barockschloss
Blenheim Palace
im Anhang

GOLDFINCH

Das für dieses Buch eingesetzte Papier ist ein Produkt
aus nachhaltiger Forstwirtschaft.

1. Auflage 2016

Herausgeber: Goldfinch Verlag, Frankfurt am Main

Herstellung: Goldfinch Verlag, Frankfurt am Main
Lektorat: Kristina Frenzel, Berlin
Korrektorat: Birgit Rentz, Itzehoe
Umschlaggestaltung: Guter Punkt, München (www.guter-punkt.de)
© Kim Hoang, unter Verwendung von Motiven von Thinkstock
Graphiken: Sport Polo © Jennyb79 - Fotolia.com / © frilled_dragon - Fotolia.com
Satz: Goldfinch Verlag, Frankfurt am Main
Gesetzt aus der Palatino Linotype
Druck: CPI books GmbH, Ulm

Bibliografische Information der Deutschen Bibliothek:
Die Deutsche Bibliothek verzeichnet diese Publikation in der Deutschen Nationalbibliografie, detaillierte bibliografische Daten sind im Internet über http://dnb.ddb.de abrufbar

ISBN 978-3-940258-57-1
www.goldfinchverlag.de

Für meine Schwester
Johanna

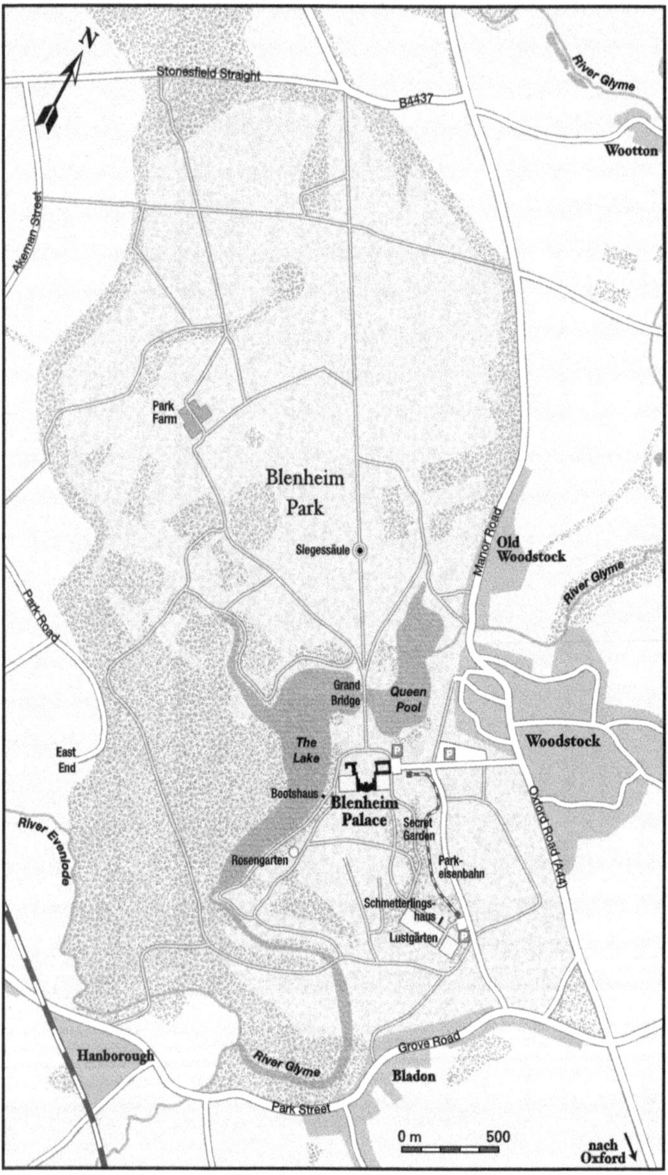

N
Stonesfield Straight
B4437
River Glyme
Wootton
Akeman Street
Park Farm
Blenheim Park
Siegessäule
Manor Road
Old Woodstock
River Glyme
Park Road
Grand Bridge
Queen Pool
The Lake
Woodstock
East End
Bootshaus
Blenheim Palace
Secret Garden
Oxford Road (A44)
River Evenlode
Rosengarten
Park-eisenbahn
Schmetterlings-haus
Lustgärten
Grove Road
Hanborough
River Glyme
Bladon
Park Street
0 m
500
nach Oxford

Sonntag,
2. November

HEIDI BISS GENÜSSLICH in ihr Hähnchen-Sandwich und lehnte sich an Richs Schulter, der sie daraufhin auf die Stirn küsste. Dann schaute sie zu ihren zweijährigen Zwillingen hinüber. Die beiden tollten quietschend mit ihrem Großvater auf der großen Picknickdecke herum, während ihre Großmutter verzweifelt versuchte, die gefüllten Pappbecher, die neben ihr standen, vor dem Umkippen zu bewahren. Heidi seufzte zufrieden. Es war der perfekte Sonntagnachmittag – recht mild, und es hatte in der letzten Woche kein einziges Mal geregnet, was für Oxfordshire im Spätherbst ungewöhnlich war. Ihr Blick wanderte zu ihrer Freundin Louise, die in einem bunten Wollkleid neben ihr saß und mit leicht geöffnetem Mund dem Polomatch folgte.

„So viele durchtrainierte Kerle in engen weißen Klamotten gibt es sonst nur auf Ibiza", freute sich Louise. „Ich würde mit jedem Einzelnen von ihnen in den Sonnenuntergang reiten."

„Dir ist schon klar, dass auch mein kleiner Bruder unter den Spielern ist?", fragte Heidi pikiert und schaute ihre Freundin vorwurfsvoll an.

Dass Louise das bemerkte, war jedoch eher unwahrscheinlich, denn sie konnte ihren Blick einfach nicht von den Polospielern lassen.

„So klein ist Tom nun auch nicht mehr", warf Rich amüsiert ein und trank einen Schluck Pimm's. „Er wird immerhin bald dreißig."

„Ja, du alte Glucke!", schob Louise hinterher. „Und du musst schon zugeben, dass er sich äußerst gut entwickelt hat", neckte sie Heidi.

„Hört auf! Ich will davon nichts hören!", verlangte Heidi lachend und biss erneut in ihr Sandwich.

Gerade, als Louise etwas erwidern wollte, rief Francis

Stephenson: „Dritter Chukker!", und eröffnete damit die nächste Spielzeit. Siebeneinhalb Minuten dauerte ein Chukker normalerweise und bei einem Match gab es vier Spielzeiten.

Heidi war dankbar, dass die äußerst unangenehme Unterhaltung nun erst einmal beendet war. Für sie war Tom noch immer der kleine Tommy, auch wenn er seit ungefähr zehn Jahren darauf bestand, Tom genannt zu werden. Aber er war nun mal ihr kleiner Bruder, und das würde sich nicht ändern, ob er nun drei oder dreißig war.

Interessiert verfolgte sie, wie er sein Pony auf dem Spielfeld positionierte. Er war bereits seit seiner Jugend Mitglied im Poloclub hier in Kirtlington. Das kleine Dorf lag etwa fünfzehn Fahrminuten von Oxford entfernt inmitten von Wiesen und Wäldern. Obwohl Tom inzwischen in London bei einer Bank arbeitete, kam er – besonders zur Freude ihrer Mutter – während der Polosaison fast jedes Wochenende nach Hause, um hier zu trainieren.

Offiziell war die Saison nun zwar zu Ende, doch heute fanden die jährlichen Freundschaftsspiele unter den Clubmitgliedern statt. Hierzu waren die Familien und Freunde der Spieler eingeladen worden. Unter den alten Linden am Rand des Polofeldes hatten sie es sich mit ihren Picknickdecken, Klappstühlen und reichlich Proviant gemütlich gemacht. Außerdem brutzelten in einem Zelt in der Nähe des Parkplatzes drei Hog Roasts; die Schweine am Spieß hatte der Vorsitzende des Poloclubs gespendet. Und Blenheim Water gab als Sponsor des Poloteams Freigetränke aus. Heidi mochte die entspannte Atmosphäre. Man kannte sich und es war immer wieder nett, sich einmal im Jahr hier zu treffen.

Inzwischen galoppierten die Spieler auf ihren Ponys über das weitläufige Feld dem kleinen weißen Ball hinterher, während sie mit ihren langen Holzschlägern versuchten, ihn in das gegnerische Tor zu manövrieren. Heidi setzte sich gespannt auf, denn gerade platzierte sich Tom für den nächsten Schlag. Er drückte seine Lederstiefel fest in die Steigbügel und sah hoch konzentriert aus. Dann holte er mit seinem Stick in einer kreisenden Bewegung aus und versetzte dem Ball einen heftigen Stoß. Und tatsächlich – wenige Sekunden später landete er im Tor.

Die Menge klatschte und Heidi jubelte begeistert. Ihr entging nicht, wie Graham aus dem gegnerischen Team Tom bitterböse Blicke zuwarf. Die beiden waren schon als Jungen eiserne Konkurrenten auf dem Polofeld gewesen.

Francis Stephenson warf den Ball ein und Heidi beobachtete, wie sich Graham auf einmal krampfhaft am Zaumzeug seines Ponys festklammerte. Das Tier zog daraufhin den Kopf zurück und stockte. Ob das Taktik war? Doch Tom ließ sich offenbar nicht von Grahams ungewöhnlichem Manöver irritieren und nutzte die Gelegenheit, um Druck ins Spiel zu bringen. Er katapultierte den Ball mit einem harten Schlag erneut in Richtung Tor und galoppierte dann hinterher. Auch die übrigen Spieler jagten dem Ball nach, nur Graham blieb mit seinem Pony zurück.

„Was ist denn nur mit Graham los?“, fragte Heidi verwundert. „Der ist doch normalerweise nicht zu bremsen.“

„Vielleicht hat er schon einen im Tee“, mutmaßte Louise.

„Das passt nicht zu ihm, nicht während eines Matches.“

Einige Zuschauer feuerten Graham nun an, doch er reagierte nicht auf die Zurufe. Selbst als die Spieler ihm mit hoher Geschwindigkeit entgegengeprescht kamen, weil der Ball in seine Richtung geschlagen worden war, machte er keine Anstalten einzugreifen.

„Wieso haut er den Ball nicht vor dem Tor weg?“, fragte Louise und schüttelte verständnislos den Kopf.

Die Spieler galoppierten jetzt direkt auf Graham zu.

„Irgendetwas stimmt da nicht! Weshalb bringt sich Graham nicht aus der Schusslinie?“, rief Heidi aufgeregt.

Grahams Pony begann panisch zu wiehern, dann schlug es wild aus. Heidi stockte der Atem, als Graham durch die Luft geschleudert wurde und einige Meter weiter auf dem harten Untergrund landete. Um sich herum hörte sie erschrockene Schreie.

Francis Stephenson lief aufs Spielfeld. Er beugte sich über den bewegungslosen Graham und rief: „Wir brauchen einen Arzt! Schnell! Er atmet nicht mehr!“

FREDERICK SPAZIERTE MIT Blanche an der Themse entlang. Ein schmaler Trampelpfad führte durch dichtes Grün zu dem kleinen Yachthafen am Port Meadow. Er erinnerte sich, dass er schon einmal hier gewesen war, mit seiner Partnerin Heidi Green von der Thames Valley Police. Damals war er gerade nach Oxford versetzt worden. Einer der einflussreichsten Politiker der Stadt war bei einem Dinner im Magdalen College ermordet worden und sie hatten ermittelt. Sie waren einer Verdächtigen bis zu einem der Hausboote gefolgt, die hier links und rechts am Ufer lagen.

Doch heute wollte er eigentlich nicht an seinen Job denken. Er war hier mit Blanche. Seit einigen Wochen sahen sie sich regelmäßig. Auch wenn die Anfänge etwas holprig gewesen waren, hatte sie es geschafft, ihn aus einem dunklen Loch zu ziehen. Bevor er sie kennengelernt hatte, waren seine Gedanken nur um seine Ex gekreist, die

Frau, die ihn belogen und betrogen hatte. Monatelang hatte er sich deswegen gequält und schlaflose Nächte gehabt. Er war in Selbstmitleid versunken gewesen und hatte sich gehen lassen.

Seit er mit Blanche liiert war, verließ er auch nach Feierabend wieder öfter das Haus. Und sein Ehrgeiz war zurückgekehrt, sich körperlich in Form zu bringen. Nun ging er regelmäßig joggen und hatte sich dem Fußballclub der Thames Valley Police angeschlossen.

Verstohlen blickte er auf sein Poloshirt hinunter und lächelte zufrieden. Sein Bauchansatz wich langsam wieder den Muskeln, für die er jahrelang so hart trainiert hatte – auch wenn die zusätzlichen Pfunde sich mit Mitte dreißig nicht mehr ganz so schnell abschütteln ließen wie noch mit zwanzig.

„Dort vorn ist das Perch Inn“, riss Blanche ihn aus seinen Gedanken. „Hast du Lust auf ein Pint?“

„Sehr gerne“, antwortete er.

Blanche lächelte ihn an, hakte sich bei ihm unter und sie gingen über eine rot gestrichene Fußgängerbrücke. Es fühlte sich so leicht und einfach an mit Blanche. Und er hatte das Gefühl, endlich wieder Kontrolle über sein Leben zu gewinnen.

~

„WIR BRINGEN DIE Kinder besser schnell weg von hier“, sagte Rich nervös. „Ich will nicht, dass sie das mit ansehen.“

Heidi nickte zustimmend und blickte dann zu Grahams Vater, der versuchte, seinen Sohn wiederzubeleben, während Grahams Mutter hilflos neben den beiden auf dem Boden kniete. Sie wollte irgendwie helfen.

„Ich muss herausfinden, was da auf dem Spielfeld passiert ist“, sagte Heidi.

„Der Junge war nicht er selbst, das war deutlich“, warf ihr Vater ein.

„Dann gehe ich dir mit den Zwillingen zur Hand, Rich“, bot Heidis Mutter an.

„Na los, Heidi!“, meinte Rich. „Francis ist garantiert dankbar für jeden, der in dieser Situation einen kühlen Kopf bewahrt.“

„Sicher?“

„Nun geh schon!“, drängte auch ihre Mutter. „Und nimm deinen Vater mit!“

„Ich packe derweil die Picknicksachen zusammen“, versprach Louise. „Lasst einfach alles liegen, ich kümmere mich darum.“

„Danke euch“, sagte Heidi und ging dann gemeinsam mit ihrem Vater in Richtung Unfallstelle.

In Gedanken spielte sie den Vorfall noch einmal durch. Ihr kriminalistischer Spürsinn sagte ihr, dass es dabei nicht mit rechten Dingen zugegangen war. Graham saß schon seit mehr als zwanzig Jahren im Sattel. Normalerweise war er ein flinker und ehrgeiziger Spieler. Sein Verhalten vor dem Abwurf passte einfach nicht dazu. Ihr Vater schien das ähnlich zu sehen.

Auf dem Polofeld herrschte inzwischen Chaos. Die Spieler waren von ihren Ponys abgestiegen und unzählige Schaulustige hatten sich unter sie gemischt. Einige versuchten, Grahams Pony zu beruhigen, das noch immer aufgeregt wieherte und sich nicht führen lassen wollte.

Mit lauten Sirenen kam ein Notarztwagen angefahren und hielt am Spielfeldrand. Der Arzt eilte zu Graham, doch bereits nach kurzer Zeit schüttelte er betroffen den Kopf. Grahams Mutter begann hysterisch zu schreien. Ihr Mann versuchte vergeblich, sie zu beruhigen. Heidis Magen zog sich zusammen. Graham war tatsächlich tot.

„Tom!", rief Heidi, als sie ihren Bruder in der Menge entdeckte.

Er hatte den Helm abgesetzt und seine braunen Locken standen wild von seinem Kopf ab.

„Alles in Ordnung bei dir?"

„Ich kann nicht glauben, dass Graham tot ist", antwortete er mit zittriger Stimme, als sie an ihn herantrat. Ihm war alle Farbe aus dem Gesicht gewichen. „Das kann doch kein Zufall sein."

„Was meinst du damit?", wollte Heidi wissen.

Tom schluckte, doch er sagte nichts.

Heidi spürte, dass ihn etwas umtrieb. „Tom, bitte, irgendetwas ist doch vorgefallen, oder?"

„Es gibt da so ein Gerücht", presste Tom hervor, doch plötzlich ging ein Ruck durch ihn. „Ach, vergiss es, Heidi. Ich weiß nicht, was an der Sache dran ist, und ich will keine Gerüchte streuen. Schon gar nicht jetzt, da Graham tot ..."

„Was ist das für ein Gerücht?", unterbrach ihn Heidi und blickte ihn auffordernd an.

„Tom, sag uns, was du weißt!", verlangte nun auch ihr Vater.

„Also gut." Toms Stimme wurde leiser. „James hat mir erzählt, dass Graham bedroht worden sein soll." Er schaute sich um, so als ob es ihm unangenehm wäre, was er gerade gesagt hatte, und er hoffte, dass ihn sonst niemand gehört hatte.

„Von wem?", fragte Heidi.

„Das weiß ich nicht. Ich weiß nur, dass Graham kurz vor dem Polospiel einen Brief in seiner Sporttasche gefunden haben soll, in dem ihm gedroht wurde."

„Womit?"

„Keine Ahnung."

„Hast du den Brief gesehen?", mischte sich ihr Vater ein.

„Nein", antwortete Tom. „Und ich hab das mit der Drohung auch nicht besonders ernst genommen, wenn ich ehrlich bin. Ich war mir sicher, dass es wieder einer von Grahams schlechten Scherzen war. Ihr kennt ihn ja."

Heidi nickte. „Weißt du, wo seine Sachen sind?"

„Du willst doch nicht etwa ...?"

„Wenn er tatsächlich bedroht wurde, müssen wir unbedingt herausfinden, von wem und warum. Sag schon, wo steht sein Wagen?", drängte Heidi.

„Dort, neben seiner Pferdebox." Tom zeigte auf einen dunklen Jeep. „Seine Sachen müssten im Kofferraum liegen. Wir lassen die Autos immer offen."

„Danke, Tom", sagte Heidi, dann wandte sie sich an ihren Vater: „Kümmerst du dich bitte um die Unfallstelle, während ich mir den Jeep anschaue?"

Er nickte. Mehr brauchte sie nicht zu sagen. Sie wusste, dass ihr Vater nun den Toten und die Unfallstelle ganz genau in Augenschein nehmen würde. Wahrscheinlich würde er dem Notarzt und Grahams Eltern auch die eine oder andere Frage stellen. Er hatte mehr als fünfzig Jahre Erfahrung darin. Schließlich war er es gewesen, der ihr beigebracht hatte, wie man einen Tatort inspiziert. Vom ihm hatte sie auch die Leidenschaft geerbt, Kriminalfälle lösen zu wollen, nachzuvollziehen, was einen Menschen dazu trieb, ein Verbrechen zu begehen, und ihn dann seiner Tat zu überführen. Zwar war ihr Vater inzwischen pensioniert, doch bis vor wenigen Jahren war er Chief Inspector bei der Thames Valley Police in Oxford gewesen und er hatte sich nur schweren Herzens in die Rente verabschiedet.

Während ihr Vater den Notarzt routiniert in ein Gespräch verwickelte, ging Heidi zu dem Jeep hinüber, auf den Tom gezeigt hatte. Sie schaute sich um. Niemand schien sie zu bemerken, alle Blicke waren auf die Unfallstelle gerichtet. Sie zog den Ärmel ihres Shirts über die Hand, um keine Fingerabdrücke zu hinterlassen. Noch hatte sie nicht die offizielle Erlaubnis zu ermitteln und könnte sich mit ihren eigenmächtigen Nachforschungen in ernsthafte Schwierigkeiten bringen. Und ihr Vorgesetzter, Chief Inspector Meyers, war wahrlich keiner, mit dem man gerne Ärger hatte. Aber wenn sich herausstellen sollte, dass bei Grahams Tod nachgeholfen worden war, dann befand sich der Täter womöglich noch auf dem Gelände und versuchte sehr wahrscheinlich, seine Spuren zu verwischen.

Vorsichtig öffnete sie den Kofferraum. Darin lagen neben einer Sporttasche eine edle Lederjacke, eine Jeans, ein Hemd, ein Paar Bootsschuhe und eine dicke Armbanduhr. Graham hatte schon immer einen teuren Geschmack besessen.

Sie öffnete den Reißverschluss der Sporttasche, der nur halb zugezogen war. In der Tasche fand sie ein paar Handtücher und Polobälle. Keine Spur von einem Brief. Dann griff sie in die Seitentaschen, doch auch darin war kein Brief zu finden. Ob es ihn gar nicht gab und Graham sich doch nur hatte wichtigmachen wollen?

Heidi drückte die Kofferraumtür zu und warf einen Blick ins Innere des Wagens. Wenn sie Graham wäre, was hätte sie mit dem Brief gemacht? Sie öffnete die Beifahrertür und durchsuchte das Seitenfach, dann das Handschuhfach. Außer den üblichen Unterlagen war darin jedoch nichts zu finden. Ihr Blick fiel auf das Fach zwischen den Vordersitzen. Sie zog es auf. Darin lagen neben dem Autoschlüssel Grahams Geldbeutel und sein Handy. Sie steckte beides ein, dann sah sie hinauf zu den Sonnenblenden.

Als sie die Blende auf der Fahrerseite aufklappte, fiel ihr ein weißer Umschlag entgegen. Ihr Herz begann schneller zu schlagen. Vorsichtig öffnete sie den Umschlag und zog ein Blatt Papier hervor.

Handschriftlich stand darauf geschrieben: „Der Fuchs bellt nicht, wenn er das Lamm stehlen will." Das war Shakespeare. Sie las weiter: „Ich werde dein Leben zerstören. Cecilia."

Heidi lief es kalt den Rücken hinunter, als sie den Namen las. Sie ließ den Brief in ihrer Hosentasche verschwinden. Dann schloss sie schnell die Tür des Jeeps. Während sie zurück zum Unglücksort ging, griff sie nach ihrem Handy und wählte die Nummer von Chief Inspector Meyers.

FREDERICK TRANK EINEN großen Schluck Ale. Im urigen Garten des Perch Inn saß er Blanche gegenüber an einem der alten Holztische. Der Garten war von der Themse aus schwer ausfindig zu machen, denn dicht gewachsene Bäume und Sträucher umschlossen ihn wie eine grüne Mauer. Man erreichte ihn durch einen herrlich duftenden Laubengang und kam sich dabei vor, als habe man einen versteckten Schatz entdeckt.

Auf einmal vibrierte Fredericks Handy. Er schaute auf das Display und runzelte die Stirn.

„Das ist Sergeant Simmons."

„An einem Sonntag?“, fragte Blanche.

„Das verheißt nichts Gutes“, erwiderte Frederick und nahm das Gespräch an.

STEPHANIE BRADSHAW VON der Spurensicherung und Sergeant Simmons waren unter den ersten Kollegen, die in einem Polizeiwagen am Polo Club ankamen. Heidi erklärte ihnen kurz, was geschehen war, und wies Sergeant Simmons an, Verstärkung anzufordern, um das Gelände abzusperren. Dann holte sie vorsichtig Grahams Geldbeutel, das Handy und den Brief hervor und übergab alles an Stephanie Bradshaw.

„Hast du schon mal meinen Job gemacht?“, fragte die Forensikerin mit einem Augenzwinkern. Sie zog ein Paar Gummihandschuhe über, nahm Heidi die Gegenstände ab und verstaute sie in einer Plastiktüte.

„Ich hatte Angst, dass mir der Täter vielleicht zuvorkommt und die Sachen verschwinden lässt. Außerdem wusste ich nicht, in welcher Stimmung der Chief Inspector sein würde, wenn ich ihn bei seinem Sunday Roast störe“, erklärte Heidi. „Wenn es ums Essen geht, ist er ja bekanntermaßen nicht gerade zum Scherzen aufgelegt.“

„Nicht nur dann“, fügte Stephanie Bradshaw grinsend hinzu.

Heidi lachte. „Als ich ihn anrief, wollte er das Ganze doch tatsächlich zunächst als Unfall abtun. Das mit dem Drohbrief hielt er für einen Zufall. Erst als ich ihm erzählt habe, dass es sich bei dem Toten um Graham Spencer handelt, hat er eingelenkt.“

„Der Tote ist doch nicht etwa der Sohn des Werkzeugfabrikanten Spencer?", fragte Stephanie Bradshaw aufgeregt.

„Genau der."

„Über den habe ich in den letzten Monaten ständig was in meinen Klatschheftchen gelesen!", rief Stephanie Bradshaw aufgeregt. „Jung, reich, attraktiv – der Mann war der David Beckham unter den Amateurpolospielern. Na ja, David Beckham vor zehn Jahren. Er hat jedenfalls nichts anbrennen lassen und stand sogar auf Rang acht der begehrtesten Junggesellen Südenglands."

„Für so etwas gibt es tatsächlich ein Ranking?"

Dass Graham ein Frauenheld gewesen war, wusste Heidi von Tom. Aber dass er es damit sogar in die Klatschpresse geschafft hatte, war ihr neu. Das bedeutete, dass nicht nur die Lokalreporter, sondern auch die Schreiber der überregionalen Klatschblätter früher oder später auf der Matte stehen würden, wenn sie von Grahams Tod erfuhren. Und das verkomplizierte erfahrungsgemäß die Ermittlungen und erhöhte den Druck.

„Zuletzt hat er wohl eine Affäre mit einer jungen Frau gehabt, die weitläufig mit der Queen verwandt sein soll", erzählte Stephanie Bradshaw weiter.

„Sagt dir der Name Cecilia etwas?", fragte Heidi erwartungsvoll. „Hieß die Frau vielleicht so?"

Stephanie Bradshaw dachte kurz nach. „Nein, ich glaube nicht. Wenn ich mich richtig erinnere, ist ihr Name Penelope. Penelope Lancaster. Aber ich würde meine Hand nicht dafür ins Feuer legen."

In diesem Moment waren laute Stimmen aus Richtung der Unfallstelle zu hören. Die beiden Frauen blickten hinüber. Sergeant Simmons war gerade dabei, alles abzusperren. Er fuchtelte nervös mit den Händen herum, denn die vielen Schaulustigen ließen sich nur schwer dazu bewegen, den gesperrten Bereich zu verlassen.

„Wie ist er denn gestorben?", fragte Stephanie Bradshaw nach einer Weile.

„Er wurde von seinem Pony abgeworfen. Fremdeinwirkung auf dem Polofeld selbst können wir also ausschließen", antwortete Heidi. „Allerdings hatte ich den Eindruck, dass er kurz vor dem Vorfall nicht er selbst war."

„War vielleicht Koks oder ein anderes Aufputschmittel im Spiel?"

„Nein, ich denke nicht. Im Gegenteil, er schien nicht bei der Sache zu sein."

„Hast du eine Trinkflasche bei seinen Sachen gefunden?", wollte Stephanie Bradshaw wissen.

Heidi schüttelte den Kopf. „Blenheim Water hat heute alle Getränke ausgegeben."

„Verstehe. Ich leg mal los, bevor mir die Beweise ganz zertrampelt werden. Das ist ja ein unglaublicher Menschenauflauf auf dem Polofeld! Ich habe noch nie verstehen können, was die Menschen so sehr anzieht, wenn ein Leben zu früh endet."

„Wahrscheinlich ist es die Erleichterung darüber, dass es nicht sie selbst getroffen hat", meinte Heidi und hob verständnislos die Schultern. „Ich hoffe, Simmons gelingt es, sie schnellstmöglich nach Hause zu schicken. Die Pferdebox dort vorne gehörte übrigens Graham, der schwarze Jeep daneben ebenfalls."

„Dann fang ich damit an und kämpfe mich von dort aus durch die Menge. Ich melde mich bei dir, sobald ich mit meinen Untersuchungen durch bin."

„Danke, Steph." Heidi sah ihr hinterher und blickte dann auf ihre Uhr. Es war kurz vor sechs und es dämmerte schon. Die Vorstellung, dass Graham tot im Halbdunkel auf dem Polofeld lag, gefiel ihr ganz und gar nicht.

Ihr Blick wanderte erneut zur Unfallstelle. Sie entdeckte den Pathologen Dr Goldberg, der vorsichtig über die Absperrung stieg, was von Sergeant Simmons sehr kritisch beäugt und von den Schaulustigen mit einem interessierten Zischen kommentiert wurde. Sie bahnte sich einen Weg durch die Menge.

Auch ihr Vater hatte Dr Goldberg entdeckt, trat auf ihn zu und begrüßte ihn mit einer herzlichen Umarmung.

„Hat man dich mal wieder auf einen Toten losgelassen?“, scherzte Dr Goldberg und klopfte Heidis Vater freundschaftlich auf die Schulter. „Ich dachte, die Zeiten wären endgültig vorbei.“

„Ich darf heute ausnahmsweise meiner Tochter assistieren“, antwortete Heidis Vater und schmunzelte.

„Lass das mal lieber nicht den Chief Inspector wissen!“, gab Dr Goldberg zurück und die beiden lachten.

Das Verhältnis zwischen Chief Inspector Meyers und Heidis Vater war nicht das beste. Meyers hatte jahrelang versucht, seinen Vorgänger bereits vor dessen Pensionierung abzulösen. Dabei war er jedoch auf erbitterten Widerstand gestoßen, denn Heidis Vater war Polizist mit Leib und Seele und außerdem bei seinen Kollegen überaus beliebt gewesen.

„Guten Abend, Dr Goldberg!“, unterbrach Heidi das Geplänkel. Sie wandte sich an ihren Vater: „Was hast du herausgefunden, Dad?“

Er räusperte sich und sagte: „Zunächst einmal hat der Notarzt festgestellt, dass Graham sich bei dem Sturz das Genick gebrochen hat. Er meinte, es sei sehr schnell gegangen, Graham sei sofort tot gewesen. Wenigstens musste er nicht leiden.“ Er hielt kurz inne. Obwohl er in seiner

Berufslaufbahn unzählige Tote gesehen hatte, viele von ihnen sicherlich schlimmer zugerichtet als Graham, war ihm anzumerken, wie sehr ihn Grahams Tod berührte. „Hier habe ich den Totenschein und das entsprechende Schreiben." Er drückte Heidi zwei Papiere in die Hand. „Ich habe den Arzt gleich wieder nach Hause geschickt. Er konnte ohnehin nichts mehr für Graham tun und seine Frau hat mit dem Sunday Roast auf ihn gewartet."

„Was ist mit Grahams Eltern, können die uns weiterhelfen?", fragte Heidi.

„Die Spencers stehen unter Schock, die wirst du wahrscheinlich erst in ein, zwei Tagen befragen können. Ich habe ihnen unser Beileid ausgedrückt, ein Taxi bestellt und versprochen, dass du dich um alles Weitere kümmern wirst."

Heidi nickte. „In der Zwischenzeit werde ich ihnen einen Polizeipsychologen vorbeischicken."

Ihr Vater fuhr fort: „Ich habe mich lange mit Francis unterhalten. Er meinte, dass sich Leila, das ist Grahams Pony, heute äußerst ungewöhnlich verhalten hat. Graham hat das Tier schon seit Jahren geritten und die beiden kannten sich eigentlich in- und auswendig."

„Willst du andeuten, dass das Pony das Ganze verursacht hat?", fragte Heidi zweifelnd. Sie dachte an Tom, der ebenfalls eng mit seinem Pony verbunden war. Früher hatte sie ihn damit aufgezogen. Inzwischen fand sie diese einzigartigen Bande zwischen Tier und Reiter faszinierend und war immer wieder überrascht, wie sensibel die Ponys auf die Gemütslage ihrer Reiter reagierten. „Ich hatte eher den Eindruck, dass Graham heute nicht er selbst war", sagte sie nach einer Weile.

„Da hast du auch recht. Francis sagte aber, dass Leila wahrscheinlich durch Grahams ungewöhnliches Verhalten verunsichert wurde. Anstatt sich aus der Gefahrenzone zu bringen, vertraute sie darauf, dass Graham wisse, was er tue. Als er dann doch nicht reagierte und die Spieler mit ihren Ponys immer schneller auf sie zugestürmt kamen, ist sie panisch geworden und hat heftig ausgeschlagen."

„Er wurde also von seinem Pony abgeworfen und hat sich das Genick gebrochen", nuschelte Dr Goldberg in seinen dunklen Bart und wandte sich der Leiche zu. „Das sieht tatsächlich nach einem Genickbruch aus." Er ging in die Hocke und zog ein Büschel Gras mit Wurzeln aus dem Bereich neben dem Kopf des Toten. „Es war ein heftiger Aufprall." Er schüttelte das Grasbüschel und Erde rieselte hinunter. „Der Boden ist völlig ausgetrocknet. Da hat der Helm auch nicht geholfen. Hätte es in der letzten Woche auch nur einmal geregnet, hätte er den Sturz womöglich überlebt." Er seufzte. „Das kann natürlich ein unglücklicher Zufall gewesen sein. Mich verwundert allerdings, dass seine Gesichtszüge so entspannt sind." Er blickte in Grahams gleichmäßiges Gesicht, über dessen Wange sich ein fingerlanger blutiger Kratzer zog. „Gibt es Hinweise darauf, dass er vor seinem Tod ein Beruhigungsmittel genommen hat?"

„Konkrete Hinweise gibt es bis jetzt nicht. Aber daran habe ich auch schon gedacht, weil er sich vor dem Abwurf so seltsam verhalten hat", erklärte Heidi.

„Hast du denn einen Drohbrief im Wagen gefunden?", wollte ihr Vater wissen.

Sie nickte. „Ihm wurde tatsächlich gedroht!"

„Womit?", fragten Dr Goldberg und Heidis Vater gleichzeitig.

„Sein Leben zu zerstören."

„Also keine direkte Todesdrohung", überlegte Heidis Vater.

„Für mich klingt das schon nach einer Todesdrohung, zumindest nach einer indirekten“, warf Heidi ein.

„Vielleicht wollte er deshalb vor dem Spiel seine Nerven etwas beruhigen und hat es mit der Dosis übertrieben“, mutmaßte Dr Goldberg und ging einmal um den Toten herum.

„Möglich. Aber ich habe unter seinen Sachen keine Beruhigungstabletten gefunden“, gab Heidi zu bedenken.

„Ich werde ihn jedenfalls gezielt auf die entsprechenden Mittelchen untersuchen“, versprach Dr Goldberg.

„Hatte der Brief denn einen Absender?“, hakte Heidis Vater nach.

Heidi zögerte, denn sie ahnte, was der Name bei den beiden auslösen würde. „Er ist mit ‚Cecilia‘ unterschrieben“, sagte sie dann langsam.

Dr Goldberg und ihr Vater blickten sie entgeistert an.

„Aber das ist doch ...“, meinte Dr Goldberg verunsichert und stockte.

„... eigentlich unmöglich“, beendete Heidis Vater seinen Satz.

BLANCHE BOG MIT ihrem kleinen Fiat auf das weitläufige Gelände des Kirtlingtoner Poloclubs ein und hielt schließlich neben den Pferdeboxen.

„Es wird wahrscheinlich länger dauern, du musst nicht auf mich warten. Ich melde mich später bei dir“, versprach Frederick.

Dann bemerkte er, wie eine dunkelhaarige Frau zu ihnen herübersah. Sie stand einige Meter entfernt und war gerade dabei, allerlei Picknickutensilien in ihren Land Rover zu laden. Blanche beugte sich zu Frederick herüber und küsste ihn. Plötzlich hörte er lautes Geklapper. Er löste sich von Blanche und sah in die Richtung, aus der der Lärm kam. Die Dunkelhaarige war gerade dabei, Flaschen und Dosen aufzusammeln, die vor ihr auf dem Boden lagen. Dabei fluchte und schimpfte sie. Für einen Moment durchzuckte es Frederick: War sie es wirklich, Heidis beste Freundin? Er stieg aus, schlug die Tür des Fiats zu und winkte Blanche kurz zum Abschied. Doch bevor er sich noch einmal zu der anderen Frau umdrehen konnte, kam Sergeant Simmons auf ihn zugestürmt.

„Inspector Collins, Sie sind spät dran!", klagte er. „Dr Goldberg hat die Leiche schon mitgenommen, die Spurensicherung ist mit ihren Untersuchungen ebenfalls fertig und der Abschleppdienst ist gerade dabei, den Wagen des Toten aufzuladen."

Frederick dachte kurz daran, Simmons in seine Schranken zu weisen. Er hätte es sich als junger Sergeant niemals herausgenommen, mit seinen Vorgesetzten in diesem Ton zu sprechen. Doch dann ermahnte er sich, denn es war ihm lieber, einen eifrigen Zuarbeiter zu haben als einen, der sich um nichts scherte. Die gab es schließlich nur allzu oft. Und Simmons hatte ihm in den letzten Monaten bewiesen, dass man sich auf ihn verlassen konnte. Vor allem scheute er weder Zeit noch Mühe, um bei der Aufklärung ihrer Fälle zu helfen. Dass er dabei manchmal über das Ziel hinausschoss, versuchte Frederick dem jungen Sergeant nicht übel zu nehmen.

„Worum geht es überhaupt, Simmons?", fragte er daher in einem freundlichen Ton.

„Wir haben es hier mit einer schwierigen Geschichte zu tun", erklärte der Sergeant. „Es handelt sich um einen toten Polospieler namens Graham Spencer. Also nein, er war kein Profipolospieler, sondern Polospielen war sein

Hobby. Aber er soll ziemlich gut darin gewesen sein, einer der besten Spieler des Clubs. Er hat bei seinen Eltern auf deren Anwesen in Wantage gewohnt und war in ihrer Firma angestellt, der großen Werkzeugmanufaktur Spencer in Cowley. Kennen Sie die? Hier in der Gegend kennt die jeder, ist ein Traditionsunternehmen. Und die Spencers sind schwer reich damit geworden. Jedenfalls hat ihn sein Pony während des Spiels abgeworfen und er ist an einem Genickbruch gestorben. Schlimme Sache. Aber das ist ja auch ein gefährlicher Sport. Fieldhockey ist schon gefährlich mit diesen langen Schlägern, aber das Ganze dann auch noch auf Pferden", sprudelte es aus ihm heraus.

„Da geben ich Ihnen völlig recht, Simmons", meinte Frederick in der Hoffnung, so die Ausschweifungen des jungen Sergeants zu verkürzen.

Der blickte ihn überrascht an und schwieg tatsächlich für einige Sekunden. Dann zogen sich seine Mundwinkel nach oben und er strahlte übers ganze Gesicht.

„Nicht wahr, Inspector Collins? Also ich könnte das nicht. Polospielen meine ich. Reiten und dann auch noch einem Ball hinterherjagen, das wäre wirklich nichts für mich. Aber ich kann ja auch nicht reiten. Vielleicht ist es einfacher, wenn man reiten kann ..."

Ganz offensichtlich war Fredericks Versuch, den Redefluss des Sergeants zu dämmen, gescheitert. Erneut ermahnte er sich im Stillen: Lieber übereifrig als desinteressiert. Doch diesmal fiel es ihm weniger leicht.

„Simmons, kommen Sie bitte auf das Verbrechen zurück!", verlangte er.

„Aber es steht noch gar nicht fest, ob es ein Verbrechen war oder nicht", protestierte Sergeant Simmons. „Er ist ja schließlich selbst vom Pferd gefallen. Wobei, Inspector

Green denkt, dass bei seinem Tod nachgeholfen wurde, deshalb hat sie uns schließlich alle hergerufen. Das würde sie ja nicht machen, wenn sie nicht denken würde, dass es sich um ein Verbrechen handelt, nicht wahr? Nicht an einem Sonntag!"

„Ganz sicher nicht, Simmons", antwortete Frederick betont ruhig. „Gibt es denn schon Verdächtige?"

„Ja und nein."

„Was soll das heißen, Simmons?" Frederick atmete tief ein und aus.

„Inspector Green hat da einen Verdacht, soweit ich weiß."

„Wo ist sie?"

„Die Verdächtige?"

Nun verlor Frederick die Geduld. „Inspector Green!"

„Dort vorne."

„Danke, Simmons", presste Frederick heraus und wünschte sich sehnlichst in den heimeligen Garten des Perch Inn zurück.

~

„COLLINS, HALLO! NA, hat Simmons Sie schon auf den neusten Stand gebracht?" Heidi konnte sich ein Grinsen nicht verkneifen.

„Wie immer in aller Kürze", gab Frederick gequält lächelnd zurück. „Klingt nach einer vertrackten Angelegenheit. Es wird schwer nachzuweisen sein, dass da jemand seine Finger im Spiel hatte. Simmons meinte, Sie hätten einen Verdacht?"

„Ja und nein."

„Fangen Sie jetzt bitte nicht auch noch so an!", flehte Frederick lachend.

Heidi lachte ebenfalls, doch dann versteiften sich ihre Gesichtszüge. „Im Ernst, Collins, es gibt eine Spur. Im Wagen des Toten habe ich einen Drohbrief gefunden, der mit dem Namen Cecilia unterzeichnet ist. Und im Umfeld von Graham gibt es tatsächlich eine Cecilia."

„Haben Sie die Frau schon befragt?"

„Das kann ich nicht." Heidi legte die Stirn in Falten.

Frederick blickte sie fragend an.

„Sie wird seit Jahren vermisst", erklärte Heidi angespannt.

„Und Sie meinen, da gibt es einen Zusammenhang?"

„Sie ist damals spurlos verschwunden. Und ausgerechnet Graham war der Letzte, der sie lebend gesehen hat. Nun taucht nach all den Jahren ein Brief auf, in dem sie damit droht, sein Leben zu zerstören. Und kurz darauf ist Graham tot!" Heidi trat nervös von einem Bein aufs andere.

So unruhig kannte Frederick seine Partnerin gar nicht. „Das klingt tatsächlich nicht nach einem Zufall."

„Graham hat wohl seinem besten Freund von dem Brief erzählt, James Hunter. Ich kenne den Mann, er ist ebenfalls im Polo Club und ein Bekannter meines Bruders."

„Dann lassen Sie uns mit ihm sprechen!"

~

JAMES HUNTER STAND neben seinem Pony in der Box und war gerade damit beschäftigt, den Sattel an der Wand zu befestigen, als Heidi und Frederick zu ihm traten. Er hatte den Helm abgenommen und seine dunklen Haare wirkten zerzaust.

Frederick hielt sich hinter Heidi. Er wollte dem Pony nicht zu nah kommen. Zwar war er es gewohnt, dass ihm seine Mitmenschen aufgrund seiner Körpergröße von fast zwei Metern mit einem gewissen natürlichen Respekt gegenübertraten. Seine Wirkung auf Tiere hingegen konnte er nicht einschätzen. Er war in Liverpool geboren und aufgewachsen und in der Großstadt waren Hunde die einzigen Vierbeiner gewesen, mit denen er ab und an in Berührung gekommen war. Allen größeren Tieren stand er daher mit einer gesunden Skepsis gegenüber.

James Hunter bemerkte sie und drehte sich zu ihnen um. „Heidi", sagte er mit leiser Stimme. Seine Wangen waren gerötet und in seinen braunen Augen konnte Frederick eine Traurigkeit entdecken, die sicherlich von der Trauer um seinen besten Freund herrührte.

„James, darf ich dir Inspector Collins vorstellen? Er ist mein Partner bei der Thames Valley Police."

„Inspector." James Hunter nickte Frederick zu. Dann wandte er sich wieder an Heidi. „Es geht sicher um Grahams Unfall, oder?", fragte er. „Was ist da bloß auf dem Feld passiert, Heidi? Ich werde die Bilder einfach nicht los, wie Graham durch die Luft geschleudert wird und dann leblos auf dem Boden liegen bleibt. In meiner Vorstellung sehe ich ihn aufstehen, so tun, als ob nichts passiert sei, und einen Witz reißen. Typisch Graham eben. Einem Graham Spencer konnte keiner etwas anhaben."

Heidi lächelte gequält.

„Aber dann sickert es durch, dass er tot ist und nicht wieder aufstehen wird", fuhr James Hunter traurig fort. Er strich seinem Pony über den Hals, woraufhin es mit den Nüstern seinen Kopf anstupste, so als ob es ihn trösten wollte.

„Es ist einfach nicht richtig, dass er so früh sterben musste", sagte Heidi mitfühlend.

Beide schwiegen für eine Weile und Frederick war überrascht darüber, wie viele Emotionen seine Kollegin bei dieser Befragung zeigte. Er hatte sie als direkte und ungeduldige Ermittlerin kennengelernt, die sich stets von ihrem Verstand leiten ließ. Diese Seite an ihr war neu für ihn. Er blickte in ihr blasses Gesicht und ihm wurde klar, dass Graham Spencers Tod ihr näher ging, als sie es sich bislang hatte anmerken lassen.

„Mr Hunter, wir haben einen Brief bei Mr Spencers Sachen gefunden, in dem er bedroht wurde", begann er nach einer Weile, denn schließlich hatten sie einen Todesfall aufzuklären. „Er soll mit Ihnen über den Brief gesprochen haben. Wissen Sie mehr darüber?"

James Hunter verzog das Gesicht. „Ja, Graham hat mir von dem Brief erzählt." Er konnte seinen Hohn nicht verbergen. „Normalerweise waren es seine Frauengeschichten, mit denen er sich brüstete. Diesmal war es ein geheimnisvoller Brief. Ich hab das nicht besonders ernst genommen."

„Hat er Ihnen den Brief gezeigt?", wollte Frederick wissen.

„Nein."

„Und hat er dir gesagt, von wem der Brief kam?", mischte Heidi sich ein.

James Hunter nickte und seine Mundwinkel zuckten. „Aber wie kann das denn sein?", fragte er dann. „Cecilia ist doch seit Jahren ..." Er stockte. „Weg."

„Das versuchen wir herauszufinden, James. Sag mal, war Graham denn heute irgendwie anders als sonst? Ist dir irgendetwas aufgefallen?"

„Ich hatte den Eindruck, dass er sehr nervös war wegen des Briefes. Aber er hat es heruntergespielt und versucht, es sich nicht anmerken zu lassen. Wir haben nur kurz darüber geredet und sind dann die Spielstrategie durchgegangen. Da war er in seinem Element. Du weißt ja, auf dem Polofeld hat er selten etwas dem Zufall überlassen."

„Hat er davon gesprochen, dass er im dritten Chukker zurückbleiben will?"

„Nein. Ich weiß auch nicht, was da in ihn gefahren ist, wir waren alle irritiert."

„Weißt du, ob er stark unter Druck stand?"

„Wie meinst du das, Heidi?"

„Gab es vielleicht Probleme in der Firma? Oder privat? Hatte er Sorgen?"

James Hunter schaute auf seine Hände. „Ich kann es nicht sagen."

Da musste mehr dahinterstecken.

„Wollen Sie es nicht sagen oder wissen Sie es nicht?", bohrte Frederick nach.

„Soweit ich weiß, gab es keine."

Das klang nicht besonders glaubwürdig.

„Wissen Sie, ob es das erste Mal war, dass er bedroht wurde?"

James Hunter zögerte. „Ich kann es wirklich nicht sagen", meinte er schließlich und begann erneut, das Pony zu tätscheln.

„Noch eine letzte Frage: Hast du jemals mitbekommen, dass Graham Beruhigungsmittel genommen hat?", wollte Heidi wissen.

James Hunter schüttelte den Kopf.

~

ALS SIE AUS der Pferdebox traten, blickte Heidi auf die lange Schlange von Fahrzeugen, die im Schritttempo an ihnen vorbeifuhren, um den Polo Club zu verlassen. Inzwischen war es dunkel und es herrschte eine gespenstige Stimmung. Nur das leise Brummen der Motoren war zu hören. Sie erinnerte sich an letztes Jahr. Zwar war es kühler gewesen und es hatte sogar teilweise ein wenig geregnet, doch dem kleinen Fest nach den Spielen hatte das keinen Abbruch getan. Bis in die späten Abendstunden hatten sie gefeiert. Ganz besonders Graham, der einmal mehr für seine hervorragenden Leistungen auf dem Polofeld geehrt worden war.

Ihr Blick schweifte über das inzwischen beleuchtete Feld und sie fröstelte. Vielleicht war es der Gedanke daran, dass dieser Grund und Boden nun für immer mit Grahams Tod in Verbindung gebracht werden würde. So schnell würde hier jedenfalls niemand mehr unbeschwert Polo spielen.

„Möchten Sie meine Jacke?", fragte Frederick, der die ganze Zeit über schweigend neben ihr gestanden hatte.

„Geht schon", antwortete sie und versuchte zu lächeln. Dann blickte sie sich um.

Ihr Vater, Louise und Tom schienen bereits aufgebrochen zu sein. Sergeant Simmons war noch mit einigen Kollegen damit beschäftigt, die Absperrungen abzubauen, ansonsten war niemand mehr auf dem Polofeld zu sehen.

Sie dachte an den Drohbrief. Wie ist es möglich, dass Cecilia diesen Brief geschrieben hat?, fragte sie sich immer wieder.

Sie erinnerte sich gut an das hübsche Mädchen mit den langen blonden Haaren. Eines Abends war sie einfach nicht mehr nach Hause gekommen. Wochenlang hatte ihr Vater mit seinen Kollegen nach ihr gesucht, doch sie war wie vom Erdboden verschluckt gewesen. Alle Hebel hatte er in Bewegung gesetzt, um sie zu finden, aber ohne irgendeinen Erfolg. Sie hatten Wälder durchkämmt, Flughäfen kontrolliert, Taucher hatten die Gewässer abgesucht: Cecilia blieb verschollen. Das Rätsel, was mit ihr geschehen war, konnte nie gelöst werden, denn auch ihre Leiche war nie gefunden worden. Irgendwann hatte ihr Vater die Suche aufgeben müssen. Die Ungewissheit, was mit dem Mädchen geschehen war, verfolgte ihn bis heute.

Und nun dieser Brief. Bedeutete er, dass Cecilia noch lebte? War sie etwa hier im Polo Club gewesen? Oder hatte sich jemand einen perfiden Scherz erlaubt? Womöglich ihr Mörder? War er heute unter den Zuschauern gewesen? Welche Verbindung bestand zwischen Cecilias Verschwinden und Grahams Tod? Was, wenn der Täter ein und dieselbe Person war – und sie ihn kannte? Erneut lief ihr ein kalter Schauder den Rücken hinunter.

„Ich kümmere mich um den Rest hier", meinte Frederick und riss sie damit aus ihren Gedanken. „Ich gebe Sergeant Fisher Bescheid, dass er Sie nach Hause bringen soll. Wir sehen uns dann morgen früh im Büro, einverstanden?"

Er schien Protest erwartet zu haben, doch Heidi nickte nur dankbar.

Montag,
3. November

DIE KIRCHTURMGLOCKE DER Church of St Mary the Virgin läutete acht Uhr. Frederick klemmte sich seinen Schirm unter den Arm und machte sich auf den Weg zur Thames Valley Police Station. Zwar hatte es seit mehr als einer Woche nicht geregnet, doch aus alter Gewohnheit trug er immer einen Schirm mit sich. Denn in Liverpool, wo er bis vor einigen Monaten gelebt hatte, war das Wetter manchmal innerhalb weniger Minuten von strahlendem Sonnenschein in strömenden Regen umgeschlagen.

Frederick nahm den kleinen Umweg vorbei an der alten Bibliothek des Magdalen College in Kauf. Denn an der High Street lag ein kleines Café, in dem es allerlei herrliche Süßspeisen gab und dazu original französischen Kaffee. Dass die junge Dame hinter dem Tresen ihm die Köstlichkeiten mit einem charmanten französischen Akzent verkaufte, ließ ihm sein Frühstück noch besser schmecken. Er verabschiedete sich mit einem freundlichen Au revoir und erntete dafür ein Lächeln.

Obwohl er so früh unterwegs war, tummelten sich schon die ersten Touristen auf der High Street. Inzwischen hatte er sich daran gewöhnt, dass er Oxford immer mit ihnen teilte. Ihre staunenden Blicke, wenn sie die wunderschönen versteckten Fassaden der alten Colleges entdeckten, oder ihre Freude über vorbeifahrende rote Doppeldeckerbusse und London Taxis wollte er jedoch nicht mehr missen. Er hatte sich in Oxford eingelebt. Besonders gefiel ihm, dass sich überall kleine Eigenarten auftaten, wenn man nur die Augen offen hielt.

An den Examination Schools bog er in die Logic Lane ein, über deren Namen er sich jedes Mal freute, wenn er das kleine Gässchen durchquerte. Dann ging er am Merton College vorbei, dem ältesten College Oxfords. Über den schmalen Merton Grove erreichte er Christ

Church Meadow. Dort wartete bereits die nächste Besonderheit: Kühe. Als er das erste Mal hergekommen war, hatte er nicht glauben können, dass auf der Wiese des wohl bekanntesten Colleges Oxfords tatsächlich Kühe weideten, mitten in der Stadt.

Er bog links in St Aldate's ab und sah schon von Weitem Heidis dunkelgrünen Mini vor der Thames Valley Police Station stehen. Das wunderte ihn, denn normalerweise kam sie nie so früh zur Arbeit. Als er schließlich ihr gemeinsames Büro betrat, war Heidi nicht da, doch auf ihrem Schreibtisch stapelten sich unzählige Ordner und Akten in keiner für ihn nachvollziehbaren Ordnung. Kopfschüttelnd schloss er die Tür und setzte sich. Kurz darauf wurde die Tür wieder geöffnet. Die Person, die hereinkam, trug mehrere aufeinandergestapelte Ordner vor sich her, sodass ihr Gesicht verdeckt war. An den vielen braunen Locken, die über den Ordnern zu sehen waren, erkannte Frederick jedoch seine Partnerin.

„Guten Morgen, Green! Bauen Sie unser Büro in ein Archiv um?", neckte er sie.

„Morgen, Collins! Keine Angst, das hier sind die letzten. Das wäre dann alles, was ich zum Vermisstenfall Cecilia Hillington finden konnte", antwortete Heidi japsend und versuchte, den Stapel auf ihrem Schreibtisch abzustellen.

Frederick sprang zu ihr hinüber und schob das Chaos auf ihrem Tisch ein wenig zur Seite, um Platz zu schaffen.

„In diesen Ordnern hier sind die Berichte der Zeugen, die Cecilia an dem Abend zuletzt gesehen haben, und hier drin sind die Berichte der Suchtrupps abgeheftet." Heidi zeigte auf vier dicke Ordner, die auf ihrem Schreibtisch verteilt lagen.

Frederick war erstaunt. „Sagen Sie jetzt nicht, dass Sie die schon alle durchgegangen sind!“

„Doch.“

„Seit wann sind Sie hier? Haben Sie überhaupt geschlafen?“, fragte Frederick mit einer Mischung aus Bedauern und Anerkennung.

„Seit vier. Zu Hause habe ich einfach kein Auge zubekommen.“ Heidi wirkte rastlos. „Ich habe mich immer wieder gefragt, was es mit diesem Brief auf sich hat, den ich in Grahams Wagen gefunden habe. Er ist bislang unser einziges Indiz, dass es sich bei Grahams Tod um ein Verbrechen handeln könnte. Und er führt zurück zu dem Abend, an dem Cecilia verschwand. Ich habe bereits eine Liste aller Zeugen von damals zusammengestellt und mir ihre Vernehmungsprotokolle durchgelesen. Da gibt es einige Ungereimtheiten, finde ich.“

„Aha, ich bin gespannt. Aber erst mal hole ich Ihnen einen Kaffee. Wie immer mit Milch und zwei Stück Zucker?“, fragte Frederick und lächelte Heidi an.

„Machen Sie heute bitte vier draus!“

„Und Kekse?“

„Wenn Meyers sie nicht alle aufgegessen hat, gerne.“

Als Frederick aus der Küche zurückkam, war Heidi bereits in eine neue Akte vertieft.

„Vielleicht sollten Sie das Chaos hier ein bisschen ordnen“, schlug er vor, schob einen der Ordner ein wenig zur Seite und stellte dann den Kaffeebecher und die Kekspackung ab.

Heidi bedankte sich, griff gierig nach einem Keks und trank einen großen Schluck Kaffee. „Ich weiß ganz genau, wo alles liegt, Collins. Mein System hat nichts mit Chaos zu tun!“, protestierte sie kauend.

„Wenn Sie meinen.“

„Wissen Sie, was mir nicht aus dem Kopf geht? Wieso tritt Cecilia nach all den Jahren ausgerechnet jetzt wieder in Erscheinung?“, fragte Heidi. „Wenn sie tatsächlich noch lebt, weshalb hat sie dann so lange mit ihrer Rückkehr gewartet und wieso gibt sie sich nicht ganz zu erkennen? Und weshalb droht sie Graham?“ Sie hielt kurz inne. „Oder meinen Sie, dass irgendjemand ihren Namen nur benutzt, um den Verdacht von sich abzulenken?“

„Beides ist möglich“, antwortete Frederick nachdenklich. „Wenn ich Sie richtig verstanden habe, dann wurde ihre Leiche nie gefunden.“

Heidi nickte und schlug vor: „Wir sollten noch einmal mit allen sprechen, die am Tag ihres Verschwindens mit ihr zusammen waren.“

„Wen haben Sie bislang auf der Liste?“

„Cecilias beste Freundin, eine gewisse Philippa Christy. Ich könnte mir vorstellen, dass Cecilia sich bei ihr zuerst melden würde. Und natürlich bei ihrer Familie, also ihren Eltern und ihren Brüdern Timothy und Benjamin. Timothy ist übrigens der beste Freund meines Bruders.“

„Steht Ihr Bruder auch auf der Liste?“

Heidi begann, auf ihrer Unterlippe herumzukauen. Das tat sie immer, wenn ihr etwas unangenehm war, hatte Frederick festgestellt.

„Ja, aber ich kann Ihnen versichern, dass er nichts mit der Sache zu tun hat.“

„Das glaube ich Ihnen“, erwiderte Frederick beschwichtigend. „Aber er kann uns vielleicht helfen.“

Heidi nickte.

„Was ist mit den Eltern des Toten? Sollten wir nicht auch mit ihnen sprechen?“, fragte Frederick.

„Der Polizeipsychologe hat uns für Mittwochmorgen

bei ihnen angekündigt. Die beiden stehen noch immer unter Schock. Er meinte, früher hätte es keinen Sinn. Und dann können wir auch gleich einen Blick in Grahams Haus werfen, es liegt auf dem Anwesen seiner Eltern in Wantage." Heidi kramte eine dicke Akte aus einem Papierstapel hervor. „Hier habe ich Grahams Vernehmungsprotokoll." Sie öffnete die Akte.

„Ich nehme an, er war der Hauptverdächtige damals, weil er Cecilia als Letzter lebend gesehen hat."

„Richtig. Mein Vater hat ihn über Wochen immer wieder verhört, aber seine Geschichte blieb dieselbe. Ich habe die wichtigsten Passagen markiert."

Heidi reichte Frederick die Unterlagen und er begann zu lesen. Graham hatte ausgesagt, dass der Abend sehr gemütlich begonnen hatte. Die Clique hatte sich nach einem siegreichen Polomatch im Bootshaus auf dem Gelände des Blenheim Palace getroffen, um ein wenig zu feiern. Das Bootshaus lag ganz in der Nähe des Cottage, in dem die Familie Hillington lebte, denn Cecilias und Timothys Vater arbeitete für den Schlossherrn. Es war ein warmer Sommertag und alle waren in bester Partylaune gewesen. Sie waren im Glyme schwimmen gegangen und hatten danach auf dem Bootssteg gegrillt und das eine oder andere Bier getrunken.

„Ich nehme an, der Glyme, das ist ein Fluss", sagte Frederick.

Heidi nickte. „Er fließt durch das Anwesen, auf dem der Blenheim Palace steht. Ganz in der Nähe wird er gestaut und wirkt deshalb mehr wie ein großer See als ein Fluss", erklärte sie.

Frederick las weiter. Cecilia und Graham hatten irgendwann einen Spaziergang gemacht, denn sie hatten ein wenig für sich allein sein wollen. Es war schon dunkel gewesen. Auf dem Rückweg hatte Cecilia dann einen Anruf bekommen. Daher war Graham allein vorausgegangen. Das war laut seiner Aussage das letzte Mal, dass er Cecilia gesehen hatte.

„Klingt alles recht plausibel", dachte Frederick laut. „Er ist tatsächlich jedes Mal bei seiner Geschichte geblieben und hat sich nicht von den trickreichen Verhörspielchen Ihres Vaters verwirren lassen. Kompliment übrigens, da kann man sich noch was abschauen."

„Ich werde es an meinen Vater weitergeben", meinte Heidi erfreut und ihre Augen leuchteten. „Das Problem ist allerdings, dass Cecilias Handy am Flussufer gefunden wurde. Und die Auswertung besagt, dass sie zu der fraglichen Zeit weder einen Anruf bekommen noch selbst jemanden angerufen hat. Hier ist die Übersicht."

„Aha." Frederick griff nach der Akte.

„Also hat Graham entweder gelogen oder Cecilia hat ihm aus irgendeinem Grund vorgemacht, dass sie angerufen wurde. Fragt sich nur weshalb", überlegte Heidi.

„Noch mehr verwundert mich, dass Graham ausgesagt hat, die Clique habe erst nach mehr als einer halben Stunde damit begonnen, nach Cecilia zu suchen. Und als sie das Mädchen nicht finden konnten, sind sie davon ausgegangen, dass es nach Hause gegangen sei, und haben weiter gefeiert. Schöne Freunde sind das!", meinte Frederick.

Heidi war da offenbar anderer Ansicht: „Erstens hat Philippa Christy mehrfach versucht, Cecilia auf dem Handy zu erreichen. Das war etwa eine Dreiviertelstunde, nachdem Graham zum Bootshaus zurückgekehrt war. Ihre Anrufe und Nachrichten ließen sich rekonstruieren." Sie hielt Frederick weitere Unterlagen entgegen. „Und zweitens ist es nicht sehr weit vom Bootshaus zu dem Cottage, in dem Cecilia mit ihrer Familie lebte. Außerdem weiß ich von meinem Bruder, dass Cecilia öfter mal Aussetzer hatte und einfach abgehauen ist. Sie muss eine sehr anstrengende und launische Persönlichkeit gehabt haben. Tom hat sie immer eine verzogene Göre genannt. Wenn nicht alle nach ihrer Pfeife getanzt haben, ist sie bockig geworden."

„Und das reicht Ihnen?"

Heidi verzog den Mund und griff nach dem Ordner, in dem die Zeugenaussagen abgeheftet waren. „Alle Zeugen haben Grahams Version betätigt. Was wollen Sie mehr? Sehen Sie selbst!"

„Was, wenn sie allesamt gelogen haben?"

„Sie wollen sagen, dass mein Bruder seinen eigenen Vater belogen hat?" Empört warf Heidi den Ordner auf den Schreibtisch.

„Möglich wäre es doch", beharrte Frederick.

In diesem Moment klingelte Heidis Telefon. Es war jedoch nur ein gedämpftes Klingeln zu hören, denn das Gerät war irgendwo unter den vielen Papieren verborgen.

„Wenn Sie Pech haben, ist das der Chief Inspector", kommentierte Frederick Heidis hektische Versuche, das Telefon ausfindig zu machen. „Der wird nicht begeistert sein, wenn Sie nicht gleich abnehmen. Schließlich waren Sie es, die gestern die gesamte Police Station in Aufruhr versetzt hat", stichelte er.

„Sie genießen das gerade, nicht wahr?", gab Heidi genervt zurück.

„Ein wenig."

Endlich zog Heidi das Gerät hervor und nahm eilig den Hörer ab. „Nein, ich kann dazu nichts sagen. Moment mal, das ist so nicht richtig!", schimpfte sie. „Nein, da haben Sie falsche Informationen! Ich werde mich nicht dazu äußern. Ich lege jetzt auf." Und das tat sie.

„Ein Journalist?"

„Schlimmer: Klatschpresse. Grahams Tod hat sich allem Anschein nach schon herumgesprochen", erklärte Heidi, dann fragte sie mit Kampfeslust in der Stimme: „Wo waren wir noch mal stehen geblieben?"

„Wenn wir gerade von der Presse sprechen – ich habe in diesem Ordner einige interessante Zeitungsartikel gefunden", wich Frederick ihr aus, denn er hatte nicht vor, sich mit ihr zu streiten. Vor allem nicht, wenn es um eine Familienangelegenheit ging. Ganz offensichtlich versuchte sie, ihren Bruder in Schutz zu nehmen, da konnte er nur verlieren, auch wenn er noch so gute Argumente hatte. „Haben Sie den Artikel der Oxford Mail gelesen?", fragte er deshalb. „Da klagt Victoria Hillington Graham offen an, ihre Tochter getötet zu haben. Das ist ganz schön harter Tobak."

„Ja, den Artikel kenne ich. Das war damals eine regelrechte Schlammschlacht. Ein Skandal in der High Society von Oxford – ein gefundenes Fressen für die Klatschpresse", antwortete Heidi.

Frederick war erleichtert, dass ihre kleine Meinungsverschiedenheit nun offenbar beendet war.

„Da Graham nichts nachgewiesen werden konnte, stand Victoria Hillington am Ende mit ihren Beschuldigungen allein da", fuhr Heidi fort. „Und obwohl sie sich öffentlich bei ihm und seiner Familie für ihre Vorwürfe entschuldigte, distanzierte sich die sogenannte feine Gesellschaft von ihr. Das war für eine Society Lady wie sie ein harter Schlag. Soweit ich weiß, hat sie sich gesellschaftlich nie wieder davon erholt. Die Spencers haben großen Einfluss in Oxford und sie haben ihr diese Anschuldigungen nie verziehen."

„Das klingt ja gerade so, als lebten wir noch im letzten Jahrhundert!"

„Wenn man sich die historischen Gebäude, in denen die Familien Hillington und Spencer wohnen, mal anschaut, dann liegen Sie damit vielleicht gar nicht so falsch", stimmte Heidi lachend zu. „Es wird jedenfalls nicht einfach werden, Victoria Hillington zu befragen. Laut Tom ist sie egozentrisch, unzugänglich und launisch. Cecilia schien wohl nach ihrer Mutter zu kommen."

DREI STUNDEN LANG hatten Heidi und Frederick die übrigen Ordner durchgearbeitet. Jedes kleinste Detail, das ihnen ungewöhnlich vorgekommen war, hatten sie besprochen, jede noch so unwichtige Aussage durchgelesen. Und nun schmerzte Frederick der Kopf. Das spärliche Licht der alten Deckenleuchte hatte seine Augen überanstrengt und die stickige Luft in dem engen Raum hatte ein Übriges getan. Doch das Schlimmste war: Sie waren keinen Schritt weitergekommen. Im Gegenteil, nun erschien ihm der Fall noch undurchsichtiger.

„Ich muss hier unbedingt raus", meinte er und schlug mit der flachen Hand auf den Tisch, so als ob er sich damit selbst überzeugen wollte, dass es nun wirklich genug war. „Ich brauche dringend frische Luft und Tageslicht. Lassen Sie uns mit den Befragungen beginnen!"

Heidi griff nach ihrer Jacke und folgte Frederick hinaus auf den Parkplatz. „Alles in Ordnung mit Ihnen?"

„Ich kann nicht glauben, dass es keinerlei Anhaltspunkte gibt, was mit dem Mädchen geschehen ist", antwortete er frustriert. „Ihr Vater hat ja wirklich Himmel und Hölle in Bewegung gesetzt, um sie aufzuspüren: von Tauchern über Suchhunde und Helikopter bis hin zu Plakaten. Und trotzdem blieb das Mädchen spurlos verschwunden. Die Berichte sind ernüchternd."

Heidi kramte den Autoschlüssel aus ihrer Jackentasche. „Uns bleibt nichts anderes übrig, als alles noch einmal aufzurollen. Daher schlage ich vor, wir fahren zuerst zu Philippa Christy. Sie lehrt an der Magdalen College School, einer der renommiertesten Schulen der Stadt. Dort waren Cecilia und sie wohl selbst Schülerinnen und haben sich angefreundet."

Frederick nickte. „Liegt die Schule auf dem Gelände des Magdalen College? Ich meine, der Name lässt das ja vermuten. Aber ich erinnere mich nicht daran, dort eine Schule gesehen zu haben." Er schaute Heidi fragend an.

„Da haben Sie ganz recht, Collins. Die Schule liegt nicht auf dem Gelände des College, dafür aber ganz in der Nähe. Denn sie wurde etwa zwanzig Jahre nach dem College gegründet, um die Jungen zu unterrichten, die im berühmten Kirchenchor des College sangen", erklärte sie und entriegelte die Türen ihres Minis.

Frederick zwängte sich auf den Beifahrersitz. „Könnten Sie sich vielleicht ein bisschen beeilen!", verlangte er. „Das ist nicht gerade bequem hier."

Heidi stieg hastig ein, schloss die Tür, startete den Wagen und drückte dann kräftig aufs Gas. So sehr, dass der Motor aufheulte.

„So eilig hab ich es nun auch wieder nicht", murrte Frederick gereizt und hielt sich krampfhaft am Türgriff fest.

„Entscheiden Sie sich mal, Collins!", rief Heidi. „Ihre

Laune ist ja gerade wirklich im Keller." Dann lenkte sie den Mini schweigend die St Aldate's hinauf und bog am Carfax Tower in die High Street ein. „Haben Sie Lust auf einen Döner Kebab?", fragte sie auf einmal. „Vielleicht heitert Sie das etwas auf. Mir hilft Essen immer."

„So was kriegt man in Oxford?"

„Aber sicher! Es gibt viele türkische Einwanderer hier. Ist das also ein Ja?", fragte Heidi und grinste.

„Ja."

Kaum hatte Frederick das Wort ausgesprochen, riss Heidi das Lenkrad herum und wendete. Als sie in der kleinen Brewer Street waren, fuhr sie zielstrebig auf eine weiße Bude zu, die am Straßenrand stand.

„Ich merke, Sie waren noch nie während des Semesters nachts vor den Clubs unterwegs. Da stehen die Imbissstände nämlich. Nach einer Party ist Döner Kebab der Renner bei den Studierenden." Sie hielt an und stieg aus. Durch die geöffnete Tür fragte sie: „Mit Zwiebeln und Knoblauchsoße?"

„Bitte."

Wenig später kam Heidi mit zwei Döner Kebab zurück und setzte sich wieder zu Frederick in den Mini. „Verraten Sie bloß meinem Mann nicht, dass wir im Auto essen! Der hat das nicht so gerne."

„Versprochen", antwortete Frederick und biss in sein Mittagessen. Er hatte Rich bislang zwar erst einmal getroffen, aber eigentlich nicht den Eindruck gehabt, dass ihn so schnell etwas aus der Fassung bringen könnte. Allein die Tatsache, dass er Vater von Zwillingen war, erforderte bereits ein extrem hohes Maß an Flexibilität – fand zumindest Frederick.

„Mein Mann ist da wirklich empfindlich", erklärte Heidi nach einer Weile erneut. Dann wischte sie sich den

Mund mit einer Serviette ab und drückte sie Frederick wie selbstverständlich zusammen mit dem übrigen Abfall in die Hand, bevor sie den Wagen startete.

Jetzt konnte er den Mann verstehen.

ZWANZIG MINUTEN SPÄTER betraten sie das alte Gebäude der Magdalen College School. Es lag auf einer Insel, die vom Cherwell umgeben war, dem kleinen Fluss, der sich durch den Süden Oxfords zog und beim Head of the River Pub in die Themse mündete.

„Wir müssen uns erst bei Master Glands anmelden", erklärte Heidi. „Master Glands ist der Schulleiter und bekannt dafür, dass er nicht gerade der zugänglichste Zeitgenosse ist." Sie ging voran und stieg eine Steintreppe hinauf. Schließlich blieb sie vor einer Tür stehen. „Hier ist es." Sie klopfte vehement.

Kurz darauf wurde die Tür von einem kleinen, dicklichen Mann geöffnet, der eine Hornbrille trug. „Ja?", fragte er streng.

„Guten Tag, Master Glands", begrüßte Heidi ihn. „Wir kommen von der Thames Valley Police und würden gerne mit Miss Christy sprechen."

„Kommen Sie herein!", ordnete Master Glands an und führte sie in sein Büro. Dort zeigte er auf zwei Stühle.

Heidi und Frederick setzten sich. Das Büro sah aus wie aus einem Siebzigerjahre-Film: ein Schreibtisch, der schon bessere Zeiten gesehen hatte, eine Lampe mit orangefarbenem Schirm und an der Wand eine Mustertapete. Der eiergelbe Anzug des Masters passte dazu.

„Worum geht es denn überhaupt?", fragte Master Glands mürrisch.

„Wir rollen den Vermisstenfall Cecilia Hillington wieder auf", erklärte Heidi. Sie hielt es für klüger, noch nicht zu erwähnen, dass sie vermuteten, Grahams Tod könne möglicherweise etwas mit Cecilias Verschwinden zu tun haben. „Soweit ich weiß, ist sie hier bei Ihnen zur Schule gegangen und war Miss Christys beste Freundin. Erinnern Sie sich an das Mädchen?"

„Aber natürlich erinnere ich mich an Cecilia", antwortete Master Glands in einem vorwurfsvollen Ton und blickte Heidi von oben herab an, als ob sie mit ihrer Frage an seinem Gedächtnis gezweifelt hätte. „Cecilia war talentiert, sie wollte Kunst studieren. Ich habe das sofort bemerkt und sie sehr gefördert", erzählte er stolz.

Heidi war überrascht über seinen plötzlichen Redewillen. Wahrscheinlich lag es daran, dass er über sich selbst reden konnte.

„Ich habe ihr damals ein Sprachkursstipendium vermittelt und dank meiner Kontakte verbrachte sie einige Wochen in Rom." Dann veränderte sich sein Tonfall: „Als sie zurückkam, war sie völlig verändert." Er verzog das runde Gesicht, als ob Cecilia ihn damit persönlich beleidigt hätte.

„Inwiefern?", hakte Heidi nach.

„Deswegen sind Sie doch sicherlich nicht hier", überging Master Glands ihre Frage einfach. Offenbar wollte er nicht weiter an Cecilias inakzeptablen Wandel erinnert werden. „Sie sind gekommen, um mit Miss Christy zu sprechen? Die unterrichtet gerade. In einer Stunde ist Pause, so lange muss ich Sie bitten zu warten. Draußen im Flur", meinte er frostig.

„Faszinierende Stadt", mischte Frederick sich auf einmal ein. „Besonders die Ruinen des antiken Roms. Waren Sie schon einmal in Rom, Sir?"

Master Glands blickte ihn neugierig an. „Aber ja, Inspector, und nicht nur einmal. Ich nenne Oxford immer liebevoll ‚mein kleines Rom', denn es hat meiner Meinung nach ein Flair, wie man es auch in Rom finden kann."

„Sehr passend", würdigte Frederick den Vergleich.

„Es gibt schon viele Parallelen, nicht wahr, auch architektonisch gesehen. Ich denke da nur an die Kuppel der St Peter's Basilica und die unserer Radcliffe Camera. Auch wenn es sich bei der Radcliffe Camera nicht um eine Kapelle, sondern um eine Bibliothek handelt. Man könnte fast sagen, dass unsere Religion hier in Oxford nicht der Katholizismus, sondern die Wissenschaft ist." Master Glands lachte selbstherrlich, als habe er die Radcliffe Camera selbst erbaut, und sein dicker Bauch wippte auf und ab.

„Können Sie sich denn noch daran erinnern, wie Cecilia in Rom untergebracht war?", fragte Frederick. „In einer der alten Villen in der Nähe des Quirinale vielleicht?"

„Nein, nein, ganz so vornehm war es nicht. Warten Sie, die Familie, bei der sie untergebracht war, hieß Alberici, glaube ich." Master Glands drehte sich auf seinem Stuhl in Richtung eines Regals und zog einen Ordner heraus. Er blätterte einige Zeit darin und meinte dann: „Ich hatte recht. Die Albericis wohnen in der Via Claudia, ganz in der Nähe des Kolosseums. Hier ist die Adresse und eine Telefonnummer." Er hielt Frederick einen Zettel entgegen. „Ach, habe ich das Mädchen damals beneidet ..."

„Dann kam sie positiv verändert aus Rom zurück, würde ich annehmen?", sagte Frederick, griff nach dem Papier und blickte Master Glands direkt an.

Der zog die linke Augenbraue nach oben. „Leider nein. Ich kann es Ihnen nicht erklären, Inspector, aber sie schien mir verschlossener und nicht mehr so unbeschwert wie zuvor. Und ihre schulischen Leistungen verschlechterten sich rapide. Aber lassen Sie uns doch bei einer Tasse Tee weitersprechen!"

Mit Erstaunen verfolgte Heidi, wie Master Glands seine Sekretärin anwies, eine Kanne Tee und drei Tassen zu bringen, um sich dann erneut in außerordentlichem Detail mit Frederick über die architektonischen Highlights Roms auszutauschen. Sie lehnte sich auf ihrem Stuhl zurück, genoss ihren Earl Grey und folgte der ungewöhnlichen Lehrstunde, bis die Schulglocke den Exkurs über die italienische Hauptstadt beendete.

~

PHILIPPA CHRISTY WAR eine große dunkelhaarige Frau mit vielen Sommersprossen und einem Lachen, das ansteckte. Frederick konnte sie sich gut im Klassenzimmer vorstellen, wie sie ihre Schüler mit viel Enthusiasmus und Freude unterrichtete. Zuerst hatte Philippa Christy sie für ein Elternpaar gehalten, das sich über die Schule informieren wollte. Doch er hatte diesen Irrtum schnell aufgeklärt und Philippa Christy hatte charmant gelacht. Als er ihr nun den wahren Grund ihres Besuchs mitteilte, versteinerte sich ihr Gesicht.

„Kommen Sie doch bitte mit hinüber zu den Master Lodgings, da ist es etwas ruhiger", sagte sie und deutete auf die verschachtelten alten Steinhäuschen hinter einer Wiese, auf der ein paar Kinder Fußball spielten. „Was Ihre Frage anbelangt, ob Cecilia sich bei mir gemeldet hat", begann sie schließlich, nachdem sie die Gebäude erreicht hatten. „Nein, ich habe seit sieben Jahren nichts mehr von ihr gehört. Nicht seit dem Abend, an dem sie verschwand.

Meinen Sie denn wirklich, dass sie noch am Leben ist? Das wäre ja ..." Ihr stiegen Tränen in die Augen. „Wundervoll!" Sie schluchzte. „Wie ist es ihr all die Jahre ergangen? Kann ich sie sehen?" Sie blickte sie erwartungsvoll an.

„Leider haben wir sie noch nicht gefunden", erklärte Heidi.

Philippa Christy war sichtlich enttäuscht.

„Könnten Sie uns bitte erzählen, was aus Ihrer Sicht an dem Abend passiert ist, an dem Cecilia verschwand?", fragte Frederick.

„Ich weiß nicht, wo ich anfangen soll", sagte Philippa Christy so leise, dass es den Anschein erweckte, es wäre ihr unangenehm, darüber zu sprechen. Doch dann erzählte sie: „Es war ein wunderschöner Sommertag. Cecilia war gerade aus Italien zurückgekehrt und wir hatten uns wahnsinnig viel zu erzählen. Wir haben den Jungs erst beim Polospielen zugesehen und sind dann zum Bootshaus auf dem Gelände des Blenheim Palace gegangen. Cecilias Vater ist seit Jahren Geschäftsführer von Blenheim Water, wissen Sie, und die Hillingtons wohnen dort in einem herrschaftlichen Cottage. Jedenfalls hatte der Duke nichts dagegen, dass wir uns dort trafen, wenn der Schlosspark für Besucher geschlossen war."

Offenbar spulte sie das Erlebte vor ihrem inneren Auge noch einmal ab. Bis zu diesem Zeitpunkt schien der Abend völlig normal verlaufen zu sein.

„Wir waren schwimmen", fuhr sie fort, „und danach haben wir gegrillt und ein wenig gefeiert. Die Jungs hatten an dem Tag ein wichtiges Polomatch gewonnen und waren in bester Feierlaune."

Genau so hatte es in ihrem Vernehmungsprotokoll gestanden und genau so hatte auch Graham den Abend beschrieben.

„Wir, das bedeutet: Sie, Cecilia, Graham, Timothy, James und Tom?“, hakte Heidi dennoch nach.

„Das ist richtig. Aber woher kennen Sie all die Namen?“, fragte Philippa Christy überrascht.

„Wir haben die Akten von damals gelesen“, erklärte Heidi ihr. „Und mein Bruder Tom war an dem Abend auch dabei.“

„Dann sind Sie Heidi!“ Philippa Christys Augen leuchteten auf und sie lachte einnehmend. „Tom hat damals viel von Ihnen erzählt. Davon, dass Sie auf der Polizeischule sind. Ich fand das sehr viel spannender als mein Lehramtsstudium. Verstehen Sie mich nicht falsch, ich liebe meinen Beruf und die Kinder und ich wollte schon als Mädchen an dieser Schule unterrichten. Aber ich fand es beeindruckend, dass Sie Inspector werden wollten. Das ist ja nun wirklich keine herkömmliche Berufslaufbahn. Und ganz offensichtlich sind Sie tatsächlich in die Fußstapfen Ihres Vaters getreten.“

Ihre Begeisterung sprang offenbar auf Heidi über. „Noch bin ich kein Chief Inspector, aber ich arbeite daran!“ Sie lachte.

Philippa Christys Miene hatte sich inzwischen wieder verfinstert. „Wie kommt es, dass Sie mich jetzt noch einmal befragen? Ich habe Ihrem Vater und seinen Kollegen damals alles erzählt, was ich weiß. Und Tom hat Ihnen doch sicherlich auch berichtet, was an dem Abend in Blenheim Palace passiert ist.“ Es klang fast nach einem Vorwurf.

„Graham Spencer ist gestern ums Leben gekommen“, erklärte Frederick.

Philippa Christy zuckte zusammen.

„Wir vermuten einen Zusammenhang zwischen seinem Tod und Cecilias Verschwinden“, fuhr Frederick fort.

„Graham ist tot?", wiederholte Philippa Christy ungläubig und begann nervös mit Daumen und Zeigefinger zu spielen. „Wie ist er gestorben?"

„Er hat sich beim Polospielen das Genick gebrochen."

„Das ist ja schrecklich!", rief sie entgeistert. „Aber was hat das alles mit Cecilia zu tun?"

„Wir haben bei seinen Sachen einen Brief gefunden, in dem er bedroht wurde. Und die Absenderin ist Cecilia."

„Das ... Das kann doch gar nicht sein!", stotterte Philippa Christy. „Der Brief muss gefälscht worden sein. Cecilia ist tot."

„Wieso sind Sie sich da so sicher?", fragte Frederick und blickte sie eindringlich an.

„Das bin ich nicht", sagte Philippa Christy eilig. „Aber sie hätte sich doch bei mir gemeldet in all den Jahren, wenn sie noch leben würde. Wir waren die besten Freundinnen!"

Das klang plausibel.

„Und wie war Ihr Verhältnis zu Graham Spencer?", wollte Frederick dann wissen.

Philippa Christy zögerte kurz, bevor sie antwortete: „Ich kannte ihn nicht besonders gut. Er war ein Freund von Cecilias Bruder." Dafür schien die Nachricht von seinem Tod sie allerdings sehr getroffen zu haben.

„Wann hatten Sie zuletzt Kontakt zu ihm?", fragte Frederick daher.

„Ich kann mich ehrlich gesagt nicht mehr genau daran erinnern. Nach Cecilias Verschwinden habe ich mich von der Clique zurückgezogen. Ich habe lange gebraucht, um über ihren ..." Sie schluckte. „Um darüber hinwegzukommen, dass sie nicht mehr da ist."

„Wenn Cecilia den Brief nicht geschrieben hat, könnten Sie sich dann vorstellen, wer es stattdessen getan haben könnte? Hatte Graham Spencer Ihres Wissens Feinde?"

Philippa Christy dachte lange nach und sagte dann zögerlich: „Der Einzige, der mir da einfällt, ist Tom.“ Sie schaute zu Boden, so als ob sie vermeiden wollte, Heidi anzusehen.

Frederick bemerkte, wie Heidi wieder begann, auf ihrer Unterlippe herumzukauen. „Wieso Tom?“, wollte er wissen.

„Er war damals der beste Nachwuchsspieler im Team und Graham hat das gar nicht gepasst. Graham war schon immer sehr ehrgeizig und hatte ein ziemlich loses Mundwerk. Er hat Tom ganz schön aufgezogen, vor allem vor den anderen Jungs. Und Tom hat sich das natürlich nicht gefallen lassen. Es gab oft Auseinandersetzungen zwischen den beiden.“

Heidi nickte zustimmend. Dann schüttelte sie sich unvermittelt, so als ob sie die Gedanken daran loswerden wollte, und sagte: „Können Sie uns erzählen, wann Sie Cecilia das letzte Mal gesehen haben?“

Es schien, als ob sie die Unterhaltung von Tom weg lenken wollte, doch Frederick schritt nicht ein.

Auch Philippa Christy wirkte zunächst überrascht über die neue Frage, antwortete dann aber: „Das war kurz vor ihrem Spaziergang mit Graham. Wir saßen gemeinsam auf dem Bootssteg und sie erzählte mir von Italien. Irgendwann sagte sie, dass sie mit Graham allein sein wollte. Sie war furchtbar verliebt in ihn.“

„Um wie viel Uhr war das etwa?“

„Ehrlich gesagt weiß ich das nicht so genau. Ich hatte einen kleinen Schwips und habe nicht auf die Zeit geachtet. Vermutlich war es gegen zehn oder vielleicht noch etwas später.“

„War Cecilia anders, bevor sie zu dem Spaziergang aufbrach?“

„Sie wirkte tatsächlich etwas nervös", antwortete Philippa Christy. „Aber ich habe das auf ihre Verliebtheit zurückgeführt, da ist man ja immer etwas aufgeregt."

So sollte es eigentlich sein, schoss es Frederick durch den Kopf. Und doch vermisste er dieses Gefühl, wenn er an Blanche dachte.

„Was geschah, als Graham von dem Spaziergang zurückkam?", holte Heidi ihn gedanklich wieder zur Befragung zurück.

„Nachdem er zum Bootshaus zurückgekehrt war und Cecilia nicht nachkam, haben wir irgendwann begonnen, nach ihr zu suchen. Ich habe sie mehrfach auf ihrem Handy angerufen, aber sie ist nicht rangegangen."

„Fanden Sie das nicht besorgniserregend?", mischte Frederick sich ein.

„Nicht wirklich", erwiderte Philippa Christy, ohne zu zögern. „Cecilia konnte gelinde gesagt sehr eigenwillig sein. Es war nicht das erste Mal, dass sie mich einfach irgendwo hat stehen lassen. Ich erinnere mich noch gut daran, dass wir einmal gemeinsam in London eine Vernissage besucht haben. Einer der Künstler hat sich länger mit mir unterhalten, als es ihr gefiel, und sie ist dann einfach gegangen, ohne ein Wort zu sagen. Ich habe sie wieder und wieder angerufen, doch sie hat nicht abgenommen. Als sie endlich an ihr Telefon ging, saß sie bereits im Zug zurück nach Oxford. Und so etwas hat sie nicht nur mit mir gemacht, fragen Sie nur ihre Brüder!"

„Verstehe", meinte Frederick, doch er war noch nicht so recht überzeugt. „Noch einmal zurück zu Graham Spencer", sagte er dann. „Wie hat er sich genau verhalten, als er zum Bootshaus zurückkam? War er aufgebracht? Hatte er sich vielleicht mit Cecilia gestritten? Hatte er irgendwelche Verletzungen oder war er außer Atem?"

„Nein, mir ist nichts aufgefallen und er hat auch nichts gesagt. Aber er war schon immer ein hervorragender Schauspieler. Ich mochte ihn ehrlich gesagt nie besonders. Cecilia dagegen hatte einen Narren an ihm gefressen."

„Das heißt, die beiden waren ein Paar?"

„Aus ihrer Sicht, ja. Dass Graham das genauso gesehen hat, glaube ich allerdings nicht. Er hat sich nie mit nur einer Frau zufriedengegeben", stellte Philippa Christy verbittert fest.

„Und Sie haben tatsächlich erst am nächsten Morgen Cecilias Eltern Bescheid gegeben, dass ihre Tochter verschwunden ist?" Frederick konnte sein Unverständnis nicht verbergen.

Philippa Christy nickte. „Ihre Mutter war an dem Wochenende in einem Wellnesshotel. Aber ihr Vater hat sofort die Polizei informiert, als er sie nicht in ihrem Zimmer vorfand und das Bett unbenutzt war."

Frederick konnte immer noch nicht verstehen, wieso sich keiner ernsthaft Sorgen um das Mädchen gemacht hatte. „Haben Sie sich denn keine Vorwürfe gemacht, weil Sie nicht länger nach ihr gesucht haben? Oder weil Sie nicht sofort ihren Vater verständigt haben, als Sie Cecilia nicht finden konnten?"

„Natürlich, im Nachhinein schon", gab Philippa Christy zu. „Aber wie hätte ich denn ahnen können, dass sie einfach spurlos verschwindet. Und das von einem umzäunten Gelände! Da zeigt sich doch, dass man nirgendwo mehr sicher ist, nicht einmal an einem Ort wie Blenheim Palace!"

„Sie halten es also für unwahrscheinlich, dass sie das Gelände unbemerkt verlassen hat?", fragte Frederick. „Sie meinen, dass sie einem Verbrechen zum Opfer gefallen ist?"

Philippa Christy dachte kurz nach. „Eigentlich halte ich es nicht für möglich, dass sie von dort einfach so verschwinden konnte. Aber anscheinend ist es ihr irgendwie gelungen. Ihre Leiche wurde schließlich nie gefunden. Das macht das Ganze ja so unbegreiflich."

„Und was könnte Ihrer Meinung nach geschehen sein?" Frederick war gespannt auf ihre Antwort. Immerhin war sie Cecilias beste Freundin gewesen, und damit einer der Menschen, der sie am besten kannte.

Wieder überlegte Philippa Christy eine Weile, bevor sie sprach. „Zunächst war meine Theorie, dass sie in den Glyme gefallen und ertrunken ist. Sie war noch nie eine besonders gute Schwimmerin. Ihr Handy wurde doch am Ufer gefunden, soweit ich weiß."

„Haben Sie denn Hilferufe gehört?"

„Nein."

„Und können Sie sich vorstellen, dass sie sich ertränken wollte?"

Philippa Christy schüttelte den Kopf. „Nein, das denke ich nicht. Dafür war sie nicht der Typ. Sie war niemand, der einfach so das Handtuch schmeißen würde, sie hatte einen viel zu starken Willen. Außerdem hätte sie das ihrem Vater und ihren Brüdern niemals angetan. Und mir auch nicht." Sie schien sich ziemlich sicher zu sein.

„Und wie erklären Sie sich dann ihr Verschwinden?"

„Das kann ich ehrlich gesagt nicht. Ich habe schon unzählige schlaflose Nächte damit verbracht, darüber zu grübeln. Aber wenn ihre Leiche nicht auf dem Gelände von Blenheim Palace gefunden wurde, dann muss sie es ja verlassen haben. Ob tot oder lebendig, weiß ich nicht. Ich weiß nur, dass ich sie schrecklich vermisse." Erneut stiegen ihr Tränen in die Augen. Und noch etwas anderes schien sie zu beschäftigen. „Da ist eine Sache, die ich nun schon seit Jahren mit mir herumtrage“, verriet sie.

Frederick freute sich, dass sein Instinkt ihn nicht getäuscht hatte.

„Ich habe damals nicht den Mut gehabt, darüber zu sprechen, aber ich denke, jetzt ist es an der Zeit.“

„Ja?“

„Cecilia hat in den Tagen vor ihrem Verschwinden so seltsame Andeutungen gemacht.“

„Was für Andeutungen?“

Für eine Weile sah Philippa Christy einem Jungen zu, der dem Fußball nachrannte, dann sagte sie: „Sie erzählte mir, dass sie ein Geheimnis habe, das sie mir aber nicht verraten könne.“

„Weshalb haben Sie das damals nicht zu Protokoll gegeben?“, fragte Frederick scharf.

In diesem Moment läutete die Schulglocke das Ende der Pause ein.

Philippa Christy zuckte mit den Achseln. „Wenn ich ehrlich bin, dachte ich, es hätte etwas mit ihrem Geburtstag zu tun. Ihre Mutter hatte einen großen Empfang für sie im Hotel Randolph geplant. Ich habe nicht weiter nachgefragt, weil ich ihr die Überraschung nicht verderben wollte.“ Sie blickte nervös zum Schulgebäude hinüber. Dann sagte sie hastig: „Es tut mir leid, ich muss jetzt wirklich zurück zu meiner Klasse.“

„Natürlich“, erwiderte Frederick. „Vielen Dank, dass Sie uns Ihre Pause geopfert haben.“

„Keine Ursache!“ Philippa Christy lächelte ihn an, nickte Heidi kurz zu und lief dann eilig zurück zum Schulgebäude.

„Wir melden uns bei Ihnen, falls wir weitere Fragen haben sollten", rief Heidi ihr hinterher, doch wahrscheinlich hörte sie es nicht mehr, sie war bereits zu weit weg.

~

„WAS HALTEN SIE von Philippa Christy?", fragte Heidi kritisch, als sie wieder im Mini saßen.

Frederick konnte ihr ansehen, dass ihr die junge Lehrerin unsympathisch war. Wahrscheinlich, weil sie ihren Bruder Tom verdächtigte, etwas mit Grahams Tod zu tun zu haben. Er beschloss, Tom zunächst außen vor zu lassen, er wollte kein Öl ins Feuer gießen.

„Ganz offensichtlich ist sie über den Verlust ihrer besten Freundin noch lange nicht hinweg", sagte er stattdessen. „Und Graham Spencer mochte sie anscheinend nicht besonders."

„Sie meinen also, sie könnte als Täterin in Betracht kommen?"

„Vielleicht wollte sie sich an ihm rächen, weil sie ihn für Cecilias Verschwinden verantwortlich macht", spekulierte er.

Heidi kratzte sich nachdenklich am Kopf. „Aber wieso sollte sie sich ausgerechnet nach all den Jahren rächen wollen? Wenn wir ihr glauben dürfen, hatte sie in den letzten Jahren keinen Kontakt zu Graham. Wir sollten das auf jeden Fall überprüfen. Und ich frage mich die ganze Zeit, ob sie uns nur die halbe Wahrheit erzählt hat, was dieses Geheimnis angeht. Wer weiß, ob Cecilia sich ihr nicht doch anvertraut hat? Ich erzähle meiner besten Freundin immer alles."

„Wirklich alles?", fragte Frederick und blickte sie interessiert an.

„Na, zumindest erzähle ich Louise fast alles."

Louise also, dachte Frederick erfreut. Endlich kannte er den Namen von Heidis bester Freundin.

„Philippa Christy hat vor sieben Jahren geschwiegen und hätte einfach weiter schweigen können", holte Heidi ihn wieder zu ihrem Fall zurück. „Ich frage mich: Was hat sich geändert? Was bezweckt sie damit, uns nun von diesem Geheimnis zu erzählen?"

Eine gute Frage, fand Frederick. Denn Philippa Christy schien auch ihm nicht der Typ Mensch zu sein, der handelte, ohne zuvor die Konsequenzen abgewogen zu haben. Sie hatte sicherlich irgendeinen Hintergedanken gehabt.

„Vielleicht hatte sie ein schlechtes Gewissen, weil sie es damals nicht erwähnt hat. Aber zu der Zeit wollte sie Cecilia nicht verraten", vermutete er.

„Sie dachte wahrscheinlich, dass Cecilia wieder auftauchen würde, und wollte ihre Freundin nicht hintergehen", führte Heidi seinen Gedanken fort.

„Möglich", meinte Frederick nachdenklich. „Oder aber Philippa Christy hat dieses vermeintliche Geheimnis nur erfunden, um von sich selbst abzulenken."

Mittlerweile fuhren sie die St Clement's hinauf und bogen dann am South Park in Richtung Headington ab. Es ging nur stockend voran, denn der Feierabendverkehr blockierte die Straßen. Als sie endlich die Northern Bypass Road erreichten, drückte Heidi umso heftiger aufs Gas. Frederick lehnte sich zurück und versuchte, ruhig zu bleiben. Zu Anfang hatte er die Kollegen nicht ernst genommen, die ihn vor dem rasanten Fahrstil seiner Partnerin gewarnt hatten. Sergeant Simmons weigerte sich regelrecht, zu Heidi ins Auto zu steigen. Inzwischen konnte Frederick es ihm nachfühlen. Und der Döner

Kebab, der in seinem Magen rumorte, machte die Fahrt nicht gerade angenehmer.

„Ich hoffe, dass wir keine Probleme bekommen", meinte Heidi nach einer Weile besorgt. „Der Duke ist seit Cecilias Verschwinden sehr empfindlich, was die Polizei angeht. Damals wurde das Schloss tagelang abgesperrt und durchsucht. Danach blieben lange die Besucher aus. Sie hatten Angst, dass Cecilias Leiche doch irgendwo auf dem Gelände versteckt sein könnte."

„Es gibt also tatsächlich noch einen Duke auf dem Schloss?", fragte Frederick überrascht.

„Aber ja!", sagte Heidi mit Stolz in der Stimme. „Unser Duke gehört zum Blenheim Palace wie die Queen zum Buckingham Palace. Inzwischen ist es der zwölfte Duke of Marlborough", erklärte sie, „ein Nachfahre von John Churchill, dem das Anwesen als Dank für seine militärischen Verdienste im Spanischen Erbfolgekrieg geschenkt wurde. Der bekannteste Bewohner von Blenheim Palace ist aber Winston Churchill, der dort auch geboren wurde."

„Ach was!" Frederick war beeindruckt. „Und die Hillingtons leben auf diesem geschichtsträchtigen Anwesen? Nobel, nobel!"

„Das können Sie laut sagen! Auf dem Gelände von Blenheim Palace gibt es eine Quelle, deren Wasser abgefüllt und für viel Geld verkauft wird. Der Duke hat Franklin Hillington als Geschäftsführer von Blenheim Water eingesetzt, daher darf die Familie Hillington auf dem Anwesen wohnen und den Schlosspark mitbenutzen. Tom hat Timothy oft besucht, als er jünger war. Für die beiden war es die perfekte Spielwiese. Und hier sind wir schon. Am besten parken wir am Hintereingang, so kommen wir schneller zum Cottage der Hillingtons", entschied Heidi und fuhr in flottem Tempo durch die schmalen Gässchen des kleinen Örtchens Woodstock. Schließlich parkte sie vor einer meterhohen weißen Steinmauer, die Blenheim Palace wohl einst vor böswilligen Eindringlingen hatte schützen sollen.

Sie stiegen aus und nickten dem alten Pförtner zu, der in einem kleinen Holzhäuschen saß. Er versuchte ihnen durch ein Kopfschütteln zu verstehen zu geben, dass der Schlosspark bereits geschlossen sei.

Heidi zog ihren Polizeiausweis hervor und erklärte: „Wir sind keine Besucher, Sir. Wir würden gerne mit den Hillingtons sprechen. Es wird nicht lange dauern."

„Ich muss das erst mit dem Duke abklären", erwiderte der Pförtner wie erwartet, nachdem er ihren Ausweis genauestens inspiziert hatte.

„Tun Sie das, wir gehen inzwischen schon mal durch", antwortete Heidi.

Der Pförtner war viel zu verdutzt, um sie aufzuhalten. Also traten sie durch das imposante Woodstock Gate, das Frederick stark an einen Triumphbogen erinnerte. Sobald sie das Steintor durchschritten hatten, erstreckten sich weite Grasflächen vor ihnen. Darauf standen vereinzelte Baumgruppen. Der Glyme zog sich wie ein Z durch die Landschaft und auf einer Anhöhe erblickte Frederick das prächtige Barockschloss. Die untergehende Abendsonne tauchte es in ein grelles Orangerot und spiegelte sich auf der Wasseroberfläche des Flusses.

„Was für ein Privileg, auf diesem Anwesen wohnen zu dürfen!", schwärmte Frederick. „Schade, dass wir nicht hier sind, um den Duke zu befragen. Ich hätte zu gerne einen Blick in die Räume des Schlosses geworfen."

„Warten Sie nur ab!", versprach Heidi. „Das Cottage der Hillingtons muss sich nicht verstecken. Man könnte meinen, dass es sich um ein kleines, gemütliches Häuschen handelt, aber in Wahrheit hat es die Größe eines Mehrfamilienhauses."

~

DAS ROMANTISCHE COTTAGE lag auf einer kleinen Anhöhe hinter hohen Bäumen. Die Wände waren mit Efeu bewachsen und um den Eingang rankten sich edle Rosen. Als sie sich der Eingangstür des zweistöckigen Sandsteingebäudes näherten, beobachtete Heidi durch ein Fenster, wie ein älterer Herr aus seinem Ohrensessel aufstand und sich umsah. Es war Franklin Hillington. Sie war ihm schon oft begegnet, schließlich war Tom der beste Freund von Timothy Hillington. Sein Vater war selbst einmal ein erfolgreicher Polospieler gewesen und hatte die Jungs für den Sport begeistert. Doch seit einigen Jahren zog er es vor, ihnen vom Spielfeldrand aus zuzuschauen, anstatt selbst im Sattel zu sitzen.

Heidi drückte den Klingelknopf. Nur wenige Augenblicke später öffnete Franklin Hillington ihnen die Tür. Er trug einen warmen Wollpullover und hellbraune Cordhosen. Sein graues Haar war kurz, sodass seine abstehenden Ohren noch größer wirkten. Sie hatte einmal gelesen, dass erfolgreiche Menschen große Ohren hatten, und fragte sich, ob das wirklich stimmte. Franklin Hillington war zweifellos ein erfolgreicher Geschäftsmann; soweit sie von Tom wusste, lief Blenheim Water blendend. Ob er bei der Wahl seiner Ehefrau ebenso erfolgreich gewesen war, fand sie allerdings mehr als fraglich.

„Da sind Sie ja, Mrs Green!", rief Franklin Hillington. „Ich habe mich schon gefragt, wie lange Sie von der Eingangspforte bis zum Cottage brauchen würden. Sie sind auch nicht mehr so schnell auf den Beinen wie früher, was?", zog er sie auf.

„So alt bin ich nun auch noch nicht, Mr Hillington!" Heidi lachte. Sie mochte den Mittsechziger, der immer zu einem Scherz aufgelegt war. „Der Pförtner hat Sie also vorgewarnt."

„Er ist eigentlich dafür da, aufdringliche Fremde vom Gelände fernzuhalten, aber er konnte ja schlecht die Polizei verständigen." Er zwinkerte ihr zu. „Ach, und Sie haben sich auch noch Verstärkung mitgebracht!"

„Darf ich Ihnen meinen Partner Inspector Collins vorstellen?"

Franklin Hillington schüttelte Frederick die Hand.

„Guten Abend, Sir", sagte Frederick höflich und wurde dafür mit einem „Kommen Sie nur herein!" belohnt.

Sie folgten Franklin Hillington in einen repräsentativen Eingangsbereich, dessen Fußboden mit großen Marmorplatten ausgelegt war. An den hohen Wänden hingen gerahmte Ölgemälde. In jedem anderen Haus hätte das wahrscheinlich überladen gewirkt, doch hierher passten die Gemälde wunderbar. Links und rechts der Treppe, die in den ersten Stock führte, standen Blumengestecke. Franklin Hillington führte sie in ein großzügiges Wohnzimmer, in dem in einem offenen Kamin ein Feuer loderte.

„Bitte, setzen Sie sich doch, Inspectors!" Er wies auf eine dunkle Samtcouch. „Ich hole eben noch zwei weitere Tassen, ich hatte mir gerade frischen Tee aufgegossen." Mit diesen Worten verließ er das Zimmer.

Heidi nutzte die Gelegenheit, um sich umzuschauen. Auch die Wände dieses Raums waren mit Ölgemälden geschmückt. Sie zeigten allesamt die verschiedenen Gebäude des Blenheim Palace oder den Schlosspark. In der

Mitte des großen Raums stand ein antiker Eichentisch mit acht Stühlen, über dem ein sechsarmiger Kronleuchter hing. Meterhohe Regale beherbergten unzählige Bücher mit alten Ledereinbänden.

Franklin Hillington kehrte mit einem Tablett zurück, auf dem zwei Tassen, ein Milchkännchen und eine Zuckerdose standen.

„Sind Ihre Frau und Benjamin nicht zu Hause?", fragte Heidi, während er ihnen den Tee eingoss.

„Benjamin ist beim Eislauftraining. Er will mal Eishockeyspieler werden. Mit Polo kann der Kerl nichts anfangen. Ich frage mich, was ich bei ihm falsch gemacht habe", erklärte Franklin Hillington kopfschüttelnd und lachte. „Sie würden ihn nicht wiedererkennen, er ist inzwischen zwei Köpfe größer als Sie und hat so breite Schultern, dass er kaum noch durch die Tür passt. Dieses Jahr fängt er mit dem College an."

„Ach was, so alt ist er inzwischen schon?" Heidi überlegte, wann sie Timothys kleinen Bruder das letzte Mal gesehen hatte. Das war, noch bevor ihre Zwillinge geboren waren.

„Und meine Frau ist mit den Hunden raus", fuhr Franklin Hillington fort. „Sie müsste aber bald zurück sein. Ich habe ihr erzählt, dass mein Herz mal wieder Probleme macht, damit ich nicht mitkommen muss. Sie hat es tatsächlich geschluckt." Er kicherte wie ein Dreijähriger. „Ich hoffe, Sie geben sich auch mit meiner Wenigkeit zufrieden."

„Es ist uns eine große Ehre", spielte Heidi mit und lächelte. „Aber Sie ahnen sicher schon, weshalb wir hier sind", sagte sie dann ernst.

„Ich vermute, es geht um Grahams Tod", erwiderte er und seine Stimme verlor von einer Sekunde zur nächsten an Leichtigkeit. „Das war wirklich ein tragischer Unfall. Wenn ich mir vorstelle, dass Timothy auf dem Polofeld verunglückt wäre – oder Ihr Bruder Tom!“

Für einen kurzen Moment fragte Heidi sich, ob das eine Drohung gewesen war. „Ich will gar nicht daran denken“, sagte sie schnell.

„Dann haben Sie sicherlich auch schon von dem Brief gehört“, schaltete Frederick sich ein.

„In dem Graham bedroht worden sein soll? Timothy hat mir von dem Gerücht erzählt.“

„Leider ist es kein Gerücht, Mr Hillington. Wir haben bei Grahams Sachen tatsächlich einen Drohbrief gefunden, der mit dem Namen Cecilia unterschrieben wurde“, eröffnete Heidi ihm und hatte etwas Angst vor seiner Reaktion.

„Wie bitte?“ Seine Überraschung schien echt. Es sah so aus, als stocke ihm für einige Sekunden der Atem. Seine Wangen röteten sich. Dann fing er sich wieder und fragte langsam: „Und jetzt denken Sie doch nicht etwa, dass meine Tochter noch am Leben ist?“

„Wir können es nicht ausschließen.“

„Das ist doch Wahnsinn!“, rief er auf einmal so laut, dass Heidi zusammenzuckte. „Seit Jahren quälen wir uns mit der Ungewissheit, was mit Cecilia passiert ist. Mit den Gedanken daran, dass sie womöglich einem Verbrechen zum Opfer gefallen ist und gefoltert, vergewaltigt oder gar zerstückelt wurde. Bei jedem Anruf zucken wir zusammen, bei jedem Türklingeln hoffen wir, dass sie vor der Tür steht.“ Er hielt sich die Hand ans Herz und verzog vor Schmerzen das Gesicht. „Können Sie sich auch nur im Geringsten vorstellen, wie es uns all die Jahre ergangen ist? Kein Tag ist verstrichen, an dem wir nicht an Cecilia gedacht haben. Wir haben versucht, wieder ein einigermaßen normales Leben zu führen, auch Benjamin und Timothy zuliebe. Und nun kommen Sie daher und erzählen mir ganz nebenbei, dass Sie nicht ausschließen können, dass meine Tochter noch am Leben ist?!" Er japste nach Luft. „Es war eine furchtbare Zeit damals und ich möchte das alles nicht noch einmal erleben. Das würde ich nicht durchstehen!"

So aufgebracht hatte Heidi ihn noch nie erlebt. „Mr Hillington, bitte beruhigen Sie sich!", versuchte sie ihn zu beschwichtigen. „Wir müssen der Sache mit dem Drohbrief nun einmal nachgehen. Und wir werden alles tun, um herauszufinden, ob Ihre Tochter noch lebt."

„Das hat Ihr Vater damals auch behauptet! Und nichts ist passiert. Stunde um Stunde verging und am Ende wurden wir doch enttäuscht." Er blickte sie voller Bitterkeit an.

„Mein Vater hat damals alles in seiner Macht Stehende getan, um Cecilia zu finden!", widersprach Heidi.

Doch Franklin Hillington machte eine abwehrende Handbewegung. „Ein Mensch verschwindet nicht einfach spurlos."

Heidi schwieg; es war müßig, dem etwas entgegenzusetzen. Und wenn sie ehrlich war, musste sie ihm sogar recht geben, zumindest was Cecilia anbelangte: Sie konnte doch nicht einfach spurlos verschwunden sein! Seinen Schmerz und seine Enttäuschung verstand sie nur allzu gut.

„Mr Hillington, könnten Sie uns bitte erzählen, wie Sie davon erfahren haben, dass Ihre Tochter verschwunden ist?", bat Frederick nach einer Weile.

Franklin Hillington seufzte. „Es war am Sonntagmorgen. Philippa, Cecilias beste Freundin, rief mich an und wollte mit meiner Tochter sprechen", erinnerte er sich. „Sie erzählte mir, was in der Nacht zuvor vorgefallen war, und sagte, dass sie sich Sorgen mache, weil Cecilia nicht auf ihre Anrufe und Textnachrichten reagiere. Als ich Cecilia dann nicht in ihrem Zimmer vorfand, habe ich Timothy geweckt. Er bestätigte mir Philippas Schilderungen und ich rief sofort die Polizei."

„Und Ihre Frau?"

„Sie war an dem Wochenende in einem Wellnesshotel in Bath. Natürlich hat sie ihren Aufenthalt sofort abgebrochen, nachdem ich sie informiert hatte." Es klang fast so, als hätte es ihn überrascht.

„Wann haben Sie Cecilia das letzte Mal gesehen?"

„An dem Samstagnachmittag davor. Wir waren gemeinsam auf einem Poloturnier in Kirtlington. Timothy spielte dort und Cecilia interessierte sich neuerdings auch für Polo."

„Wo war Benjamin?", fragte Heidi.

„Er wollte lieber zu Hause bleiben. Er hat sich schon damals nicht für Polo interessiert. Miss McCoist war bei ihm, seine Nanny." Franklin Hillington stockte und verzog das Gesicht. Dass der Junge seine Vorliebe für Polo nicht teilte, schien ihn wahrlich zu schmerzen. Oder steckte noch etwas anderes dahinter?

„Und danach sind Sie gemeinsam aus Kirtlington zum Blenheim Palace zurückgekehrt?"

Franklin Hillington nickte. „Philippa war auch noch mit dabei. Die Mädchen sind dann zusammen mit Timothy zum Bootshaus, um sich mit ihren Freunden zu treffen. Ich erinnere mich noch, als sei es heute, wie Cecilia mir einen Abschiedskuss auf die Wange drückte und sich von mir verabschiedete." Deprimiert starrte er zur Eingangstür. „Das war das letzte Mal, dass ich sie gesehen habe. Es ist mir einfach unbegreiflich, was danach passiert ist." Für einige Sekunden schien er völlig in seinen Erinnerungen versunken.

„Hat denn irgendetwas von Cecilias Sachen gefehlt?", fragte Heidi und versuchte, Blickkontakt zu ihm aufzunehmen, doch es gelang ihr nicht.

Er schüttelte den Kopf, noch immer in Gedanken.

„Das heißt, sie hatte nur das bei sich, was sie am Körper trug?"

„So ist es. Am Anfang haben wir gedacht, dass sie abgehauen ist, vielleicht nach Italien. Sie hatte ja gerade drei Wochen in Rom verbracht. Aber wir haben in ihrem Zimmer ihren Pass und ihren Geldbeutel gefunden", erklärte Franklin Hillington leise. „Weit konnte sie also nicht gekommen sein."

„Es tut uns wirklich sehr leid, dass Sie das alles noch einmal durchleben müssen", sagte Heidi entschuldigend. Sie gab ihm etwas Zeit, indem sie nach ihrer Teetasse griff, einen Schluck trank und die Tasse langsam wieder auf dem kleinen antiken Tisch vor sich abstellte. Dann fuhr sie fort: „Ich hätte noch eine Frage zum gestrigen Tag, wenn es Ihnen recht ist. Sie waren doch auch auf dem Poloturnier."

„Das hätte ich mir nicht entgehen lassen." Franklin Hillingtons Mundwinkel zogen sich kurz nach oben.

„War Ihre Frau ebenfalls dabei?", fragte Frederick.

„Ja", antwortete er knapp.

„Haben Sie den Unfall beobachtet?"

„Aber sicher."

„Wann ist Ihnen aufgefallen, dass mit Graham etwas nicht stimmte?", wollte Heidi wissen.

Franklin Hillington legte die Stirn in Falten. „Als er nicht auf die Rufe der Zuschauer reagierte, die ihn anfeuerten. Normalerweise brachte ihn das so richtig in Fahrt.

Graham brauchte ein Publikum, er stand gerne im Mittelpunkt. Es war eine Freude, ihm beim Spielen zuzusehen. Gewöhnlich hat er einen Punkt nach dem anderen für sein Team eingespielt."

„Es hört sich so an, als ob Sie Graham gut kannten", mischte sich Frederick ein.

„Durch den Polo Club kannte man sich, ja. Ich war oft dabei, wenn die Jungs trainierten. Und meine Frau hatte mit Mrs Spencer durch ihre Arbeit in einem Wohltätigkeitsverein zu tun", erklärte Franklin Hillington, dann presste er die Lippen zusammen. „Allerdings war unser Verhältnis zu Graham und seinen Eltern etwas angespannt", gab er schließlich zu. „Als Cecilia verschwand, waren anfangs alle sehr besorgt. Aber als sie dann nicht mehr auftauchte, begannen sie, sich Geschichten auszudenken, was mit ihr geschehen sein könnte. Vor allem die Spencers." Zorn flackerte in seinen Augen auf. „Es hat nicht lange gedauert, bis man uns verdächtigte, sie umgebracht zu haben. Weil ihre Leiche jedoch nie gefunden wurde, sind die unglaublichsten Gerüchte entstanden. Irgendjemand behauptete sogar, dass ich meine Tochter missbraucht habe und sie vor mir geflohen sei!" Er schüttelte sich. „Es war eine schwere Zeit. Dabei war es schon schlimm genug, dass wir Cecilia verloren hatten. Vor allem meine Frau hat sehr darunter gelitten." Ihm war anzusehen, dass die Zeit auch an ihm nicht spurlos vorbeigegangen war.

„Es gab doch regelrecht Streit mit den Spencers, nicht wahr?", hakte Heidi nach.

„Spielen Sie darauf an, dass meine Frau Graham beschuldigte, Cecilia getötet zu haben?" Erneut flackerte es in Franklin Hillingtons Augen.

Heidi nickte.

Franklin Hillingtons Wangen röteten sich. „Meine Frau war verzweifelt. Ich finde, man sollte die Worte einer Mutter, die gerade ihr Kind verloren hat, nicht auf die Goldwaage legen. Aber Emilia Spencer hat es sich nicht nehmen lassen, dafür zu sorgen, dass sich fast alle von meiner Frau abgewendet haben. Für die sogenannte bessere Gesellschaft waren wir nicht mehr gut genug, um sich mit uns abzugeben." Er hob die Stimme. „Aber nun weiß Emilia Spencer ja selbst, wie es sich anfühlt, wenn man ein Kind verliert!" Das klang fast schadenfroh.

In dem Moment ertönte das blecherne Klirren von Schlüsseln und die Eingangstür wurde geöffnet.

„Auch wenn uns das unsere Cecilia nicht zurückbringt", fuhr Franklin Hillington mit lauter Stimme fort.

Wenig später trat Victoria Hillington ins Wohnzimmer. Sie trug eine grüne Wachsjacke und die dazu passenden Wellington Boots. Ihr blond gefärbtes Haar war perfekt frisiert. Zwei große Afghanische Windhunde stürmten auf Franklin Hillington zu, der sie widerwillig streichelte. Dann begannen die Tiere, Heidi und Frederick zu beschnuppern.

„Was ist denn hier los?", fragte Victoria Hillington entsetzt. In ihrem langen, schmalen Gesicht stand Furcht geschrieben. „Ich habe dich bis in die Eingangshalle gehört, Franklin! Was ist mit Cecilia?" Sie zitterte am ganzen Körper.

„Die Inspectors denken, dass sie noch am Leben sein könnte."

„Was?" Victoria Hillington schwankte und musste sich an einem Regal abstützen. „Ist das wahr?"

„Wir haben einen Brief bei Grahams Sachen gefunden,

der darauf hoffen lässt, dass Cecilia ihn erst kürzlich geschrieben hat", erklärte Heidi. Dass es sich um einen Drohbrief handelte, sparte sie lieber aus.

„Ist das wirklich wahr?", wiederholte Victoria Hillington und blickte hilfesuchend zu ihrem Mann.

„Ich glaube es erst, wenn sie lebend vor mir steht", erwiderte er.

„Wir würden gerne die Schrift auf dem Brief, den wir gefunden haben, mit der Ihrer Tochter abgleichen", mischte Frederick sich ein. „Nur so können wir herausfinden, ob der Brief tatsächlich von Cecilia geschrieben wurde. Dürften wir Sie bitten, uns ein Schriftstück Ihrer Tochter mitzugeben, Mrs Hillington?"

Sie zögerte keine Sekunde. „Was genau brauchen Sie?"

„Hat Ihre Tochter ein Tagebuch geführt?"

Victoria Hillington blickte ihren Mann fragend an und sagte dann: „Soweit ich weiß, nein."

„Haben Sie vielleicht einen Brief oder eine Postkarte aufgehoben, die sie Ihnen geschrieben hat?"

„Sie hat uns Postkarten aus Rom geschickt", erinnerte sich Victoria Hillington. „Ich bewahre all diese Dinge in einer Kiste auf, oben in Cecilias Zimmer. Wenn es Ihnen recht ist, würde ich sie schnell holen gehen."

Sie hatte schon fast den Raum verlassen, als Frederick fragte: „Dürften wir uns das Zimmer Ihrer Tochter bitte einmal ansehen?"

„Sicher. Bitte kommen Sie mit mir, Inspectors!"

Heidi und Frederick folgten ihr gespannt. Auch die beiden Hunde trotteten treu hinter ihr her, nur Franklin Hillington blieb zurück. Sie gingen einen langen Flur entlang und stiegen dann eine Treppe hinauf in den ersten Stock.

Cecilias Zimmer war ein typisches Mädchenzimmer

und schien in den letzten sieben Jahren nicht verändert worden zu sein. An den Wänden hingen Poster bekannter Boybands und auf dem großen Himmelbett lagen rosafarbene Kissen, dazwischen einige Kuscheltiere. In einer Ecke stand ein Schminktisch, an dessen Rahmen Schnappschüsse von Cecilia und Philippa geheftet worden waren. In einer anderen Ecke des Zimmers stand ein gemütlicher Lesesessel.

„Meine Tochter liebte Bücher“, erklärte Victoria Hillington mit matter Stimme. „Alles, was mit Italien und Kunst zu tun hatte, hat sie verschlungen.“ Es fiel ihr sichtlich schwer zu sprechen. Sie trat an das Regal hinter dem Sessel, in dem Shakespeares gesammelte Werke standen. „Und Shakespeare mochte sie auch – seine Gedichte, aber mehr noch liebte sie es, ins Theater zu gehen und die Aufführungen seiner Dramen zu sehen.“ Sie reckte sich und griff nach einer bunten Holzkiste, die im Regal stand. „Das ist die Kiste, von der ich gesprochen habe“, erklärte sie. Sie hielt sie fest, als ob sich darin ein wertvoller Schatz befand.

„Wann haben Sie Ihre Tochter das letzte Mal gesehen, Mrs Hillington?“, fragte Frederick.

„An dem Freitag, bevor sie vermisst wurde. An dem Abend bin ich mit ein paar Freundinnen in ein Wellnesshotel gefahren. Wir hatten das schon eine Weile geplant. Ich mache mir heute noch Vorwürfe deswegen. Vielleicht hätte ich ja irgendetwas tun können, wenn ich nur zu Hause gewesen wäre.“

Wo ist die Frau, die Tom als egozentrisch, launisch und unzugänglich beschrieben hat?, fragte sich Heidi.

„Sie waren also ab Freitagabend nicht mehr hier?“, hakte Frederick nach. „Um wie viel Uhr genau sind Sie gefahren?“

„Es wird gegen fünf am Nachmittag gewesen sein."

„Und wann sind Sie zurückgekehrt?"

„Gleich nachdem mein Mann mich angerufen und mir gesagt hatte, dass unsere Tochter nicht nach Hause gekommen war. Ich bin sofort ins Auto gestiegen und habe mich auf den Rückweg gemacht. Gegen Mittag war ich zurück. Zu dem Zeitpunkt dachte ich noch, dass Cecilia ausgerissen wäre und bestimmt bald wieder auftauchen würde. Wenn ich ehrlich bin, war ich am Anfang sogar etwas sauer, weil ich dachte, sie hat mal wieder eine ihrer Launen und will mir mein Wellnesswochenende ruinieren", gab sie zu und schien sich für diese Gedanken zu schämen. „Da ahnte ich noch nicht, dass ich sie nicht wiedersehen würde."

„Gab es denn Unstimmigkeiten zwischen Ihnen?"

Victoria Hillington schüttelte heftig den Kopf. „Nicht mehr und nicht weniger als zwischen anderen Teenagern und ihren Müttern. Allerdings sind mir diese Kabbeleien damals sehr auf die Nerven gegangen. Heute würde ich alles dafür geben, um mich noch einmal mit meiner Tochter streiten zu dürfen." Tränen stiegen ihr in die Augen.

Für ein paar Sekunden herrschte betroffene Stille, dann fragte Frederick: „Sie waren doch gestern auch in Kirtlington, nicht wahr, Mrs Hillington?"

Sie stellte die Kiste aufs Bett, zog ein Tuch aus ihrer Hosentasche und wischte sich die Tränen vom Gesicht. Offenbar nutzte sie die Zeit, um sich wieder zu sammeln, bevor sie antwortete: „Blenheim Water ist der Hauptsponsor des Poloclubs, und da mein Mann der Geschäftsführer ist, war ich natürlich auch dabei. Ganz abgesehen davon, dass Timothy bei dem Turnier mitgespielt hat."

„Aber störte es Sie nicht, dass auch die Spencers dort waren?", fragte Frederick ohne Umschweife.

Victoria Hillington kräuselte die Lippen und schwieg

für eine Weile. „Nein, das störte mich nicht", sagte sie dann mit fester Stimme.

Doch Heidi glaubte ihr nicht. „Dann ist also alles wieder in Ordnung zwischen Ihnen? Ich habe gehört, dass es da gewisse Differenzen gab."

Victoria Hillington seufzte laut. „Nach dem Verschwinden meiner Tochter habe ich mich in meiner Verzweiflung dazu hinreißen lassen, der Oxford Mail ein Interview zu geben. Als der Reporter mich fragte, wen ich für den Mörder meiner Tochter halte, habe ich den Fehler begangen zu sagen, dass Graham der Letzte war, der sie lebend gesehen hat. In dem Artikel stand dann, dass ich Graham für ihren Mörder halte. Aber so habe ich das nie gesagt", erklärte sie wütend.

Heidi überlegte einen Moment lang. „Heißt das, Sie glauben inzwischen nicht mehr, dass Graham etwas mit dem Verschwinden Ihrer Tochter zu tun hatte?"

Victoria Hillington zögerte. „Sie wissen ja selbst, dass Ihr Vater ihm nichts nachweisen konnte", sagte sie schließlich. „Es gab keine Kampf- oder Blutspuren oder sonst irgendetwas, das auf ein Verbrechen hingewiesen hätte. Ich hatte damals tagelang nicht geschlafen und habe verzweifelt nach einem Schuldigen gesucht. Nachdem der Artikel veröffentlicht worden war, habe ich mich mehrfach – auch öffentlich – bei den Spencers für meine Vorwürfe entschuldigt, besonders bei Graham. Aber sie haben mir nie verziehen", erklärte sie traurig. Das schien sie gebrochen zu haben. Doch machte es sie auch zu einer Verdächtigen?

„Als Graham verunglückte, wo waren Sie da?", wollte Heidi wissen.

„Mit meinem Mann am Spielfeldrand. Timothy spielte ja gerade."

„Und davor?"

„Hier und da, wie es auf solchen Veranstaltungen eben so ist: Man unterhält sich, trifft auf den nächsten Bekannten, unterhält sich wieder eine Weile. Ich kann es Ihnen nicht genau sagen, es war ja so viel los."

„Waren Sie auch am Getränkeausschank?"

„Natürlich. Ich habe dort ab und zu nach dem Rechten gesehen. Aber wir hatten zwei Studierende für den Tag eingestellt, die uns ausgeholfen haben."

„Würden Sie uns bitte ihre Namen nennen?"

„Lassen Sie mich kurz überlegen! ... Leni Mitchell und Clara Bourke, so hießen die beiden, wenn ich mich richtig erinnere. Sie studieren am Christ Church College."

Heidi zog ihr Handy hervor und notierte sich die Namen.

„Eine ganz andere Frage", übernahm Frederick. „Wissen Sie, was für einen Wagen Graham Spencer fuhr?"

Victoria Hillington blickte ihn erstaunt an. „Nein, das kann ich Ihnen nicht sagen. Weshalb fragen Sie?"

„Wir haben den Brief, der angeblich von Cecilia stammt, in seinem Wagen gefunden."

„Verstehe." Damit schien die Angelegenheit für Victoria Hillington erledigt zu sein. Sie nahm drei Karten aus der Kiste und hielt sie Heidi und Frederick entgegen. „Das sind die Postkarten, von denen ich gesprochen hatte." Sie lächelte, doch es wirkte gezwungen.

Frederick bedankte sich und griff nach den Karten. Heidi hatte das Gefühl, dass Victoria Hillington sie nur widerwillig aus der Hand gab.

„ES MUSS SCHLIMM sein, nicht zu wissen, was mit dem eigenen Kind passiert ist", stellte Heidi mitfühlend fest, als sie das Cottage der Hillingtons verlassen hatten. Allein der Gedanke daran, dass Ann oder Max spurlos verschwinden könnten, schnürte ihr die Kehle zu. Bedrückt trat sie auf den beleuchteten Weg, der sie zurück zum Woodstock Gate führte.

„Mhhh." Frederick schien ebenfalls in Gedanken.

„Ich kann die Wut und Verzweiflung der Hillingtons nur zu gut verstehen." Heidi sah zu ihm hinüber. „Allerdings bin ich zwiegespalten, was Victoria Hillington angeht. Von allen Seiten hört man, dass sie eine schreckliche Person sein soll, ungehalten, zynisch, arrogant – und das sind nur einige der Adjektive. Auf mich hat sie jedoch einen ganz anderen Eindruck gemacht. Meinen Sie, sie hat uns nur etwas vorgespielt?"

Frederick schwieg eine ganze Weile, dann sagte er: „Ich war auch überrascht, dass sie so offen und ehrlich über das Verhältnis zu ihrer Tochter gesprochen hat. Vielleicht hat Cecilias Verschwinden ja ihre menschliche Seite hervorgebracht?"

~

ES WAR SCHON nach sieben und der Himmel tiefblau. Die Uhren waren vor ein paar Tagen auf Winterzeit umgestellt worden und nun wurde es noch früher dunkel. Bevor Frederick zu Heidi in den Mini stieg, blickte er ein letztes Mal auf den hell angestrahlten Blenheim Palace. Nur der kleine Weg zum Ausgang war beleuchtet, das übrige Gelände lag im Dunkeln. Es wäre ein Leichtes gewesen, hier ungesehen ein Verbrechen zu begehen.

Sie gerieten in den Feierabendverkehr, als sie auf die

Schnellstraße in Richtung Oxford fuhren. Auf der Höhe des Flughafens begann der Verkehr zu stocken, gerade als eine kleine Cessna in Richtung Norden startete. Als sie den Kreisel am Ortseingang erreicht hatten, kamen sie ganz zum Stehen.

„Es ist jeden Morgen und jeden Abend dasselbe", stöhnte Heidi. „Die Baustelle gibt es nun schon seit mehr als zwei Jahren und es ist kein Ende in Sicht!"

Dann ging es weiter. Nach einer Weile fuhren sie die Banbury Road hinunter bis zur St Giles. Frederick störte sich nicht daran, dass es nur so langsam voranging. Oxford im Abendlicht hatte etwas sehr Romantisches. Die alten Straßenlaternen, die historischen Mauern der reich verzierten Colleges und die hohen Kirchtürme erzählten die faszinierende Geschichte der Stadt. Frederick hatte gelesen, dass Oxford ursprünglich mit der Gründung eines Klosters im 6. Jahrhundert durch eine Nonne begonnen hatte, die noch heute Stadtpatronin und Schutzheilige der Universität war.

Am Boswells, dem großen Buchladen, bog Heidi ab und fuhr dann die George Street entlang. Die Restaurants in der kleinen Straße hinter dem Theater waren gut besucht. Auch Frederick knurrte der Magen, doch er sagte nichts. Er wollte die letzte Befragung an diesem Tag so schnell wie möglich hinter sich bringen.

Wenige Minuten später hatte Heidi den Mini in einer Seitenstraße nahe dem Christ Church College geparkt. Sie betraten das Gelände durch das große Eingangstor des Tom Tower, das eigentlich nur Studenten vorbehalten war. Aber der freundliche Pförtner ließ sie passieren und beschrieb ihnen den Weg zur Dining Hall.

„Dort müssten Sie die beiden um diese Uhrzeit finden", versprach er.

Heidi und Frederick gingen über den Tom Quad, vorbei an einem runden Teich und erreichten schließlich das Gebäude, in dem die Great Hall lag. Sie stiegen eine alte Steintreppe hinauf und hörten schon von Weitem Stimmen, die wirr durcheinandersprachen. Durch eine alte hölzerne Tür betraten sie den Speisesaal, in dem sich unzählige Studierende zum Abendessen versammelt hatten.

Frederick bemerkte als Erstes die dunkle Eichendecke. Dann wanderte sein Blick die hohen Wände mit den großen Fenstern entlang. Der Raum kam ihm bekannt vor und er grübelte eine Weile weshalb, bis ihm einfiel, dass ein naturgetreuer Nachbau dieser Dining Hall in den Harry-Potter-Filmen verwendet worden war. Auch das hatte er vor Kurzem gelesen.

Heidi nickte einer Küchenhilfe zu und fragte, wo sie Miss Mitchell und Miss Bourke finden könnten. Die Frau zeigte auf einen Tisch ganz in der Nähe. Miss Mitchell sei die junge Dame mit dem auffälligen gelben Pullover und Miss Bourke die Rothaarige daneben.

Heidi und Frederick traten an den Tisch heran und stellten sich vor. Den beiden Frauen stand die Überraschung über ihren Besuch ins Gesicht geschrieben.

„Wir würden uns gerne kurz mit Ihnen unterhalten", sagte Frederick freundlich. „Lassen Sie uns doch an den freien Tisch dort drüben setzen!"

Die beiden warfen sich unsichere Blicke zu, folgten ihnen dann aber.

„Sie haben am Sonntag beim Polospiel von Blenheim Water beim Getränkeausschank geholfen, ist das richtig?", eröffnete Frederick das Gespräch.

Die jungen Frauen nickten verschüchtert.

„Wie Sie sicherlich wissen, hat sich einer der Spieler das

Genick gebrochen. Wir vermuten, dass ihm etwas in sein Getränk gemischt wurde", fuhr Heidi fort.

„Graham Spencer, ich weiß!", rief Leni Mitchell.

„Und jetzt denken Sie, das war eine von uns?", fragte Clara Bourke und strich sich nervös eine rote Haarsträhne hinters Ohr.

„Wir stehen noch ganz am Anfang unserer Ermittlungen und hätten gerne gewusst, ob Ihnen an dem Tag irgendetwas aufgefallen ist", wich Frederick der Frage aus. „Wie genau wurden die Getränke ausgegeben?"

„Die Becher standen für jeden zugänglich auf den Tischen. Die Gäste haben sie sich einfach nehmen können. Wir sollten nur dafür sorgen, dass immer genügend volle Becher bereitstanden", erklärte Clara Bourke.

„Haben Sie denn gesehen, wie Graham Spencer sich ein Getränk genommen hat?"

Clara Bourke verneinte, doch Leni Mitchell nickte und ihre Wangen röteten sich vor Aufregung. „Ich hab es gesehen. Ich hab ihn sofort erkannt, er war ja in letzter Zeit öfter in Zeitschriften zu sehen. Als er zum Stand kam, war ich ganz aufgeregt. Er sah ja so gut aus in seiner weißen Polouniform. Und charmant war er", schwärmte sie. „Hat sich extra noch mal bei mir bedankt, obwohl die Becher ja ohnehin dort standen."

Frederick ignorierte den Lobgesang. „Was für ein Getränk hat er sich genommen?"

„Soweit ich weiß, war es eine Cola. Später kam er noch mal zurück und hat sich noch eine genommen." Leni Mitchell lächelte bei der Erinnerung daran.

„Haben Sie denn vielleicht irgendjemanden beobachtet, der sich bei den Getränkebechern herumgedrückt hat?"

Leni Mitchell schüttelte den Kopf. „Es war ja so viel los dort. Und ich hatte auch nur Augen für ihn."

„Aber grundsätzlich wäre es möglich gewesen, ihm ungesehen etwas ins Getränk zu mischen?“

„Ich denke schon.“ Leni Mitchell sah Frederick mit wachen Augen an. „Es standen immer zwei, drei Becher ganz vorne. Vielleicht hat jemand beobachtet, wie Mr Spencer sich die erste Cola genommen hat, und dann später, dass er wieder zum Stand gelaufen ist. Und in der Zwischenzeit hat dieser Jemand etwas in die Colabecher gemischt. Nachdem Mr Spencer sich wieder eine Cola genommen hatte, hat der andere vielleicht die restlichen Becher entsorgt, um zu verhindern, dass noch jemand davon trinkt. Könnte doch sein, oder?“

Frederick betrachtete sie anerkennend und nickte. Genau so hatte er die Situation auch in Gedanken skizziert.

„Aber es war wie gesagt ein Kommen und Gehen, mir ist keiner besonders aufgefallen“, schob Leni Mitchell hinterher.

Clara Bourke hatte offenbar ebenfalls niemanden bemerkt.

~

HEIDI SETZTE FREDERICK vor seiner Wohnung in der Holywell Street ab und fuhr dann schnurstracks nach Hause. Sie hatte ein furchtbar schlechtes Gewissen, weil sie Rich seit gestern nicht mit den Zwillingen geholfen hatte. Der beklagte sich normalerweise nicht. Im Gegenteil, er war derjenige gewesen, der sie darin bestärkt hatte, nach der Babypause wieder voll in ihren Beruf einzusteigen. Denn er wusste, wie viel der Job ihr bedeutete und wie hart sie dafür gearbeitet hatte, zum Inspector befördert zu werden. Und zum Glück hatte sie auch noch ihre Eltern, die oft einsprangen und sie mit den Zwillingen unterstützten.

Als sie das Haus in der Walton Well Road Nummer 43B betrat, war alles ungewöhnlich still, doch die Lichter in der Küche und im Wohnzimmer brannten. Rich lag schlafend auf dem Sofa. Heidi nahm eine Decke aus dem Schrank und legte sie vorsichtig über ihn. Dann stieg sie die Treppe hinauf und ging ins Kinderzimmer. Ann und Max lagen schlafend in ihren Betten und sahen aus wie zwei kleine Engel. Es versetzte ihr einen Stich ins Herz, dass sie zu spät gekommen war, um den beiden eine gute Nacht zu wünschen. Sie schlich sich wieder hinunter in die Küche und schloss die Tür. Dann holte sie ihr Handy hervor und wählte Toms Nummer.

„Heidi, alles okay?", hörte sie wenig später die tiefe Stimme ihres Bruders.

„Ich muss mit dir noch einmal über Grahams Unfall sprechen. Du hattest recht, er wurde tatsächlich bedroht. Ich habe den Brief in seinem Jeep gefunden."

„James hat mir davon erzählt."

„Dann weißt du sicher auch, dass wir jetzt offiziell ermitteln."

„Glaubst du wirklich, dass Cecilia noch lebt?", fragte Tom.

„Glaubst du es denn?"

„Ehrlich gesagt nein. Ich war schockiert, als ich von James gehört habe, dass sie den Drohbrief geschrieben haben soll. Alle Erinnerungen von damals sind wieder hochgekommen. Es war eine harte Zeit und ich habe lange genug gebraucht, um damit zurechtzukommen."

Heidi erinnerte sich nur zu gut daran, dass Tom nach Cecilias Verschwinden wochenlang nicht er selbst gewesen war. Sie hatte Schwierigkeiten gehabt, an ihn heranzukommen. Ganz abgesehen von seinen Selbstvorwürfen hatte auch ihr Vater ihm unterschwellig unterstellt, an dem Abend nicht genug getan zu haben, um Cecilia zu finden. Und nun würde alles wieder von vorne anfangen.

„Ich fürchte, das ist nur der Anfang. Wir sind dabei, den Fall wieder aufzurollen, denn wir vermuten, dass Grahams Tod mit Cecilias Verschwinden zusammenhängt."

„Ihr wollt das wirklich alles noch einmal durchgehen?", rief Tom entgeistert.

„Dieser Drohbrief ist im Moment unsere einzige Spur, und er ist nun mal mit ‚Cecilia' unterschrieben. Und ..." Sie stockte. Wie sollte sie ihm sagen, dass Philippa Christy ihn verdächtigt hatte, etwas mit Grahams Tod zu tun zu haben?

„Und du meinst, dass derjenige, der den Brief geschrieben hat, weiß, was mit Cecilia passiert ist, und wahrscheinlich auch Graham auf dem Gewissen hat?", fragte Tom ungläubig.

„Gut möglich. Derjenige muss Cecilia zumindest so gut gekannt haben, dass er von ihrer Vorliebe für Shakespeare wusste, denn im Brief wurde Shakespeare zitiert."

„Shakespeare? Es wird ja immer obskurer", urteilte Tom. „Das heißt, wie damals bei Cecilias Verschwinden wird der Täter im Freundeskreis vermutet?"

„Es liegt nahe."

„Aber genau daran ist Dad damals auch schon gescheitert", meinte Tom provokant.

Damit hatte er bei Heidi einen wunden Punkt getroffen. „Dad ist daran gescheitert, dass ihr alle nicht gehört und gesehen haben wollt, was mit Cecilia passiert ist!", zischte sie aufgebracht. Am liebsten hätte sie aufgelegt. Doch dann besann sie sich. Was, wenn ihr Bruder recht hatte und ihr Vater tatsächlich an der falschen Stelle gesucht hatte? Er hatte den Fall schließlich nicht aufklären können. Was, wenn sie nun in die gleiche Falle tappten?

FREDERICK SASS IN seinem gemütlichen Ohrensessel und sah sich die drei Postkarten genauer an, die Victoria Hillington ihnen mitgegeben hatte. Die erste zeigte die Engelsburg, das ehemalige Mausoleum Kaiser Hadrians, das inzwischen ein Museum war.

In nach rechts geneigter, dynamischer Schrift stand darauf: „Liebe Mum, lieber Dad, ich bin gut angekommen und sende euch viele Grüße aus der Ewigen Stadt! Die Sonne scheint hier von morgens bis abends und jeden Tag gibt es viel Neues zu entdecken. Ich bin so aufgeregt, dass ich oft ganz früh aufwache und es nicht abwarten kann, Rom zu erobern. Cecilia"

Er konnte ihre Begeisterung nachempfinden. Genau so hatte er sich gefühlt, als er zum ersten Mal in der italienischen Hauptstadt gewesen war. Mehr noch als ein herkömmlicher Urlaub war es eine Art Zeitreise für ihn gewesen. Rom war einer dieser magischen Orte, an denen man Geschichte leibhaftig spürte – ebenso wie Oxford. Die alten Colleges, die historischen Pubs und die wunderschönen engen Gässchen mit ihren reich verzierten Laternen versetzten ihn Jahrhunderte zurück und ließen ihn davon träumen, wie die Menschen wohl damals gelebt und wie sie die Welt gesehen haben könnten.

Er blickte auf die zweite Postkarte. Sie zeigte die belebte Piazza Navona mit Berninis Vierströmebrunnen und klang weit weniger euphorisch. Die dritte Postkarte war eine Fotografie eines Ausschnittes der Sixtinischen Kapelle. Cecilia schrieb, dass sie es nicht abwarten könne, nach Hause zurückzukehren.

Seltsam, fand Frederick. War in Rom womöglich etwas vorgefallen? Und war das der Grund, weshalb sie so dringend nach England zurückwollte?

Er kramte den Zettel mit der Adresse und Telefonnummer hervor, den ihm der Schulleiter der Magdalen College School gegeben hatte. Dann griff er nach seinem Handy und wählte die Nummer. Es klingelte ein paar Mal, schließlich hörte er ein freundliches „Pronto". In gebrochenem Italienisch entschuldigte er sich für den späten Anruf. Dann erklärte er Signora Alberici, wer er sei und dass er nach Cecilia suche. Er fragte sie, ob sie sich noch an das Mädchen erinnern könne. Natürlich könne sie sich an die blonde Engländerin erinnern, rief sie. Daraufhin wollte Frederick wissen, ob ihr in der Zeit, die Cecilia bei ihr gewesen war, irgendetwas an dem Mädchen aufgefallen sei.

Signora Alberici versicherte ihm, dass Cecilia damals drei unbeschwerte Wochen in Rom verbracht hatte. Zum Ende des Aufenthalts hätte sie jedoch ihren englischen Freund vermisst, von ihren italienischen Verehrern habe sie nichts wissen wollen. Und von denen habe es nicht wenige gegeben. Doch sie habe nur den Engländer im Kopf gehabt.

„Amore, capisce?"

Frederick verstand: Cecilia hatte Graham vermisst. Sie musste sehr verliebt gewesen sein. Wahrscheinlich war er ihre erste große Liebe gewesen.

Freundlich bedankte sich Frederick bei Signora Alberici und legte auf. Er hatte die ganze Zeit über in Betracht gezogen, dass Cecilia von zu Hause weggelaufen war.

Die meisten Ausreißerinnen in ihrem Alter liefen davon, weil es Probleme mit den Eltern gab. Doch nun hatte er die Hillingtons kennengelernt und bezweifelte das. Außerdem hätte Cecilia sicherlich niemals Graham zurückgelassen.

Amore, dachte er dann und begann, eine Nachricht an Blanche in sein Handy zu tippen.

Eigentlich war er heute Abend mit ihr verabredet, nachdem ihr Date gestern so abrupt geendet hatte. Doch noch immer quälten ihn Kopfschmerzen. Am liebsten würde er den Abend bei einem Glas Wein allein verbringen. Er entschied sich dazu, Blanche abzusagen. Dann hielt er inne. Was war bloß los mit ihm? Seit wann schob er Kopfschmerzen vor, um sie nicht treffen zu müssen? Er war doch keine siebzehn mehr. Und Blanche war eigentlich eine Frau, wie er sie sich immer gewünscht hatte: hübsch und eloquent, manchmal etwas unsicher und eifersüchtig, was ihm jedoch schmeichelte. Und sie machte gerade ihren Doktor in Philosophie, das beeindruckte ihn sehr. Er genoss die Stunden mit ihr, in denen sie über Gott und die Welt philosophierten, darüber diskutierten, ob Sartre den Nobelpreis einfach hatte ablehnen dürfen, und ob Comedians nicht die wahren Philosophen ihrer Zeit waren. Und auch körperliche Nähe konnte er endlich wieder zulassen.

Doch seit gestern war alles anders. Er hatte sie wiedergesehen – Louise! Sie erschien vor seinem inneren Auge, wie sie im Polo Club schimpfend die Dosen vom Boden aufsammelte. Toll sah sie aus in ihrem bunten Kleid und mit dem Pferdeschwanz, der Pony hing ihr frech ins Gesicht. Wochenlang hatte er alle Gedanken an Heidis beste Freundin verdrängt. Doch seit gestern sah er sie wieder ständig vor sich. Als er sich daran erinnerte, wie er sie damals im Pub zum ersten Mal bemerkt hatte, musste er lächeln. Er hatte den Blick nicht von ihr nehmen können. Und er hatte auch sie immer wieder dabei erwischt, wie sie zu ihm herübergeschaut hatte, um dann schnell wieder wegzusehen. Da war etwas zwischen ihnen, das er nicht in Worte fassen konnte. Was auch immer es war, es berührte ihn, sehr sogar. Nach seinem Geschmack zu sehr. Ihm flatterte das Herz nur beim Gedanken daran. Und genau das brauchte er nicht in seinem Leben, nicht jetzt. Alles war gerade so unkompliziert mit Blanche. Und das war gut so.

Er löschte die angefangene Nachricht an sie und schrieb stattdessen: „Ich bin in zwanzig Minuten bei dir."

Dienstag,
4. November

HEIDI HATTE DIE ganze Nacht über kein Auge zugetan. Diesmal war es jedoch nicht ihr Grübeln über Grahams Unfall gewesen, das sie nicht hatte schlafen lassen, sondern Ann. Heidi saß im Wohnzimmer auf der Couch und versuchte, die Kleine in den Schlaf zu wiegen, doch sie konnte sie einfach nicht beruhigen. Sie schaute auf die große Wanduhr. Inzwischen war es kurz vor sieben. Heidi hatte schon alles probiert: vier verschiedene Teesorten, Anns Lieblingsbrei, Orangensaft, sogar den Schnuller hatte sie wieder aus dem Schrank geholt, obwohl sie fast drei Wochen lang mit vielen Tränen und Geschrei darum gekämpft hatten, ihn Ann abzugewöhnen. Nichts hatte geholfen. Im Gegenteil, Anns Weinen war immer jämmerlicher geworden.

Heidi stand auf und trug Ann zu Rich ins Schlafzimmer. „Kannst du sie kurz halten, während ich mich anziehe? Ich geh mit ihr zum Arzt. Ich habe das Gefühl, es geht ihr mit jeder Minute schlechter."

Rich nickte verschlafen. „Soll ich nicht mitkommen?", fragte er, während er Ann hin und her schaukelte.

„Bleib du lieber bei Max, er spielt in seinem Bettchen und wird bald Hunger bekommen." Heidi gähnte laut. „Wenn ich nicht früh genug zurück sein sollte, könntest du ihn dann schon mal zu meinen Eltern bringen? Sie haben angeboten, die Kinder heute zu nehmen, weil doch Betriebsausflug in der Preschool ist."

„Sicher."

Heidi sprang unter die Dusche, zog sich dann eine Jeans und einen Pullover über, machte sich mit wenigen Griffen die Haare zurecht und legte etwas Make-up auf. Als sie fertig war, ging sie zum Schrank im Kinderzimmer und suchte leise Anns Kleider zusammen. Kurze Zeit später schob sie Ann im Buggy die Walton Well Road hinauf.

Das Ruckeln schien sie zu beruhigen. Heidi seufzte dankbar. Es war ungewohnt, nur ein Kind im Doppelbuggy zu haben, denn normalerweise saß Max auf dem anderen Platz.

Wie furchtbar muss es für die Hillingtons gewesen sein, plötzlich ein Leben ohne Cecilia zu führen, schoss es Heidi durch den Kopf. Es war schlimm genug, um ein vermisstes Kind zu bangen. Aber noch qualvoller musste es sein, das eigene Leben neu ordnen zu müssen, wenn alles darauf hindeutete, dass das Kind wahrscheinlich nie wieder zurückkommen würde.

Am Victoria Pub bog Heidi in die Walton Street ab. Von hier aus waren es nur noch wenige Meter bis zum Jericho Health Center. Sie betrat den alten Bau und war überrascht, dass im Wartezimmer bereits so viele Patienten saßen. Schnell ging sie hinüber zur Rezeption, registrierte sich und zog eine Nummer. Dann setzte sie sich auf einen der freien Stühle und hob Ann aus dem Buggy. Sie weinte nicht mehr, denn sie schien genügend Ablenkung durch die übrigen Patienten zu haben, die sie interessiert musterte.

Gebannt starrte Heidi auf die Leuchttafel, die irgendwann ihre Nummer anzeigen würde. Plötzlich klingelte ihr Handy. Ein älterer Herr in einem grauen Jogginganzug zeigte demonstrativ auf das Handys-verboten-Schild. Heidi zog ihr Gerät dennoch aus der Tasche. Es war Stephanie Bradshaw. Sie war schon immer eine Frühaufsteherin gewesen und meistens die Erste bei der Arbeit.

Früher war Heidi auch so gewesen – bis sie die Zwillinge bekommen hatte. Seitdem war sie für jede Minute Schlaf dankbar, egal zu welcher Tages- oder Nachtzeit.

„Steph!“, flüsterte sie.

„Kannst du nicht reden?“, fragte Stephanie Bradshaw am anderen Ende der Leitung.

„Ich bin gerade mit Ann beim Arzt.“

„Was Schlimmes?“

„Ich hoffe nicht, wir warten noch darauf, behandelt zu werden. Was gibt's Neues bei dir?“

„Leider nicht viel. Es war schwierig, bei dem Menschenauflauf im Polo Club Spuren zu finden.“

„Das hatte ich schon befürchtet. Hast du denn gar nichts?“

„Zumindest habe ich keine Flasche oder Ähnliches gefunden, das ich Graham Spencer zuordnen konnte. Dadurch, dass Blenheim Water an dem Tag alle Getränke ausgegeben hat, war es unmöglich zu bestimmen, woraus er getrunken hat“, erklärte Stephanie Bradshaw.

„Mist!“, sagte Heidi lauter als beabsichtigt.

Ann schaute sie mit großen Augen an. Wenige Sekunden später plapperte sie das Wort nach. Der Mann im Jogginganzug warf Heidi abfällige Blicke zu. Sie lächelte entschuldigend.

„Ich habe mich trotzdem umgehört und den Spielern etwas auf den Zahn gefühlt“, fuhr Stephanie Bradshaw fort. „Einige haben erst ein bisschen herumgedruckst. Graham Spencer war wohl kein unbeschriebenes Blatt, was Partydrogen angeht, aber dass er Beruhigungsmittel genommen hat, das haben alle verneint.“

„Und was ist mit dem Drohbrief? Hast du da was?“

Die Augen des Mannes weiteten sich und er versuchte nun ganz offensichtlich mitzuhören. Dass Heidi telefonierte, schien ihn auf einmal nicht mehr zu stören.

„Darauf habe ich tatsächlich nicht nur seine Fingerabdrücke gefunden.“

„Wessen noch?“

„Deine, Heidi“, antwortete Stephanie Bradshaw und lachte.

„Dabei war ich so vorsichtig“, sagte Heidi geknickt.

„Aber ich habe noch weitere Abdrücke gefunden, die ich allerdings bisher nicht zuordnen konnte. Ich habe sie mit unserer Datenbank abgeglichen, doch es gab keine Übereinstimmung. Alle Befragten von damals sind in unserem System registriert, ich habe das noch einmal überprüft. Und jetzt kommt's: Dieselben Fingerabdrücke habe ich auch in Graham Spencers Wagen entdeckt.“

Heidi musste an das denken, was Tom gesagt hatte. Was, wenn der Täter jemand war, den sie nicht auf dem Schirm hatten?

„Dann hatte Graham möglicherweise einen Beifahrer, der ihm den Brief in die Tasche gesteckt hat“, sagte sie nachdenklich.

„Oder er hat sich demjenigen anvertraut und ihm den Brief gezeigt“, gab Stephanie Bradshaw zu bedenken. „Auf dem Handy und dem Geldbeutel habe ich jedenfalls nur seine Fingerabdrücke gefunden. Im Geldbeutel gab es auch nichts Auffälliges – wenn man die 400 Pfund in bar mal außer Acht lässt. Aber ich nehme an, die waren für jemanden wie Graham Spencer nur Peanuts. Ich werde euch die Sachen im Laufe des Vormittags vorbeibringen.“

„Danke, Steph!“

„Kein Problem. Ich hoffe, mit deiner Kleinen ist nichts Schlimmes.“

Heidi beendete das Gespräch und blickte dann erneut ungeduldig zur Leuchttafel. Die Zweiunddreißig blinkte. Sie hatte die Nummer vierundvierzig und es ging nur zäh voran. Zum Glück war der Herr im Jogginganzug gerade aufgerufen worden. Daher nahm Heidi ohne schlechtes

Gewissen ihr Handy und schrieb Frederick, was sie von Stephanie Bradshaw erfahren hatte. Und dass er schon einmal ohne sie weitermachen sollte, weil sie noch beim Arzt festsaß.

~

FREDERICK TRANK GERADE einen Schluck English Breakfast Tea mit Milch, als Heidis Nachricht ihn erreichte. Interessiert las er sie und biss dann in seinen Marmeladentoast. Er hatte bereits eine Joggingrunde im University Park hinter sich. Auf dem Rückweg war er am Kiosk in der Mansfield Road vorbeigekommen und hatte sich die Oxford Mail gekauft. Nun blätterte er darin auf der Suche nach einem Bericht über Graham Spencers Unfall.

Es war tatsächlich darüber geschrieben worden, sogar eine ganze Doppelseite war seinem glamourösen Leben und seinem tragischen Tod auf dem Polofeld gewidmet. Cecilia Hillington wurde nicht erwähnt. Das bedeutete, die Presse wusste noch nichts von dem Drohbrief. Aber das Bild einer Penelope Lancaster, der recht ansehnlichen Tochter der Großcousine einer Cousine der Queen, war abgedruckt. Sie sollte Graham Spencers Freundin gewesen sein und hatte nur Gutes über ihn zu berichten.

Über sein Handy loggte sich Frederick in die Datenbank der Thames Valley Police ein und suchte nach der Frau. Sie war siebenundzwanzig, ledig und unter einer Adresse gemeldet, die nicht weit von seiner Wohnung entfernt war. Frederick gab Simmons kurz Bescheid, dass sie auswärts ermittelten. Dann trank er seinen Tee aus, griff nach seiner Lederjacke, dem Schlüssel und dem Schirm und machte sich auf den Weg.

Im Treppenhaus traf er seine Vermieterin Miss Goosebeck. Er mochte die alte Dame und hatte sich schon viel zu lange nicht mehr die Zeit genommen, sich mit ihr zu unterhalten.

„Guten Morgen!“, grüßte er sie höflich. „So früh schon auf den Beinen?“

„Wenn Sie nur wüssten!“, antwortete sie und blickte auf ihre teure Armbanduhr. „Für mich ist es schon fast Nachmittag. In meinem Alter schläft man nicht mehr so gut.“

„Das sieht man Ihnen aber gar nicht an!“ Er zwinkerte ihr zu und konnte ihr ansehen, wie sehr sie sich über das Kompliment freute.

„Sie alter Charmeur! Nein, ich meine natürlich: Sie junger Charmeur!“ Sie lachte, doch dann verzog sie das Gesicht. „Sagen Sie, Inspector Collins, ich habe in der Oxford Mail gelesen, dass Graham Spencer am Sonntag beim Polo tödlich verunglückt ist. Schlimme Sache!“ Ganz offensichtlich hoffte sie, dass er ihr Informationen liefern würde, die sie noch nicht aus der Zeitung kannte.

„Ja, er hat sich das Genick gebrochen.“

„Das habe ich gelesen, schrecklich!“, sagte sie mit leichter Enttäuschung in der Stimme. „Wissen Sie, meine Cousine Hannah ist mit seiner Mutter befreundet. Für seine Eltern muss sein Tod schrecklich sein. Graham war immer ein Vorzeigesohn: recht ordentlich in der Schule, ein hervorragender Sportler, aber vor allem beliebt bei den Frauen. Er war ein begehrter Junggeselle. Seine Mutter hatte große Pläne mit ihm. Doch als dann die kleine Hillington verschwand, war das von einem Tag auf den anderen erst mal vorbei. Die ganze Stadt hat ihn damals verurteilt.“

Frederick horchte auf.

„Die Mutter des Mädchens hat schreckliche Dinge über

den Jungen verbreitet. Sie soll eine ganz furchtbare Frau sein. Hat doch tatsächlich Graham beschuldigt, das Mädchen getötet zu haben." Miss Goosebeck schüttelte den Kopf. „Aber Emilia Spencer hat das nicht auf sich sitzen lassen. Sie fand Mittel und Wege, die Frau zum Schweigen zu bringen."

Diese Geschichte kannte er bereits.

„Wer weiß, vielleicht hat Mrs Hillington ja ihre Tochter selbst auf dem Gewissen", mutmaßte Miss Goosebeck auf einmal.

„Wie kommen Sie denn darauf?", fragte Frederick überrascht.

„Wer so hart über andere urteilt, tut das sicherlich umso härter, wenn es um die eigene Familie geht", erklärte sie resolut. Vermutlich hatte sie in dieser Hinsicht so ihre eigenen Erfahrungen.

„Vielleicht haben Sie recht", meinte Frederick nachdenklich.

Sie lächelte ihn an und winkte ihm dann zum Abschied.

Frederick verließ das Haus und überquerte die Kreuzung beim King's Arms Pub. Er schlenderte die Broad Street entlang, vorbei an den elegant verschnörkelten Eisentoren des Trinity College. An der Kirche St Mary Magdalen bog er rechts ab. Wenig später erreichte er das Ashmolean Museum, dessen Eingangsbereich ihn wegen der hohen Säulen immer an einen römischen Tempel erinnerte. Die nächste Straße rechts war die St John Street.

Penelope Lancaster wohnte in einem Reihenhaus, einem hohen weißen Sandsteingebäude mit einer grün gestrichenen Holztür. Vor dem Haus stand ein weißer Porsche Cayenne.

Frederick klingelte mehrmals, bis schließlich eine helle Stimme durch die Sprechanlage flötete: „Ja, bitte?"

„Hier ist Inspector Collins von der Thames Valley Police, ich möchte gerne mit Miss Lancaster sprechen."

„Polizei?", fragte die Stimme überrascht.

„Es geht um den Tod von Graham Spencer. Bitte öffnen Sie die Tür!"

„Einen Moment!" Kurz darauf stand eine verschlafene Blondine vor Frederick und blickte ihn irritiert an. Sie trug einen pinkfarbenen Morgenmantel und Pantoffeln, was ihr sichtlich unangenehm war. „Kommen Sie doch bitte herein, Inspector!", forderte sie ihn auf.

Er folgte ihr durch einen Flur in ein großes, modern eingerichtetes Wohnzimmer.

Hier hat aber jemand sehr viel Geld ausgegeben, dachte er und bewunderte die riesige Designerlampe, die wie ein Kronleuchter von der hohen Decke hing.

„Ich bin gleich wieder bei Ihnen", sagte Penelope Lancaster und verließ das Zimmer. Etwa zehn Minuten später saß sie Frederick in einem schicken Seidenkleid am Wohnzimmertisch gegenüber, die Haare zu einem Zopf gebunden. Nun ähnelte sie eher der Frau, die er am Morgen auf dem Foto in der Zeitung gesehen hatte. Und ohne Make-up sah sie noch wesentlich hübscher aus.

„Schön haben Sie es hier", begann Frederick mit etwas Small Talk, um das Eis zu brechen. „Und sehr zentrumsnah."

„Vielen Dank, Inspector! Es ist in der Tat nicht so einfach, ein Haus in Oxford zu finden, das zentral und doch ruhig liegt. Ich habe großes Glück, das Haus gehörte meiner Großmutter und sie hat es mir vererbt. Inzwischen ist dieser Stadtteil so begehrt, dass hier kaum noch ein Haus zum Verkauf steht. Und wenn, dann zu horrenden Preisen, das sind schon einige Millionen." Sie lächelte ihn freundlich an. „Doch Sie sind sicherlich nicht hier, um mit mir über die Immobilienpreise in Oxford zu sprechen, Inspector."

„Warum eigentlich nicht?" Er lächelte zurück. „Aber Sie haben natürlich recht, deshalb bin ich nicht hier."

Ihr Blick wanderte nervös hin und her.

„Ich habe heute Morgen in der Zeitung gelesen, dass Sie mit Graham Spencer befreundet waren, ist das richtig?", fuhr er fort.

Sie nickte.

„Darf ich fragen, wie lange schon?"

„Seit etwa acht Wochen."

„Noch gar nicht so lange also", merkte er an und las aus ihrer abwehrenden Körperhaltung, dass ihr der Kommentar nicht gefiel. „Wie haben Sie sich kennengelernt?"

„Auf einem Empfang, den seine Mutter auf ihrem Anwesen in Wantage gegeben hat. Ich hatte schon vorher viel von ihm gehört, die Familie Spencer kennt man hier in Oxford. Aber ich hatte Graham noch nie persönlich getroffen. Und als ich ihn dann gesehen habe, habe ich mich sofort in ihn verliebt." Ihre Augen glänzten. „Er sah so gut aus in seinem Anzug. Und er hat es geschafft, mich ununterbrochen zum Lachen zu bringen."

Das sind also die zwei Attribute, die ein Mann mitbringen muss, dachte Frederick, gutes Aussehen und Humor. Klassiker. Damit konnte er eigentlich auch aufwarten, fand er, und doch liefen ihm die Frauen nicht scharenweise hinterher. Aber eines hatte er vergessen: Graham Spencer kam außerdem aus einer steinreichen Familie.

„Es muss ein Schock für Sie sein, dass er so unerwartet umgekommen ist", sagte er und war gespannt auf Penelope Lancasters Reaktion.

Tränen liefen ihr auf einmal über die Wangen. „Ich glaube, es ist noch nicht so richtig bei mir angekommen."

„Es tut mir leid, dass ich Sie nun auch noch damit belasten muss." Er zog eine Packung Taschentücher aus seiner Jacke, nahm eins heraus und reichte es ihr.

Sie griff schluchzend danach. „Danke."

„Aber mit der Presse haben Sie schon darüber sprechen können?"

„Sie standen einfach vor der Tür", erwiderte Penelope Lancaster aufgelöst. „Genauso wie Sie."

„Die Journalisten können schon sehr penetrant sein", stimmte Frederick zu. „Und wir Polizisten auch." Er lächelte sie versöhnlich an. Nach einer Weile sagte er: „Ich weiß, dass es unglaublich schwer sein muss, darüber zu sprechen, aber könnten Sie mir vielleicht sagen, wann Sie Mr Spencer das letzte Mal gesehen haben?"

„Das war am Sonntag."

„Ist Ihnen an dem Tag irgendetwas Ungewöhnliches an ihm aufgefallen? War er verändert? Gab es Streit?"

Sie schüttelte den Kopf. „Im Gegenteil, es lief richtig gut zwischen uns. Und er hat sich sehr auf das Poloturnier gefreut. Polo war sein Ein und Alles. In den letzten Tagen hat er in jeder freien Minute trainiert."

„Waren Sie auch auf dem Turnier?"

„Ja", sagte sie, doch dann verbesserte sie sich: „Also, am Anfang ja, aber ich bin früher gegangen." Sie wirkte auf einmal verunsichert.

„Weshalb?", hakte er nach.

„Ich hatte mir den Magen verdorben und musste mich hinlegen."

„Geht es Ihnen inzwischen wieder besser?"

„Es geht."

Erneut liefen ihr dicke Tränen über die Wangen und er fragte sich, was wohl diesmal der Auslöser dafür war. Sie war doch nicht etwa ernsthaft krank?

Er gab ihr eine Weile, bevor er fragte: „Wann haben Sie den Polo Club verlassen?"

Sie überlege nicht lange. „Es muss so gegen fünf gewesen sein."

„Dann sind Sie also getrennt voneinander gefahren?"

Sie nickte. „Ich bin mit meinem eigenen Wagen gekommen. Graham musste vorher noch das Pony vom Stall abholen, da wollte ich nicht mit. Und er hat mit seinen Teamkollegen die Spieltaktik noch einmal durchgesprochen, da hätte ich ohnehin nur gestört."

Das klang alles nachvollziehbar.

„Dann haben Sie also gar nicht mitbekommen, wie er von seinem Pony abgeworfen wurde?", kam Frederick noch einmal auf den Unfall zu sprechen.

„Das blieb mir zum Glück erspart." Wieder stiegen ihr Tränen in die Augen.

Damit hatte Frederick schon gerechnet. „Wie haben Sie es erfahren?"

„Grahams bester Freund James rief mich an."

„James Hunter?"

„Genau."

„Hat er Ihnen von dem Brief erzählt, der bei Mr Spencer gefunden wurde?"

Sie zögerte. „Dem Drohbrief?"

Frederick nickte.

Sie zögerte erneut. „Das hat er", sagte sie schließlich.

Frederick schwieg eine Weile und wartete.

„Sie verdächtigen doch nicht etwa mich, den Brief geschrieben zu haben?", platzte sie heraus.

„Wir stecken noch mitten in den Ermittlungen. Aber

wussten Sie, dass der Brief mit dem Namen Cecilia unterschrieben ist?“

„Ja“, antwortete sie knapp.

„Kannten Sie Cecilia denn?“

„Sehr gut sogar. Meine Mutter ist eine Freundin von Cecilias Mum und ich war gemeinsam mit Cecilia bei den Girl Scouts. Wir waren damals recht gut befreundet. Es war furchtbar, als sie vor sieben Jahren einfach so verschwand.“

„Was halten Sie von dem Drohbrief?“

„Ganz ehrlich?“ Sie blickte ihn direkt an. „Ich denke, irgendjemand wollte Graham einen Streich spielen.“

„Sie glauben also, der Brief hat gar nichts mit seinem Tod zu tun?“

„Meiner Meinung nach nicht“, antwortete sie ernst. „Ich könnte mir vorstellen, dass Graham einfach nur von dem Spiel abgelenkt werden sollte. Die Jungs haben sich ja immer solche Sachen ausgedacht, um sich gegenseitig hochzunehmen.“

„Haben Sie einen konkreten Verdacht?“

„Ja, Tom.“

Frederick schluckte. „Wieso ausgerechnet ihn?“

„Graham und er waren schon immer Rivalen auf dem Polofeld. Ich weiß, dass Graham ihm letzte Woche ein Foto von einem toten Pony geschickt hat, das genauso aussah wie Toms. Es sollte ein Scherz sein, aber Tom war richtig sauer. Er hat Graham ein paar Mal angerufen und sie haben sich gestritten. Irgendwann haben sie es dann wohl geklärt. Doch vielleicht wollte Tom sich dafür rächen.“

Damit war sie schon die zweite Person, die andeutete, dass es Streitereien zwischen Heidis Bruder und dem Toten gegeben hatte.

„Gäbe es denn sonst irgendjemanden, der einen Grund

gehabt hätte, Mr Spencer etwas anzutun? Vielleicht ein eifersüchtiger Exfreund?"

Penelope Lancaster dachte nach. „Das kann ich mir nicht vorstellen", sagte sie dann. „Meine letzte Beziehung ist schon eine ganze Weile her und Henry lebt inzwischen in Leicester."

Dennoch bat Frederick sie, ihm die Namen ihrer Exfreunde zu nennen. Er notierte sie sich in seinem Handy.

Plötzlich verzog sie das Gesicht. „Mir ist auf einmal wieder schrecklich übel. Bitte entschuldigen Sie mich!" Sie presste sich die Hand vor den Mund und rannte aus dem Zimmer.

ALS FREDERICK DAS Haus verließ, schickte er Simmons eine E-Mail mit der Liste von Penelope Lancasters Verflossenen und bat ihn, diese zu überprüfen. Dann bemerkte er, dass er von einem jungen Mann in Jeans und Strickpullover fotografiert wurde. Er tat so, als wäre er noch mit seinem Handy beschäftigt, und als der Mann sich zum Gehen wandte, verfolgte Frederick ihn bis in die Little Clarendon Street. Der Mann betrat ein kleines Café und setzte sich an einen der Tische direkt an der großen Fensterscheibe. Er gab eine Bestellung auf. Dann holte er aus einer Tasche einen Laptop hervor, verband seine Kamera damit und tippte etwas auf der Tastatur. Frederick beobachtete ihn eine Weile und ging dann ebenfalls in das Café.

Der junge Mann schien ihn sofort zu erkennen, denn er sagte: „Sie sind doch der Inspector, der im Fall Graham Spencer ermittelt, oder? Inspector Collins, richtig?"

Frederick nickte. „Und wer sind Sie?"

„Peter Maloney. Ich bin Journalist für das Fancy-Magazin“, sagte er stolz. „Setzen Sie sich doch!“ Er schob ihm auffordernd einen Stuhl entgegen.

Frederick ließ sich darauf nieder und bestellte sich einen Milchkaffee und ein Scone. „Hinter wem sind Sie her?“, fragte er neugierig.

„Hinter der Wahrheit.“

„Das klingt pathetisch.“

„Ist aber so.“

Frederick blickte in die wissbegierigen Augen des jungen Mannes und glaubte ihm sogar. „Im Ernst, was ist Ihr Auftrag?“, fragte er trotzdem.

„Meine Redaktion will, dass ich mit irgendwelchen Skandalen aus dem Leben von Graham Spencer aufwarte. Ich soll herausfinden, ob er Leichen im Keller hatte. Offenbar war er doch nicht ganz der Saubermann, für den ihn alle immer hielten. Aber wem sag ich das, anscheinend durchleuchten Sie auch gerade sein Leben.“ Interessiert musterte der Journalist Frederick. „Er soll ja umgebracht worden sein. Ist da was dran?“ Nun war er es, der die Fragen stellte.

Frederick zögerte, er hatte ein gespaltenes Verhältnis zur Presse. „Schwer zu sagen“, murmelte er.

Der Journalist verzog wie erwartet unzufrieden das Gesicht. In dem Moment brachte der Kellner den Milchkaffee und das Scone.

Frederick bedankte sich und wandte sich wieder dem Journalisten zu. „Und Sie, haben Sie schon was?“

„Ich bin erst seit gestern an der Sache dran. Ist aber ehrlich gesagt ganz schön schwierig in einem so kleinen Kaff wie Oxford. Da fällt man sofort auf. Und die Leute mögen es nicht, wenn man sie fotografiert“, beklagte sich der Journalist. „In London ist es einfacher, da kann man besser untertauchen und in den entscheidenden Momenten die Kamera zücken. Die Leute lassen sich dort auch viel lieber fotografieren. Selbst Normalos denken dann, sie wären wichtig. Hier ist es genau umgekehrt, die wirklich Wichtigen sehen am normalsten aus und wollen sich nicht fotografieren lassen. Understatement, verstehen Sie?" Er stöhnte.

„Verstehe. Und haben Sie nun schon was oder nicht?"

Der Journalist schaute ihn kritisch an und presste die Lippen aufeinander, konnte sein Wissen dann aber doch nicht für sich behalten. „Ich habe von einem Fabrikarbeiter vorhin den Tipp bekommen, dass es einen heftigen Streit zwischen Vater Spencer und Sohn gegeben haben soll, bevor Graham starb. Es soll was mit der Firma zu tun gehabt haben."

„Wissen Sie Genaueres?"

„Schon, aber Sie rücken ja auch nicht mit Ihren Informationen raus."

Frederick überlegte, ob er dem jungen Mann verraten sollte, dass bei Graham Spencers Unfall nachgeholfen worden war, doch er entschied sich dagegen. Stattdessen sagte er: „Mr Spencer hat wahrscheinlich irgendwas im Blut gehabt, als er starb."

„Sie meinen Drogen?"

„Vielleicht." Das war noch nicht einmal gelogen.

Der Journalist nickte dankbar. Dann verriet er: „Offenbar wollte Graham Spencer Reformen im Unternehmen durchführen, doch sein Vater war dagegen. Die beiden hatten wohl eine scharfe Auseinandersetzung deswegen. Aber wenn ich ehrlich bin, ist das für mich nicht interessant. So etwas kommt in den besten Familien vor."

Für mich schon, dachte Frederick, sogar sehr.

„Ich brauche einen echten Skandal", erklärte der Journalist. „Drogen wären gar nicht schlecht. Oder Frauengeschichten." Er zwinkerte Frederick zu.

„Und deshalb beobachten Sie Penelope Lancaster?", fragte Frederick erstaunt.

„Ist ganz interessant, wer bei ihr so ein- und ausgeht."

„Und wer ist das?"

„Die Polizei zum Beispiel." Der Journalist grinste.

„Sie freuen sich doch nicht so, weil Sie mich abgelichtet haben!"

„Da haben Sie wohl recht. Es gibt noch jemanden, einen gewissen James Hunter, ist so ein IT-Spezialist. Er war wohl Spencers bester Freund und es wäre wirklich ein Skandal, wenn er was mit seiner Freundin gehabt hätte. Alles weist darauf hin. Ich hab ihn jetzt schon zweimal ihr Haus verlassen sehen. Wenn ich die beiden zusammen ablichten kann, dann hab ich meine Story."

~

NACH FAST ANDERTHALB Stunden Wartezeit wurde endlich Heidis Nummer aufgerufen. Sie ging mit Ann in den Untersuchungsraum, der klein und kalt war. Viel könne man da nicht tun, sagte der Arzt, das sei eine typische Herbstgrippe. Ausreichend Flüssigkeit zu trinken geben und in spätestens zwei Wochen sei schon alles wieder vorbei, das ginge schnell. Der Mann hatte offenbar keine Kinder.

Zwei Wochen mit einem kranken Kind, dachte Heidi erschöpft, das wird nicht einfach. Von schnell vorbeigehen konnte da keine Rede sein. Außerdem bekam Max ihrer Erfahrung nach immer genau dann eine Krankheit, wenn Ann gerade damit durch war. Und es begann alles von vorne. Doch sie wollte den Teufel nicht an die Wand malen. Aber schon jetzt konnte sie die Augen kaum noch offen halten.

„Da seid ihr ja endlich!“, rief ihre Mutter, als Heidi das Haus ihrer Eltern in Summertown mit Ann auf dem Arm betrat. „Max weint schon den ganzen Morgen, weil er seine Schwester so vermisst.“

„Und mich vermisst er nicht?“

„Dich vermisst er natürlich noch viel mehr. Schlechte Nacht gehabt, was?“ Ihre Mutter umarmte sie.

„Ich habe kaum ein Auge zubekommen, Ann hat die ganze Nacht über geweint.“

„Was hat der Arzt gesagt?“

„Grippe.“

„Na, kommt schon rein“, drängte ihre Mutter. „Die Männer sind im Wohnzimmer.“

Max hatte offenbar Heidis Stimme gehört, denn er kam aus dem Zimmer auf sie zugestürmt. Auch ihr Vater kam zu ihr und nahm ihr Ann ab.

„Na, da ist ja meine kleine Patientin“, sagte er liebevoll und küsste sie.

„Pass auf, sie hat die Grippe und ist hochansteckend!“, warnte Heidi.

„Wenn wir uns jedes Mal, wenn ihr Kinder krank wart, von euch ferngehalten hätten, dann hättet ihr uns nie zu Gesicht bekommen“, meinte er und küsste Ann erneut. Dann trug er sie ins Wohnzimmer.

Die anderen folgten ihm.

„Willst du einen Tee, Heidi?“, fragte ihre Mutter. „Und hast du schon was gegessen? Wann musst du wieder los?“

Die vielen Fragen überforderten sie.

„Lass sie sich doch erst mal setzen!“, sagte ihr Vater, der inzwischen mit Ann auf dem Sofa Platz genommen hatte.

Heidi ließ sich neben ihn fallen und hob Max auf ihren Schoß. Dann sagte sie: „Ein Tee wäre toll, Mum, und gefrühstückt habe ich auch noch nicht. Und zu deiner letzten Frage: Eigentlich müsste ich sofort wieder los.“

„So lasse ich dich aber nicht aus dem Haus. Gib mir fünf Minuten!“

„Danke, Mum!“ Heidi lehnte sich zurück. Es war wieder einmal einer dieser Tage, an denen sie ohne die Hilfe ihrer Eltern aufgeschmissen wäre.

„Gibt es was Neues?“, fragte ihr Vater nach einer Weile.

„Wegen Graham?“

Er nickte.

„Steph hat Fingerabdrücke auf dem Drohbrief und in Grahams Wagen gefunden, die sie aber nicht zuordnen kann.“

„Von derselben Person?“

Heidi nickte.

„Könnten sie vom Täter stammen?“

„Möglich. Aber sie hat sie durch die Datenbanken laufen lassen und sie stimmen mit keinem der Datensätze überein. Ich verstehe das einfach nicht.“

„Sonst habt ihr nichts?“

Sie schüttelte den Kopf. „Es ist wirklich zum Verrücktwerden.“

„Ich weiß, wovon du sprichst.“ Er seufzte laut.

In dem Moment kam Heidis Mutter mit einem Tablett zurück. Sie stellte eine Tasse English Breakfast Tea und ein Bacon-Sandwich vor Heidi auf den Couchtisch.

„Danke, Mum, du bist ein Schatz!“, sagte Heidi.

Noch bevor sie nach dem Sandwich greifen konnte, hatte Max sich ein Stück Bacon herausgezogen. Als Ann das sah, begann sie zu quengeln und verlangte ebenfalls nach einem Stück. Heidi stöhnte.

„Du siehst wirklich furchtbar aus", stellte ihre Mutter unverblümt fest.

„Danke, Mum, das ist genau das, was ich hören wollte."

„Habt ihr mal darüber nachgedacht, eine Nanny anzustellen?"

„Wie die Königsfamilie?", fragte Heidi leicht spöttisch.

„Nein, wie eine Familie, in der beide Elternteile arbeiten und die Zwillinge zu versorgen hat. Außerdem wollt ihr doch sicher auch irgendwann ein drittes Kind."

Das war zu viel für Heidi an diesem Morgen. „Mum, müssen wir jetzt darüber reden?"

Diesmal war es ihre Mutter, die laut seufzte. Heidi wusste nicht, ob es daran lag, dass sie keine Nanny engagieren wollte, oder daran, dass es wohl erst mal kein drittes Enkelkind geben würde.

„Apropos Nanny – Dad", wandte sie sich an ihren Vater. „Wieso gibt es eigentlich kein Vernehmungsprotokoll von Miss McCoist?"

Ihr Vater blickte sie fragend an.

„Miss McCoist, die Nanny der Hillingtons", erklärte Heidi und hatte eine schlimme Vorahnung. „Sie hat zu der Zeit bei ihnen gearbeitet, als Cecilia verschwand. Franklin Hillington sprach kurz von ihr, aber ich kann mich nicht daran erinnern, ein Vernehmungsprotokoll von ihr gelesen zu haben."

„Davon weiß ich nichts." Ihr Vater wirkte auf einmal unglaublich nervös. „Eine Nanny haben sie mir gegenüber nie erwähnt."

~

JAMES HUNTER HATTE sein Büro in einem umgebauten Fabrikgebäude in der Nähe der Paradise Street. Er schaute überrascht von seinem Schreibtisch auf, als Frederick an seine offene Tür klopfte und eintrat.

„Inspector Collins!“, rief er und schloss eine Akte, die vor ihm lag. „Mit Ihnen hätte ich überhaupt nicht gerechnet.“

„Guten Morgen, Mr Hunter!“, sagte Frederick freundlich und blickte sich um.

Das Büro schien ebenso wie der Rest des Gebäudes neu gestrichen worden zu sein und roch noch etwas nach Farbe. Durch das Fenster sah man auf einen kleinen Kanal, der links und rechts am Ufer entlang mit bunten Herbstblumen bepflanzt worden war.

„Ich hoffe, ich störe nicht.“

„Nein. Kommen Sie nur herein!“, sagte James Hunter und sprang auf. Er wirkte sehr nervös. „Kann ich Ihnen etwas zu trinken anbieten? Tee, Kaffee, Wasser?“

„Nein, vielen Dank. Ich will Sie nicht lange aufhalten. Es geht noch einmal um Mr Spencers Unfall am Sonntag.“

„Wie kann ich helfen?“ James Hunter musterte Frederick skeptisch und setzte sich wieder.

„Ich komme gerade von Penelope Lancaster“, erklärte Frederick.

James Hunter begann, mit dem Fuß auf und ab zu wippen.

„Sie erzählte mir, dass Sie es waren, der sie über Mr Spencers Tod informiert hat.“

Noch immer wippte James Hunters Fuß auf und ab, doch er verzog keine Miene. „Das ist richtig, Inspector.“

„Wie kam das?“

„Sie war seit einiger Zeit mit Graham liiert und da fand ich, es wäre besser, wenn sie es von mir erfahren würde und nicht aus der Presse.“

Wie edel, dachte Frederick, doch das nahm er James

Hunter nicht ab. Vor allem nicht nach dem, was ihm der Journalist erzählt hatte.

„Dann kennen Sie Miss Lancaster gut?“, versuchte er es aufs Neue.

„Graham hat sie manchmal mitgebracht, wenn wir abends ausgegangen sind.“ James Hunters Augen weiteten sich.

„Und weshalb haben Sie Miss Lancaster gestern gleich zweimal besucht?“

Überrascht starrte James Hunter Frederick an. „Woher ...? Ähm, ich habe ... Ich wollte nachsehen, ob alles in Ordnung ist mit ihr“, stotterte er.

„Der Partnerin Ihres besten Freundes? Finden Sie das nicht etwas ungewöhnlich?“

„Ihre Beziehung hatte sich in den letzten Wochen ziemlich abgekühlt“, verteidigte sich James Hunter.

„Ach was! Wissen Sie auch wieso?“

„Sie haben sich immer öfter gestritten. Und letzten Freitag gab es wohl eine heftige Auseinandersetzung zwischen den beiden. Graham rief mich am Samstag an und fragte, ob ich mich mit ihm betrinken wolle.“

„Am Tag vor dem Polospiel?“

„Ja, deshalb muss es was Ernstes gewesen sein.“

„Und, haben Sie sich mit ihm betrunken?“

„Er war mein bester Freund.“

Frederick wertete das als ein Ja. „Hat er Ihnen erzählt, was genau vorgefallen ist?“

„Nein, er hat eigentlich nie über solche Dinge gesprochen.“

Das glaubte Frederick ihm nicht. „Und dennoch haben Sie Miss Lancaster darüber informiert, was mit Mr Spencer passiert ist?“

„Ja. Auch wenn ich die Details ihres Streits nicht kannte,

habe ich gemerkt, dass es sie Überwindung gekostet hat, am Sonntag nach Kirtlington zu kommen."

Kein Mann las so viel in das Verhalten einer Frau hinein, wenn er nicht selbst Interesse an ihr hatte, da war sich Frederick sicher. „Könnte es denn sein, dass Mr Spencer Ihnen ein Dorn im Auge war und Sie ihn loswerden wollten, um freies Spiel bei Miss Lancaster zu haben?"

James Hunter starrte ihn wütend an, schwieg aber.

„Könnte es nicht sein, dass Sie den Drohbrief an Mr Spencer geschrieben haben?", legte Frederick nach.

„Sicher nicht!", rief James Hunter und sprang auf. „Ich würde niemals meinen besten Freund bedrohen! Schon gar nicht wegen einer Frau."

„Schon gut, setzen Sie sich wieder!", sagte Frederick ruhig. „Mr Spencer hatte also Streit mit seiner Freundin. Gab es denn sonst noch mit irgendwem Probleme?"

James Hunter setzte sich und verschränkte die Arme vor der Brust.

„Ich habe gehört, dass er Streit mit Tom Morrison gehabt haben soll. Und mit seinem Vater", versuchte Frederick es weiter.

James Hunter blickte ihn überrascht an, schwieg aber immer noch.

„Wussten Sie davon?"

„Graham hat nicht gerne über seine Gefühle gesprochen, das sagte ich Ihnen doch bereits."

„Nun gut, dann zu etwas anderem: Haben Sie vor dem Spiel irgendetwas Verdächtiges beobachtet, war zum Beispiel jemand bei Mr Spencers Sachen? Der Brief muss ja irgendwie in seine Tasche gelangt sein."

Das brachte James Hunter offenbar zum Nachdenken. „Da war tatsächlich etwas", sagte er nach einer Weile.

„Ja?“

„Ich habe eine Frau gesehen, die sich vor dem Spiel an Grahams Wagen herumgedrückt hat. Zumindest denke ich, dass es eine Frau war.“

„Können Sie die Person genauer beschreiben?“

„Leider nein, ich war zu weit weg. Aber das kann natürlich auch rein gar nichts bedeuten. Man sucht ja verzweifelt nach irgendetwas. Vielleicht spielt mir meine Erinnerung auch einen Streich. Wenn ich doch nur besser hingesehen hätte oder Graham ernster genommen hätte, als er mir von dem Drohbrief erzählt hat ...“

Nun saß wieder der traurige, nachdenkliche Mann vor Frederick, den er nach dem Unfall im Polo Club kennengelernt hatte. Er wusste genau, dass er jetzt nur noch verklärte Antworten bekommen würde, wenn er ihn weiter über Graham Spencer befragte. Also entschied er sich für eine andere Strategie.

„Wussten Sie, dass Miss Lancaster Cecilia Hillington kannte?“

James Hunter nickte abwesend. „Die beiden waren wohl als Mädchen eng befreundet, später glaube ich aber nicht mehr.“

„Wie kam das?“

„Penelope wurde irgendwann von ihren Eltern auf ein Internat geschickt, während Cecilia hier in Oxford zur Schule ging. Dort hat sie sich dann mit Philippa angefreundet.“

„Das heißt, Miss Lancaster war im Internat, als Cecilia Hillington verschwand?“

„Soweit ich weiß, ja.“ James Hunter blickte aus dem Fenster, denn auf dem Kanal fuhr gerade mit lautem Tuten ein Boot vorbei.

„Kommen wir noch einmal zu der fraglichen Nacht“,

sagte Frederick. „Bevor Graham Spencer und Cecilia Hillington zu dem Spaziergang aufbrachen, ist Ihnen da irgendetwas an den beiden aufgefallen?“

James Hunter spielte mit einem Stift. „Ich erinnere mich daran, dass Cecilia sehr aufgeregt war. Sie war gerade aus Italien zurückgekehrt und es war nicht zu übersehen, dass sie in Graham verliebt war. Sie wollte unbedingt mit ihm allein sein und hat ihn zu dem Spaziergang gedrängt.“

„Sie musste ihn dazu drängen? Hatte er denn keine Gefühle für sie?“

„Wie gesagt, über solche Dinge hat er nie mit mir gesprochen“, erklärte James Hunter und trommelte mit dem Stift auf dem Tisch herum, was Frederick furchtbar auf die Nerven ging.

„Und als Miss Hillington nicht zum Bootshaus zurückkam, fanden Sie das nicht ungewöhnlich?“

„Cecilia konnte gelinde gesagt sehr eigenwillig sein. Wir dachten, ihr habe mal wieder irgendetwas nicht gepasst und sie sei nach Hause gegangen. Das war nicht das erste Mal, fragen Sie nur ihre Brüder!“

Frederick erinnerte sich, das genau so schon einmal von Philippa Christy gehört zu haben. Er fragte sich, ob die beiden sich womöglich abgesprochen hatten.

„Verstehe, und deshalb haben Sie nach kurzer Zeit aufgehört, sie zu suchen?“

James Hunter nickte.

„Und Mr Spencer? Ist Ihnen irgendetwas an seinem Verhalten aufgefallen, als er von dem Spaziergang zurückkam?“

„Nein, er war wie immer, hat sich ein Bier genommen und einen Witz gerissen.“

„Wussten Sie, dass es den Anruf, den Cecilia Hillington bekommen haben soll, tatsächlich nie gegeben hat?“

„Ich habe es später erfahren." James Hunter seufzte. „Aber wenn Sie jetzt von mir wissen wollen wieso, kann ich Ihnen das auch nicht erklären. Und noch weniger, was mit Cecilia passiert sein könnte."

In diesem Moment klingelte Fredericks Handy. Er entschuldigte sich und nahm das Gespräch an. Es war Sergeant Simmons, der ihn bat, ins Präsidium zu kommen, es sei dringend. Frederick versprach, sich sofort auf den Weg zu machen.

„Das wäre dann erst einmal alles, Mr Hunter. Vielen Dank für Ihre Zeit!", sagte er und verabschiedete sich mit dem unguten Gefühl, dass ihm James Hunter nicht die ganze Wahrheit gesagt hatte.

~

HEIDI HETZTE DEN Flur in der Thames Valley Police Station entlang. Chief Inspector Meyers hatte kurzfristig ein Meeting anberaumt. Das war untypisch für ihn und sie fragte sich, was wohl dahintersteckte. Außer Atem betrat sie den Konferenzraum und setzte sich neben Frederick. Er nickte ihr zu und deutete auf den Kragen ihrer Bluse. Sie verstand nicht sofort, doch dann bemerkte sie dort ein Stück ihres Bacon-Sandwiches. Hastig entfernte sie es.

„Guten Morgen, Green, da sind Sie ja!", meinte Chief Inspector Meyers überfreundlich.

Überrascht blickte Heidi zu Frederick, der daraufhin mit den Schultern zuckte. Offenbar war er genauso erstaunt wie sie.

„Also, wie ist der Stand der Ermittlungen im Fall Graham Spencer? Sind Sie schon weitergekommen?", fragte Chief Inspector Meyers heimtückisch lächelnd –

oder kam es Heidi nur so vor? Seine dicken Pausbacken schoben sich jedenfalls verdächtig weit nach oben. Doch bevor sie antworten konnte, sprach er schon weiter: „Wir alle wissen ja sicherlich, welchen Einfluss die Familie Spencer hier in Oxford hat." Er machte eine gewichtige Pause. „Und ich wurde gebeten, den Fall so diskret und schnell wie möglich abzuschließen." Erneut hielt er inne und blickte Heidi eindringlich an: „Wenn Sie also den Eindruck haben sollten, dass die Beweislage zu dünn ist, dann bitte ich darum, den Fall auf sich beruhen zu lassen. Es muss nicht hinter jeder Ecke ein Verbrecher lauern."

Daher wehte also der Wind. Die Spencers wollten ganz offenbar verhindern, dass die Polizei im Privatleben ihres Sohnes herumstocherte. Denn was immer sie auch herausfanden, würde irgendwann an die Presse gelangen. Und schlechte Presse mochten die Spencers überhaupt nicht, wie die Sache mit Victoria Hillington gezeigt hatte.

„Gibt es denn schon etwas Konkretes?", fragte Chief Inspector Meyers sie und alle Köpfe drehten sich voller Spannung zu ihr.

Heidi überlegte nicht lange und gab die Antwort, die er hören wollte: „Nein, leider nicht, Chief Inspector."

Seine Mundwinkel zogen sich freudig nach oben.

„Wir warten allerdings noch auf den Obduktionsbericht von Dr Goldberg. Und der Psychologe hat uns angeraten, erst morgen mit den Spencers zu sprechen. Sie stehen wohl immer noch unter Schock. Wobei, wenn Sie schon mit ihnen gesprochen haben, kann es ja nicht so schlimm sein. Wie auch immer, wir halten uns selbstverständlich an die Empfehlungen des Psychologen. Sergeant Simmons habe ich angewiesen, das Telefon des Toten auswerten zu lassen. Außerdem wurden der Drohbrief und eine Schriftprobe von Cecilia Hillington einer Schriftexpertin zum Vergleich vorgelegt. Auch hier sollten wir die Ergebnisse spätestens in den nächsten achtundvierzig Stunden haben." Heidi blickte Chief Inspector Meyers direkt an und ergänzte dann: „Aber ich verspreche mir nicht zu viel davon."

„Simmons überprüft außerdem, ob einer der Exfreunde von Penelope Lancaster etwas mit der Sache zu tun haben könnte", schob Frederick hinterher. „Und sobald unser Meeting hier zu Ende ist, werden wir noch einmal zum Blenheim Palace fahren, um Timothy Hillington zu vernehmen. Er arbeitet dort bei Blenheim Water. Aber er ist auch schon der Letzte auf unserer Liste. Einen Tatverdächtigen gibt es bislang nicht."

Chief Inspector Meyers wirkte erleichtert. „Gute Arbeit!"

Heidi konnte sich ein kritisches „Pfff" nicht verkneifen.

Das hätte sie sich besser gespart, denn Chief Inspector Meyers verkündete: „Green, Collins, wenn Sie mir bis Freitag keinen Täter liefern können, dann hat sich der Fall für Sie erledigt, haben Sie verstanden?"

„DANKE, DASS SIE mitgespielt haben", sagte Heidi, während sie den Mini durch Woodstock lenkte, und lächelte Frederick an. „Sonst säße uns Meyers die nächsten Tage ständig im Nacken." Ihr kam ein schwarzes London Taxi entgegen und sie musste kurz anhalten, da die Straße zu schmal für beide Wagen war.

„Kein Problem. Aber wenn wir ehrlich sind, dann haben wir wirklich noch nicht viel", antwortete Frederick nüchtern. „Oder haben Sie schon einen Verdacht?"

Nein, den hatte Heidi noch nicht. „Und Sie meinen, wir schaffen es nicht, ihm bis Freitag einen Tatverdächtigen zu präsentieren?", fragte sie. „Ich wusste gar nicht, dass Sie so ein Pessimist sind."

„Ich bin kein Pessimist, sondern Realist. Und ich denke, es wird nicht einfach werden."

Dagegen konnte Heidi nichts sagen.

Wenig später fuhren sie durch den Haupteingang auf das Gelände des Blenheim Palace, denn sie hatten sich mit Timothy im Schloss verabredet. Zwei massive Steinsäulen, die das große verschnörkelte Eisentor des Schlosses links und rechts einfassten, gaben den Besuchern bereits einen Vorgeschmack darauf, was sie hinter den hohen Mauern erwartete. Timothy hatte sie angekündigt, daher winkte der Pförtner sie an seinem kleinen Holzhäuschen vorbei. Im Schritttempo rollten sie auf einen Parkplatz neben der Straße, die zum Schloss führte. Es war viel los, Blenheim Palace war eine beliebte Touristenattraktion.

Heidi war immer wieder fasziniert, wenn sie hierher kam. Sie konnte ihren Blick nicht von dem mächtigen Schloss lassen. Bei Tageslicht wirkte der gelbe Sandstein orange und verlieh dem Bau ein fast südländisches Flair.

Sie stiegen aus und gingen auf den Komplex zu. Je näher sie kamen, desto deutlicher wurde, mit welch großer Liebe zum Detail die einzelnen Gebäude ausgestattet worden waren. Türme, Schmucksäulen, sogar meterhohe Löwen und andere Statuen thronten über den Dächern. Es wunderte Heidi nicht, dass über fünfzehn Jahre an dem Schloss gebaut worden war, bevor der erste Duke 1722 hatte einziehen können. Der Adelssitz war der größte nicht-königliche in Großbritannien. Das wusste sie noch aus der Schule, denn die Geschichte des Blenheim Palace stand in Oxford auf jedem Lehrplan.

„Ist das eine Siegessäule dort rechts?", fragte Frederick,

als sie das Schloss fast erreicht hatten. „Die ist ja wahnsinnig hoch!“

Heidi freute sich über seine Begeisterung. „Ja, ganze einundvierzig Meter. Und auf der Säule steht der erste Duke von Marlborough, gekleidet wie ein römischer General.“

Frederick nickte bewundernd.

„Lassen Sie uns reingehen! Timothy erwartet uns in der großen Halle.“

Die Great Hall wurde von riesigen Steinsäulen getragen und machte ihrem Namen mit ihrer zwanzig Meter hohen Decke alle Ehre. Ein übergroßer handgeknüpfter Teppich schmückte den Boden. Um ihn herum standen vergoldete Möbel in allerlei Formen und Funktionen. Von einer Art Balkon blickten ihnen, in Öl festgehalten, die lebensgroßen Abbilder der einstigen Schlossherren entgegen.

„Willkommen auf Blenheim Palace!“, hörte Heidi eine vertraute Stimme sagen.

„Timothy!“ Sie drehte sich um und hätte ihn beinah nicht erkannt.

Er trug einen schwarzen Anzug, der ihn älter und seriöser wirken ließ. Das halblange blonde Haar hatte er nach hinten gekämmt.

„Schick, schick“, kommentierte sie, als er auf sie zukam.

Ihr Kompliment ließ ihn übers ganze Gesicht strahlen, dann umarmte er sie zur Begrüßung.

„Das ist Inspector Collins“, stellte Heidi Frederick vor.

„Nicht schlecht, hier zu arbeiten“, meinte Frederick beeindruckt, während sie sich die Hände reichten.

Timothy nickte. „Unser Vertriebsbüro für Blenheim Water befindet sich allerdings in einem Nebengebäude.“

„Läuft es gut?“, fragte Heidi interessiert.

„Das kann man so sagen. Wir haben viele Kunden in

England, aber auch einige auf dem europäischen Festland und sehr viele in China. Die Chinesen lieben alles, was aus England kommt, und sind äußerst beeindruckt, wenn wir sie hierher auf das Schloss zu Verkaufsgesprächen einladen."

„Das kann ich wirklich gut verstehen." Frederick kam aus dem Staunen gar nicht mehr raus. „Hier wurde ja ein Vermögen verbaut."

„Ist dein Vater auch da, Timothy?", fragte Heidi, um das Gespräch auf den Fall zu lenken.

„Nein, er kontrolliert gerade die Abläufe bei der Quelle."

„Ich nehme an, es ist viel zu tun."

„Zu viel. Manchmal denke ich, Dad verkraftet das körperlich alles nicht mehr. Seit Cecilia weg ist, ist er auch emotional nicht mehr so belastbar. Aber er will das natürlich nicht hören und überspielt es immer mit seinen Witzen." Timothy führte sie durch einen Säulengang in den Innenhof des Schlosses, wo sich unzählige Touristen tummelten und die detailreichen Verzierungen der Barockfassaden bewunderten. Dann fuhr er fort: „Mum hat mich gleich angerufen, nachdem ihr im Cottage wart. Sie erzählte mir, ihr haltet es für möglich, dass Cecilia den Brief geschrieben hat, und jetzt schöpft sie wieder neue Hoffnung, dass sie doch noch lebt. Sie hatte doch so viel vor mit ihr."

„Wie meinst du das?" Heidi blickte ihn interessiert an.

„Sie wollte, dass Cecilia das Leben, das sie hier in Blenheim Palace gewohnt war, weiterführen konnte. Der Duke ist ein äußerst großzügiger Arbeitgeber und wir sind in sehr guten Verhältnissen aufgewachsen. Aber meine Mutter wollte immer mehr", erklärte Timothy wütend. „Sie hatte sogar schon einen reichen Schnösel für Cecilia ausgesucht. Irgendeinen aus dem Norden, den sie ihr zu ihrem achtzehnten Geburtstag vorstellen wollte. Ich habe damals versucht, ihr das auszureden, aber meine Mutter kann sehr eigenwillig sein."

„Ich dachte, Cecilia hatte ein Auge auf Graham geworfen."

„Graham?", sagte Timothy verächtlich. „Meine Schwester war viel zu schade für ihn!"

„Dann hat es Ihnen nicht gefallen, dass die beiden damals befreundet waren?", mischte Frederick sich ein.

„Ganz und gar nicht. Ich wusste ja, was Graham für ein Schürzenjäger war. Deshalb habe ich versucht, ihn Cecilia auszureden, doch sie wollte nichts davon hören. Und ich hatte recht; kurz, nachdem sie verschwunden war, hatte er schon wieder eine neue Freundin." Er schüttelte sich angewidert.

„Sie mochten Graham nicht besonders?", fragte Frederick geradeheraus.

Timothy blickte ihn kritisch an. „Ich habe ihm das jahrelang übel genommen, ja, und wir waren nie wieder richtige Freunde. Vor allem nicht nach der Sache mit meiner Mutter." Dann schien ihm etwas einzufallen und er fragte aufgebracht: „Aber Sie denken doch nicht, ich hätte etwas mit seinem Tod zu tun?"

„Wir müssen jedem Verdacht nachgehen", antwortete Frederick.

Das genügte Heidi nicht und so schob sie schnell hinterher: „Kannst du dir denn vorstellen, wer Graham das angetan haben könnte?"

Jetzt kam Timothy richtig in Fahrt: „Da fallen mir so einige ein! Graham war ein arroganter, egoistischer ..." Er hielt inne. „Na ja, jedenfalls kenne ich viele, mit denen er es sich durch seine Art verscherzt hat."

„Wer zum Beispiel?"

„Etliche der Jungs aus dem Polo Club konnten ihn nicht leiden, weil er immer der Beste sein wollte und sich nicht um den Rest des Teams geschert hat. Oder auch all seine Liebschaften, die er nach kurzer Zeit hat sitzen lassen."

„Irgendwer im Speziellen?", hakte Frederik nach.

„Ich weiß, dass er sich mit seiner letzten Freundin ziemlich heftig gestritten hat. Das wundert mich aber auch nicht. Wahrscheinlich hatte er nebenbei noch eine andere."

„Meinst du, sie hat etwas mit seinem Tod zu tun?", wollte Heidi nun wissen. „Angeblich wurde eine Frau gesehen, die sich an Grahams Kofferraum zu schaffen gemacht hat."

„Dazu kann ich dir nichts sagen. Ich kannte diese Penelope kaum."

Aber gut genug, um sich an ihren Namen zu erinnern, dachte Heidi.

„Wo waren Sie eigentlich vor dem Spiel?", fragte Frederick.

„Ich habe mir etwas zu trinken geholt, bin zu meinem Pony in die Box und dann ging das Spiel auch schon los."

„Ist Ihnen Graham vorher noch begegnet?"

„Ja, beim Getränkestand."

Heidi horchte auf. „Hast du mit ihm gesprochen?"

„Nein."

„Ist dir irgendetwas an ihm aufgefallen?"

Timothy dachte kurz nach. „Nein, ich hatte aber auch keine Zeit. Das Spiel begann wenige Minuten später und ich wollte schnell zurück in meine Box und das Pony fertig machen."

„Wer war denn bei Graham?"

„Wenn ich mich recht erinnere, hat er gerade mit seinen Eltern gesprochen. Ich habe mich kurz mit meinen Eltern unterhalten und mich noch darüber gewundert, dass meine Mutter so nah bei Emilia Spencer stand. Sie hat in den letzten Jahren alles versucht, um sich ihr wieder anzunähern, aber Emilia Spencer hat sie keines Blickes gewürdigt." Timothy schaute auf seine Uhr. „Ihr wolltet doch auch zum Bootshaus. Ich hab später noch einen Termin, könnten wir also jetzt hingehen?"

„Schaffst du das?", fragte Heidi vorsichtig.

„Ich war damals auch mit deinem Vater dort. Wir sind jede Minute vor Cecilias Verschwinden noch einmal durchgegangen, wieder und wieder. Aber genützt hat es nichts", sagte Timothy mit einem Zittern in der Stimme. Heidi sah ihm an, dass es ihn auch nach all den Jahren immer noch sehr mitnahm. Dann schien er sich zusammenzureißen. „Hier entlang."

Er führte sie durch ein kleines Café hinaus auf eine Terrasse. Von dort blickte man auf eine Brunnenlandschaft, die an den Wassergarten des Versailler Schlosses erinnerte. Als Teenager hatte Heidi das Schloss mit ihren deutschen Großeltern besucht, in einem der Sommer, den sie bei ihnen auf dem Festland verbracht hatte.

Über einen kleinen Weg gelangten sie hinunter zum Glyme. Am Ufer, etwas versteckt zwischen Bäumen und Sträuchern, stand ein kleines Holzhaus. Sie gingen zuerst zum Bootssteg.

„Hier waren wir schwimmen und haben gegrillt", erzählte Timothy. „Zu dem Zeitpunkt war noch alles in Ordnung." Er starrte aufs Wasser.

„Stimmt es eigentlich, dass Cecilia Graham zu dem Spaziergang gedrängt hat?", fragte Heidi.

„Wer sagt denn so was?"

„James Hunter."

Timothy blies wütend Luft durch die Zähne. „Ich glaube nicht, dass James das beurteilen kann, bei der Menge Alkohol, die er an dem Abend intus hatte."

„Und als Graham allein von dem Spaziergang zurückkam, hast du dir da keine Sorgen um Cecilia gemacht?", wollte Heidi wissen.

„Ehrlich gesagt nein", gab Timothy zu. „Das hätte ich, ich weiß. Es war ein großer Fehler, für den ich mein Leben lang büßen werde. Aber Graham hat gesagt, dass Cecilia einen Anruf bekommen habe und noch telefonieren würde. Ich habe ihm geglaubt."

„Wusstest du, dass es den Anruf gar nicht gab?"

„Dein Vater hat es mir einige Tage nach ihrem Verschwinden gesagt." Er schluckte. „Wenn ich doch nur die Zeit zurückdrehen könnte! Ich wünschte, ich wäre gleich losgegangen und hätte nach ihr gesucht!"

„Aber weshalb hast du deinem Vater nicht Bescheid gesagt, als ihr sie später nicht gefunden habt?"

„Ich bin davon ausgegangen, dass sie zu Hause ist. Ich dachte mir nichts weiter dabei. Cecilia hatte schon immer ihren eigenen Kopf und hat stets das gemacht, was ihr gerade in den Sinn kam. Und durch den Alkohol war ich wahrscheinlich auch etwas entspannter. Ich war der Meinung, dass ihr hier auf dem Anwesen nichts passieren könnte. Es ist ja nicht weit vom Bootshaus zum Cottage."

„Hast du nicht nach Cecilia gesehen, als du nach Hause gekommen bist?"

Timothy schüttelte traurig den Kopf. „Ich wünschte, ich hätte es getan."

„Was denkst du, ist geschehen?"

Er schwieg lange, bevor er herauspresste: „Ich weiß es nicht, Heidi. Ich weiß es einfach nicht. Diese Ungewissheit ist das Allerschlimmste."

Heidi legte ihm eine Hand auf den Arm. Nach einer Weile schien er sich wieder gefangen zu haben.

„Lasst uns weitergehen!", sagte er und führte sie über

einen kleinen Trampelpfad zu einer Lichtung am Flussufer. „Hier wurde ihr Handy gefunden." Er zeigte auf eine Stelle im Gras wenige Meter vom Wasser entfernt. „Mein erster Gedanke damals war, dass sie vielleicht ertrunken ist. Aber der Fluss wurde weiträumig abgesucht."

„Hätte sie denn von hier aus mit einem Boot den Fluss hinunterfahren können?", wollte Frederick wissen.

„Das einzige Boot, das dafür in Frage gekommen wäre, lag im Bootshaus. Und es wurde nicht bewegt", erklärte Timothy. „Das wäre mir aufgefallen."

„Hätte sie das Gelände sonst irgendwie unbemerkt verlassen können?"

„Es ist rundherum gesichert. Der Haupteingang und das Woodstock Gate werden nachts verriegelt und um das Gelände verläuft eine Mauer. Dort, wo keine Mauer steht, gibt es einen hohen Zaun. Der Duke und seine Familie sind so etwas wie Celebrities hier und versuchen nur, sich zu schützen."

„Es gibt keine Schlupflöcher?"

„Nein, ich denke nicht."

„Und Sie haben Ihren Freunden damals das Tor geöffnet?", fragte Frederick weiter.

„Ja. Mein Vater hat einen Schlüssel. Ich habe sie rausgelassen. Vorher hatte ich ihnen zwei Taxis gerufen, die dort auf sie gewartet haben."

„Wann war das?"

„Gegen halb drei."

„Es war also kein Pförtner mehr da?", vergewisserte sich Heidi.

„Nein, die Pförtner machen Feierabend, kurz nachdem der Schlosspark für Besucher geschlossen wird."

„Hätte Cecilia dann nicht auch den Schlüssel nehmen können, um das Gelände zu verlassen?"

„Rein theoretisch schon, daran habe ich auch schon gedacht. Aber wir haben nur den einen Schlüssel, und der hing im Schlüsselfach im Cottage. Der Duke besitzt natürlich weitere Schlüssel, doch die werden jeden Abend im Schloss in einen Safe gelegt. An die wäre sie nicht ohne Weiteres herangekommen."

„Verstehe." Heidi überlegte. „Lässt der Duke das Gelände denn nicht mit Kameras überwachen?"

„Inzwischen schon", antwortete Timothy. „Er hat seit Cecilias Verschwinden sehr viel Geld in eine Überwachungsanlage investiert. Aber das bringt sie uns leider auch nicht wieder zurück."

„Das heißt, keiner der Angestellten oder aus der Familie des Duke hat in der Nacht irgendetwas beobachtet?", fragte Heidi, obwohl sie die Vernehmungsprotokolle kannte.

Timothy verneinte. „Es gibt eine Abkürzung, die direkt zum Cottage führt, erst über einen Waldweg und dann über eine Wiese." Er zeigte auf eine weitläufige Grasfläche. „Am Schloss kommt man gar nicht vorbei. Selbst wenn jemand da gewesen wäre, hätte er sie im Dunkeln wahrscheinlich nicht gesehen. Die Abkürzung ist nicht beleuchtet." Er schaute wieder auf seine Uhr.

„Schon gut, Timothy, uns interessiert nur noch eine Sache", sagte Heidi. „Wo war Miss McCoist, Benjamins Nanny, an dem Abend, als Cecilia verschwand?"

Timothy schien überrascht über die Frage. „Soweit ich weiß, war sie mit Benjamin und Dad im Cottage. Aber was hat sie damit zu tun?"

„Sie wurde nie dazu befragt."

Timothy verzog das Gesicht. „Das liegt wahrscheinlich daran, dass Dad sie in der Nacht fristlos entlassen hat."

„Und warum?"

„Sie hat Benjamin geschlagen."

„Kam dir das nicht seltsam vor? Miss McCoist wird entlassen und Cecilia verschwindet – und das alles in derselben Nacht?"

Timothy zuckte mit den Schultern. „Es war wohl nicht der erste Vorfall dieser Art. Und wenn ich ehrlich bin, war sie die Letzte, über die ich mir in der Zeit Gedanken gemacht habe. Ich mochte die Frau nicht besonders."

„Weißt du, wo sie jetzt lebt?"

Timothy schüttelte den Kopf. „Nein."

~

NACHDEM SIE SICH von Timothy verabschiedet hatten, gingen Heidi und Frederick eine Weile am Ufer des Glyme entlang. Es war ein einsamer Pfad, wie man ihn auch in der freien Natur hätte finden können. Heidi dachte daran, dass irgendwann einmal sicherlich auch Winston Churchill diesen Weg entlangspaziert war. Der spätere Prime Minister und Literaturnobelpreisträger hatte hier eine unbeschwerte Kindheit verbracht – genauso wie Cecilia. Bis irgendetwas geschehen war, das ihr Leben verändert hatte. Ganz in der Nähe, in dieser wunderschönen Landschaft zwischen Wasser, Wiesen und Wäldern, war sie verschwunden.

Heidi hatte in einem Bericht gelesen, dass ein Suchtrupp jeden Quadratmeter des Geländes durchkämmt hatte. Bei der Größe des Anwesens hatte das mehrere Tage gedauert. Doch bis auf Cecilias Handy wurden keinerlei Hinweise darauf gefunden, was mit ihr passiert sein könnte. Es war Sommer gewesen und der Boden hart. Fußspuren hatte es keine gegeben und auch die Suchhunde hatten nicht angeschlagen.

Nachdenklich blickte Heidi auf das Wasser des Glyme. Tagelang hatten Taucher den Grund des Flusses abgesucht, nicht nur den Queen's Pool, der sich dicht am Blenheim Palace entlangzog, sondern auch kilometerweit flussabwärts. Thermografen in Hubschraubern hatten von der Luft aus das Gelände mit Wärmebildkameras ausgekundschaftet. Doch Cecilia war wie vom Erdboden verschluckt.

Nach einer ganzen Weile kamen ihnen drei Touristen entgegen, die sie freundlich grüßten und nach dem Weg zum Secret Garden fragten. Der Garten war eine der Besonderheiten von Blenheim Palace, angelegt vom Vater des heutigen Dukes. Darin durften die Pflanzen wild wachsen, ganz anders als im fein säuberlich angelegten Rose Garden oder im Italian Garden mit dem Barockbrunnen in der Nähe des Haupthauses. Tatsächlich war der Secret Garden auch Heidis Lieblingsplatz auf dem Anwesen. Und so erklärte sie den dreien gern, wie sie am schnellsten dorthin gelangten.

„Timothy hätte durchaus ein Motiv, Graham etwas anzutun", sagte sie auf einmal, nachdem sich die Touristen verabschiedet hatten. Die ganze Zeit über hatte sie sich gegen diesen Gedanken gesträubt. Sie kannte Timothy, seitdem er zehn Jahre alt war. Er war der beste Freund ihres Bruders und eigentlich traute sie ihm einen Mord nicht zu. „Haben Sie bemerkt, wie er zu zittern begann, als er davon sprach, dass Cecilia zu schade für Graham gewesen sei?"

Frederick nickte. „Wenn es um die eigenen Geschwister geht, kann man schon mal überreagieren."

Eine Pause entstand.

„Aber das bedeutet natürlich nicht, dass er ihn auch gleich umgebracht hat", sagte Frederick schließlich. „Und die zentrale Frage ist nach wie vor, weshalb Graham Spencer ausgerechnet jetzt sterben musste. Was war der Auslöser?"

„Sie haben recht. Außerdem konnte Graham nie nachgewiesen werden, dass er tatsächlich etwas mit Cecilias Verschwinden zu tun hatte", gab Heidi zu bedenken.

„Was natürlich nicht bedeutet, dass wir Timothy nicht weiter unter die Lupe nehmen sollten. Meiner Meinung nach weiß er nämlich mehr, als er zugibt", sagte Frederick. „Zum Beispiel nehme ich ihm nicht ab, dass es ihn nicht interessiert hat, wieso die Nanny ausgerechnet in der Nacht entlassen wurde, in der Cecilia verschwand. Irgendetwas stimmt da nicht. Wir müssen unbedingt diese Miss McCoist aufspüren. Ich werde Simmons auf sie ansetzen."

In dem Moment piepste Heidis Handy. Sie holte es hervor und las die Nachricht: Ann ließ sich nicht beruhigen. Rich war noch in einer Besprechung und konnte sich nicht loseisen.

„Meiner Tochter geht es nicht gut. Würde es Ihnen etwas ausmachen, wenn wir zurück nach Oxford fahren?"

„Natürlich nicht."

Sie gingen einen Schritt schneller.

Nach einer Weile fragte Frederick: „Sagen Sie, was für ein Verhältnis hatte Ihr Bruder eigentlich zu Graham Spencer?"

Heidi blickte ihn überrascht an. „Wie kommen Sie jetzt auf meinen Bruder?", fragte sie barsch.

„Nun ja, Philippa Christy hat doch erwähnt, dass Graham Spencer und er schon immer Rivalen auf dem Polofeld waren. Und ..." Er zögerte, als wisse er nicht so richtig, wie er fortfahren sollte.

„Und?", fragte Heidi ungeduldig.

„Wie war das außerhalb des Spielfeldes?"

„Nachdem Cecilia verschwunden war, hat sich Tom auf die Seite der Hillingtons gestellt. Graham und er waren also nicht die besten Freunde, wie Sie sich sicherlich vorstellen können."

~

SOBALD FREDERICK IM Büro angekommen war, loggte er sich in die Datenbank der Thames Valley Police ein. Er fühlte sich, als würde er seine Partnerin hintergehen, als er den Namen ihres Bruders in die Suchmaschine eingab. Tom war unter einer Londoner Adresse gemeldet, in Chelsea. Er war neunundzwanzig Jahre alt und ledig. Es gab einige Einträge über ihn, alle schienen in Zusammenhang mit dem Vermisstenfall zu stehen. Frederick überflog die Akten. Als er sich gerade wieder ausloggen wollte, stutzte er. Es gab da eine Akte, die er bislang noch nicht gelesen hatte.

Er klickte darauf und las sie erstaunt. Damit hatte er nicht gerechnet: überhöhte Geschwindigkeit, Trunkenheit am Steuer – und dann war Tom auch noch mit Haschisch erwischt worden. Und das alles kurz nachdem Cecilia verschwunden war. Was auch immer damals geschehen war, den Jungen hatte es nicht unberührt gelassen. Hatte er womöglich etwas mit ihrem Verschwinden zu tun gehabt und – noch viel schlimmer – hatte sein Vater ihn damals gedeckt? Er schien ein gründlicher Chief Inspector gewesen zu sein, der unermüdlich ermittelt hatte. Doch er hatte den Fall nie abschließen können. Das passte nicht in das Bild, das Frederick von ihm hatte. Und war der Streit zwischen Tom und Graham Spencer vielleicht doch ernster gewesen, als er zunächst angenommen hatte?

Mittwoch,
5. November

DR GOLDBERG NICKTE ihnen kurz zu, als sie das Labor betraten. Der ansonsten so redselige Pathologe war blass und hustete. Er hatte sich einen dicken orangefarbenen Wollschal mehrfach um den Hals gewickelt; es sah aus wie ein Rettungsring.

„Guten Morgen, Sie Armer!", begrüßte Heidi ihn mitleidig. „Ihr Husten hört sich aber gar nicht gut an. Sie sollten nach Hause gehen!"

„Ist die Grippe. Aber zum Glück kann ich ja hier niemanden mehr anstecken", antwortete Dr Goldberg mit kratziger Stimme und einem gequälten Lächeln. Dann zeigte er auf Graham Spencer, der nackt auf dem Seziertisch vor ihm lag. „Bringen wir es am besten schnell hinter uns. Ich weiß nicht, wie lange meine Stimme hält."

„Sicher. Was haben Sie herausgefunden?", fragte Heidi.

„Er hat sich ziemlich viele Blessuren beim Aufprall zugezogen, nicht nur den Genickbruch", begann Dr Goldberg leise. „Auf seiner linken Körperseite ziehen sich Hämatome vom Unterschenkel hoch bis zur Schulter. Drei Rippen sind gebrochen und auch der große Zeh."

„Und, haben Sie Beruhigungsmittel in seinem Körper gefunden?", fragte Heidi ungeduldig.

„Moment. Dazu komme ich noch." Dr Goldberg hustete und griff nach einem Glas, das zusammen mit allerlei Sezierbesteck und Schalen im Waschbecken neben ihm stand. Er füllte etwas Wasser hinein und trank ein paar Schlucke.

Heidi gruselte es bei dem Gedanken, was wohl zuvor in dem Glas aufbewahrt worden war.

„Jetzt geht es wieder", meinte Dr Goldberg. Dann fuhr er fort: „Also, bei den Hämatomen fällt auf, dass manche von ihnen schon älter sind. Hier zum Beispiel das große am Arm, das muss schon ein, zwei Tage alt gewesen sein, als er starb. Und auch das hier einige Zentimeter darunter, seht ihr, das stammt nicht vom Absturz." Er zeigte auf zwei Hämatome, die sich aus Heidis Sicht nicht von den übrigen unterschieden.

„Was schließen Sie daraus?", fragte Frederick. „Denken Sie, er war in einen Kampf verwickelt?"

„Einen Kampf würde ich es nicht nennen, dafür sind sie nicht ausgeprägt genug, aber vielleicht eine leichte Auseinandersetzung."

„Wie müssen wir uns das vorstellen?", hakte Frederick nach.

„Ich denke, jemand hat ihn am Arm gegriffen und festgehalten und er hat sich dann höchstwahrscheinlich losgerissen."

„Ein Mann oder eine Frau?"

„Das kann ich nicht sagen, beides ist möglich."

„Und das muss etwa vierundzwanzig bis achtundvierzig Stunden vor seinem Tod geschehen sein?"

„Würde ich vermuten. Aber nun zum Beruhigungsmittel." Erneut überkam Dr Goldberg ein Hustenanfall.

„Noch mehr Wasser?", fragte Heidi.

„Geht schon wieder." Dr Goldberg winkte ab. „Also, ich habe in seinem Körper Diazepam gefunden, auch bekannt als Valium, und zwar eine ziemlich große Menge. Mich wundert, dass er nicht während des Spiels auf seinem Pony eingeschlafen ist. Das Mittel macht müde und schränkt die Aufmerksamkeit ein, hat aber auch eine angstlösende Wirkung. Daher hat er wahrscheinlich entweder nicht mehr richtig wahrgenommen, dass die Jungs auf ihn zugeritten kamen, oder es nicht als gefährlich angesehen."

„Wie schnell wirkt Diazepam?", wollte Frederick wissen.

„Normalerweise innerhalb von zwanzig bis dreißig Minuten, abhängig davon natürlich, ob der Magen gefüllt ist oder nicht. Er hatte in den letzten Stunden vor dem Spiel nichts gegessen, also gehe ich davon aus, dass es bei ihm schneller ging. In der hohen Konzentration sowieso."

„Hatte er Restalkohol im Blut?", fragte Frederick.

„Dazu wollte ich gerade kommen. Er hatte 0,4 Promille, und das verstärkte die Wirkung des Diazepams."

„In welcher Form hat er es zu sich genommen?"

„Ich vermute, es waren Tropfen oder aber aufgelöste Tabletten."

„Denken Sie, dass es ihm ohne sein Wissen verabreicht wurde?"

„Bei dieser hohen Konzentration ist das stark anzunehmen. Hätte er es verschrieben bekommen, dann hätte der Arzt ihn sicherlich darauf hingewiesen, wie gefährlich das Mittel sein kann – vor allem im Zusammenhang mit Alkohol." Dr Goldberg begann erneut zu husten und trank noch etwas Wasser. „Ansonsten habe ich nichts gefunden. Er war ein kräftiger, kerngesunder junger Mann. Also gewissermaßen das genaue Gegenteil von mir." Er grinste.

~

LANGSAM ÖFFNETE SICH das schwere Eingangstor zum herrschaftlichen Anwesen der Spencers in Wantage.

„Der Psychologe hat uns für zehn Uhr angekündigt. Wie ich die Spencers kenne, wird es ihnen nicht gefallen, dass wir nicht pünktlich sind", sagte Heidi besorgt.

„Und das, obwohl Sie auf dem Weg hierher aufs Gas gedrückt haben, als ob es kein Morgen gäbe", konnte sich Frederick nicht verkneifen zu sagen. „Und außerdem, seit wann lassen Sie sich denn von irgendjemandem vorscheiben, wann Sie wo zu sein haben?", neckte er sie.

„Sie haben den Chief Inspector doch gehört. Ganz offensichtlich setzen die Spencers ihn massiv unter Druck. Ich möchte ihnen einfach keinen Anlass liefern, nicht mit uns zu kooperieren."

„Es geht immerhin um den Tod ihres Sohnes", warf Frederick ein.

„Eben!"

Frederick blickte aus dem Fenster. Die Gartenanlage der Spencers schien bis ins kleinste Detail von einem Landschaftsarchitekten geplant worden zu sein, offenbar hatte man nichts dem Zufall überlassen. Auf einer weißen Kiesallee fuhren sie an einem künstlich angelegten See vorbei, hinter dem zwei Tennisplätze lagen. Es folgte ein Blumengarten voller blühender Dahlien, die akkurat in Streifen gepflanzt waren. Das imposante Herrenhaus war von mächtigen hohen Bäumen umrahmt, die wahrscheinlich genauso alt waren wie das Gebäude selbst.

„Erbt man so ein Anwesen oder sind die Spencers neureich?", fragte Frederick und schaute zu Heidi, die den Mini hektisch vor dem Haus parkte. „Wie viel ist so was wert?"

„Heute sicher um die zwanzig Millionen Pfund, würde ich schätzen. Aber es ist alles ererbt", erklärte Heidi, während sie ausstiegen. „Die Spencers gehören seit Generationen zu den einflussreichsten Familien Oxfords. Sie stellen Spezialwerkzeuge für Fabrikanlagen her, die sie von Cowley aus in die ganze Welt verkaufen. Das hat sie reich gemacht. Nun kommen Sie schon!", drängte sie.

Noch bevor sie die Stufen der halbrunden Steintreppe ganz hinaufgestiegen waren, öffnete sich ein Flügel der alten Eingangstür und eine Frau trat heraus. Das musste

Emilia Spencer sein. Sie trug ein elegantes Kostüm und hatte die Haare streng zu einem Dutt zusammengesteckt. Frederick schätzte sie auf Anfang sechzig. Schnell liefen Heidi und Frederick die restlichen Stufen hinauf und stellten sich vor.

„Sie sind spät dran", sagte Emilia Spencer kühl.

„Es tut uns leid, Mrs Spencer, aber wir kommen gerade aus der Pathologie", sagte Heidi entschuldigend. „Es gibt wichtige neue Erkenntnisse zu Grahams Tod."

Emilia Spencers Gesicht erstarrte. Der Tod ihres einzigen Kindes hatte sie unübersehbar hart getroffen. Und dass sein Körper nun auch obduziert wurde, schien sie noch mehr zu verstören.

„Einen wunderschönen Garten haben Sie, Mrs Spencer. Ihre Dahlien sind wirklich eine Pracht", versuchte Frederick sie von dem Gedanken abzulenken.

„Das macht alles der Gärtner", erwiderte Emilia Spencer, doch er bemerkte, wie sich ihre Mundwinkel für den Bruchteil einer Sekunde zu so etwas wie einem Lächeln hochzogen. „Lassen Sie uns hineingehen, mein Mann wartet schon im Wohnzimmer."

Im Haus begrüßte sie eine junge Frau schüchtern.

„Melinda, bringen Sie uns doch einen Tee hinauf", ordnete Emilia Spencer an.

„Sofort, Ma'am", antwortete das Dienstmädchen leise und verschwand dann im langen Flur.

Über eine mit Teppich ausgelegte Marmortreppe führte Emilia Spencer Heidi und Frederick ins Obergeschoss. An den Wänden hing ein Porträt dicht bei dem anderen. Oben betraten sie einen großzügigen Raum, dessen Decke mit Stuck verziert war. Er mündete in einen Erker, von dem aus man einen herrlichen Blick auf den Garten hatte.

„Da sind Sie ja endlich! Ich habe nicht viel Zeit, ich muss in die Firma", sagte eine dunkle Stimme schroff. Sie gehörte zu einem großen Mann, der auf einem Ledersofa vor den Fenstern des Erkers saß. Er trug einen maßgeschneiderten Anzug, sein graues Haar war streng nach hinten gekämmt und er war glatt rasiert. Ganz eindeutig war das Matthew Spencer.

„Guten Morgen, Sir!" Frederick ignorierte die Unhöflichkeit des Hausherrn und lächelte ihn an. „Ich bin Inspector Collins und das ist meine Partnerin Inspector Green. Vielen Dank dafür, dass Sie sich Zeit für uns nehmen!"

Matthew Spencer zog eine Augenbraue nach oben, sagte aber nichts.

„Nehmen Sie doch Platz!", meinte Emilia Spencer und lächelte künstlich. Dann setzte sie sich selbst neben ihren Mann ganz vorn auf die Kante des Sofas.

„Zunächst einmal möchten wir Ihnen unser Beileid aussprechen", eröffnete Heidi das Gespräch, nachdem sie sich in einem der Sessel vor dem Fenster niedergelassen hatte.

Auch Frederick setzte sich, jedoch so, dass er die Spencers ganz genau beobachten konnte.

„Es muss ein schrecklicher Schock für Sie gewesen sein, Graham auf diese Art zu verlieren. Wir alle fühlen mit Ihnen", fuhr Heidi fort.

Emilia Spencer begann zu schluchzen. Sie zog ein Stofftaschentuch aus ihrer Jackentasche, mit dem sie sich die Nase abtupfte. In diesem Moment kam Melinda mit einem Tablett ins Zimmer und servierte einen feinen indischen Darjeeling.

„Es tut uns sehr leid, dass wir Sie in Ihrer Trauer stören, aber wir müssen Ihnen dringend ein paar Fragen stellen", sagte Frederick, nachdem sie wieder gegangen war. Er blickte die Spencers direkt an.

Matthew Spencer reagierte nicht, sondern schaute demonstrativ auf die dicke Uhr, die er am Handgelenk trug. Emilia Spencer versteckte ihren Mund hinter dem Taschentuch.

Frederick ließ sich von ihrer stillen Ablehnung nicht beeindrucken. „Dann will ich gleich zum wichtigsten Punkt kommen: Wir haben in den Sachen Ihres Sohnes einen Brief gefunden, der uns glauben lässt, dass sein Tod kein Unfall war, sondern ein Verbrechen."

„Das hat der Chief Inspector bereits angedeutet. Ich glaube allerdings, da müssen Sie etwas falsch verstanden haben." Matthew Spencer machte Anstalten, sich zu erheben.

„Das glaube ich nicht", widersprach Frederick. „So einfach ist es nicht. Bitte bleiben Sie!"

Matthew Spencer warf ihm einen abschätzigen Blick zu. Er war es anscheinend nicht gewohnt, dass jemand es wagte, ihm zu widersprechen oder gar Anweisungen zu geben.

Emilia Spencer mischte sich ein. „Ich verstehe das alles nicht. Graham ist doch gestürzt. Wir haben es selbst gesehen."

„In dem Brief, den wir gefunden haben, wird Ihrem Sohn damit gedroht, sein Leben zu zerstören", erklärte Frederick. „Deshalb ermitteln wir."

Die Spencers schwiegen.

„Wollen Sie denn gar nicht wissen, wer Graham bedroht hat?", fragte Heidi.

„Wieso sollte jemand meinen Sohn bedrohen?" Emilia Spencer sah sie verständnislos an.

„Unterschrieben wurde der Brief mit ‚Cecilia' und wir denken, dass es sich dabei um Cecilia Hillington handelt."

Emilia Spencer riss ungläubig die Augen auf.

„Das ist doch gar nicht möglich!“, rief Matthew Spencer verärgert. „Merken Sie denn nicht, dass Sie an der Nase herumgeführt werden? Cecilias Mutter hat sich damals schon mit ihren Beschuldigungen lächerlich gemacht. Sie wollte meinem Sohn etwas anhängen, aber zum Glück ist sie dann doch noch zur Vernunft gekommen. Ihnen wird es genauso ergehen!“

„Wir sind gerade dabei herauszufinden, ob der Brief tatsächlich von Cecilia stammt“, erwiderte Heidi ruhig. „Außerdem wurde eine große Menge Diazepam im Körper Ihres Sohnes gefunden. Bei dieser hohen Dosis müssen wir davon ausgehen, dass ihm jemand das Mittel ohne sein Wissen verabreicht hat. Oder ist Ihnen bekannt, dass Ihr Sohn Diazepam nahm?“

„Das wird ja immer besser!“ Matthew Spencer lachte abfällig.

„Er hat kein Beruhigungsmittel genommen! Nicht mein Junge!“, rief Emilia Spencer.

„Dann müssen wir leider davon ausgehen, dass irgendjemand Ihrem Sohn schaden wollte.“

„Aber wer würde denn so etwas tun? Er war doch so beliebt!“ Emilia Spencer war fassungslos.

„Ist Ihnen in den letzten Wochen irgendetwas Ungewöhnliches an ihm aufgefallen? War er verändert? Gab es Streit?“, fragte Frederick und beobachtete Matthew Spencer ganz genau.

Doch der sagte nichts.

Es war Emilia Spencer, die erklärte: „Graham war ein sehr unkomplizierter Junge. Immer gut gelaunt und fröhlich. Aber er wusste auch, wann er mit anpacken musste, nicht wahr, Matthew? Er hat dir doch in der Firma sehr geholfen.“ Sie schaute ihren Mann erwartungsvoll an.

„Das hat er, mein Schatz.“ Matthew Spencer lächelte zustimmend. „Wir hätten uns keinen besseren Sohn wünschen können.“

„Da habe ich aber etwas anderes gehört“, widersprach Frederick. „Es soll in der Firma Probleme zwischen Ihnen und Ihrem Sohn gegeben haben.“

Matthew Spencer schnaubte verächtlich.

„Was für Probleme waren das, Mr Spencer?“, bohrte Frederick weiter, erhielt aber keine Antwort. „Mr Spencer, durch Ihr Schweigen machen Sie sich verdächtig.“

„Ich habe Ihnen nichts zu sagen.“

„Sie wurden kurz vor dem Polospiel mit Graham beim Getränkestand gesehen. Dort muss ihm das Beruhigungsmittel verabreicht worden sein“, fuhr Frederick fort.

„Mein Mann hat nichts damit zu tun!“, mischte sich nun Emilia Spencer ein.

„Aber Sie streiten nicht ab, dass es Probleme mit Graham gab?“, hakte Heidi nach.

Matthew Spencer schwieg erneut.

„Reden Sie schon, Mr Spencer!“, drängte Frederick.

„Das gehört nicht hierher. Es ist eine Familienangelegenheit.“

„Graham ist tot, Sir, und irgendjemand hat bei seinem Tod nachgeholfen“, sagte Heidi eindringlich. „Wenn Sie jetzt nicht mit uns sprechen, werden wir Sie mit aufs Präsidium nehmen und so lange verhören, bis wir die Wahrheit kennen. Das ist unser Job, Mr Spencer, und den nehmen wir genauso ernst wie Sie Ihren.“

Ihre Worte schienen ihn umzustimmen. „Also gut. Mein Sohn wollte mehr Verantwortung in der Firma. Doch ich fand, er war noch nicht bereit dazu. Als ich ihm das klargemacht habe, kam es zum Streit.“

„Wann genau war das?“, wollte Frederick wissen.

„Letzten Freitag."

„Sind Sie handgreiflich geworden?"

„Ich weiß mir anders zu helfen", sagte Matthew Spencer empört. „Ich habe damit gedroht, ihn zu enterben."

„Aber Matthew!", rief Emilia Spencer.

Möglicherweise war es gar nicht der Streit mit Penelope Lancaster, sondern die Auseinandersetzung mit seinem Vater, die Graham so aus der Fassung gebracht hat, dachte Frederick, dann fragte er: „Wie hat er reagiert?"

„Er hat mir doch tatsächlich damit gedroht, die Mitarbeiter gegen mich aufzuhetzen. Er war sehr beliebt bei ihnen, wahrscheinlich wäre er sogar erfolgreich gewesen." Matthew Spencer klang nun nicht mehr so selbstsicher.

„Und das wollten Sie verhindern und haben ihm ein Beruhigungsmittel verabreicht?", fragte Heidi. „Sicherlich wollten Sie ihn nicht töten, sondern nur etwas ausbremsen."

Matthew Spencer warf ihr einen vernichtenden Blick zu. „Wenn Sie Beweise dafür hätten, hätten Sie mich schon längst festgenommen. Ich habe Ihnen gesagt, was Sie wissen wollten. Ja, es gab Streit, aber ich hatte meinen Sohn unter Kontrolle. Mehr werde ich dazu nicht sagen."

Es war offenbar müßig, die Spencers noch weiter über ihren Sohn zu befragen.

„Kommen wir noch einmal auf das vermisste Mädchen zurück, Cecilia Hillington. Erinnern Sie sich daran, wie Graham von ihrem Verschwinden erfahren hat?", fragte Frederick daher.

„Philippa rief ihn an und erzählte ihm davon", erklärte Emilia Spencer bereitwillig.

„Sie meinen Philippa Christy?", hakte Heidi nach.

„Ja, Grahams damalige Freundin."

Heidi sah überrascht zu Frederick. „Philippa Christy und Ihr Sohn waren damals ein Paar?"

„Sie hat ihn zumindest einige Male besucht. Also nicht hier, sondern im Nebenhaus, in dem Graham gewohnt hat." Emilia Spencer zeigte zum Fenster hinaus auf ein altes Gebäude, das nicht weit entfernt war. „Ich habe das Mädchen einige Male dabei beobachtet, wie sie das Haus morgens verlassen hat. Eines Tages war ich im Garten und sie ist mir in die Arme gelaufen. Sie hat sich mir gleich vorgestellt, sie hatte sehr gute Manieren." Dann drehte sie sich zu ihrem Mann und erklärte: „Philippa Christy, das ist die Tochter von Professor Christy vom Magdalen College."

Er nickte uninteressiert.

„Und das war kurz vor Cecilias Verschwinden?", wollte Heidi wissen.

„Vielleicht ein oder zwei Wochen davor."

„Wussten Sie, dass Graham zur selben Zeit eine Beziehung mit Cecilia gehabt haben soll?"

„Das kann ich mir nicht vorstellen", meinte Emilia Spencer pikiert. „Es wurde damals behauptet, aber Graham hat mir versichert, dass das alles Lügen waren. Victoria Hillington hat nach einem Schuldigen für das Verschwinden ihrer Tochter gesucht. Sie hat die Aufmerksamkeit genossen, die Presse hat sich natürlich gleich darauf gestürzt", fuhr sie in gehässigem Ton fort. „Aber ich habe ihr das ausgetrieben."

~

ES HATTE HEIDI und Frederick einige Überzeugungskraft gekostet, die Spencers dazu zu bewegen, ihnen Zugang zu Grahams Haus zu gewähren. Erst als Frederick damit gedroht hatte, einen Durchsuchungsbeschluss zu erwirken und dafür zu sorgen, dass die Presse davon Wind bekäme, hatten sie zugestimmt.

Melinda öffnete ihnen die Tür und führte sie ins Wohnzimmer. Heidi schaute sich um. Sie sah Graham förmlich vor sich, wie er mit einer Flasche Bier in der Hand auf der modernen Couch vor dem großen Flachbildfernseher saß. In den Regalen an den Wänden konnte sie einige Polozeitschriften erkennen, daneben allerlei Pokale, die er in Poloturnieren gewonnen hatte. Vor dem Kamin standen außerdem zwei Ohrensessel, ansonsten wirkte alles eher unpersönlich. Zumindest konnte sie keinen „Dekoschnickschnack" entdecken, wie Rich ihre farbenfrohen Kissen, Schalen und Kerzenhalter immer nannte, mit denen sie ihr Heim verschönerte. Es war eben das Haus eines Junggesellen gewesen.

„Soll ich Sie herumführen, Inspectors? Wonach suchen Sie denn?", fragte Melinda, die in Abwesenheit von Emilia Spencer auf einmal aufzutauen schien. „Vielleicht kann ich Ihnen ja helfen. Ich wollte immer Polizistin werden, wissen Sie. Den Menschen helfen, sicherstellen, dass alles mit rechten Dingen zugeht in der Welt und dass keine Verbrechen geschehen."

Was für eine idealistische Vorstellung vom Polizeidienst, dachte Heidi und fand die junge Frau auf einmal unheimlich sympathisch. Genau so hatte sie in ihrem Alter auch gedacht.

„Aber mein Vater meinte, das sei zu gefährlich. Ist das denn sehr gefährlich?", plapperte Melinda weiter. „Wenn man diese Schutzwesten trägt, kann einem doch eigentlich nichts passieren, oder? Tragen Sie die? Die sind unbequem, würde ich denken. Und sie fallen sicherlich auf, wenn Sie in Zivil unterwegs sind und die Dinger unter Ihrer Kleidung tragen. Dann sehen Sie ja aus, als ob Sie zehn Kilo mehr auf den Rippen hätten. Wie machen Sie das denn?" Sie musterte Heidi. „Sie sehen ganz normal aus."

Heidi musste lächeln. Melinda war das weibliche Pendant zu Sergeant Simmons. Die beiden würden sich sicherlich blendend verstehen.

„Alles okay bei Ihnen?", fragte Frederick, dem wohl aufgefallen war, dass Heidi nicht geantwortet hatte.

„Ja ja, ich war nur gerade in Gedanken", erklärte Heidi und wandte sich der wissbegierigen Melinda zu. „Wir tragen keine Schutzkleidung, aber normalerweise sind wir ohnehin erst im Einsatz, wenn ein Verbrechen bereits geschehen ist. Und ich hoffe doch, dass Sie kein Messer aus Ihrer Schürze ziehen und uns niederstechen!", scherzte sie.

Melinda schaute sie erschrocken an. „Ich habe kein Messer, ganz sicher nicht", stotterte sie. „Und so etwas würde ich niemals tun. Warum auch?"

„Natürlich würden Sie das nie tun", meinte Heidi schnell und musste wieder lächeln, denn diese Antwort hätte auch von Sergeant Simmons kommen können. „Wir würden sehr gern Ihre Hilfe annehmen. Haben Sie denn vielleicht etwas Ungewöhnliches an Mr Spencer beobachtet in der Zeit vor seinem Tod? Oder ist Ihnen sonst irgendetwas aufgefallen?"

Melinda blickte sie versöhnlich an. Dann dachte sie lange nach, so als ob sie es genoss, ihre volle Aufmerksamkeit zu haben.

„Da fällt mir nichts ein", sagte sie schließlich. „Zu mir war er wie immer, höflich und zuvorkommend. Ich habe gern für ihn gearbeitet." Ihre Augen glänzten.

„Wissen Sie denn, wo er seine persönlichen Dinge aufbewahrte?", wollte Heidi wissen.

„Meinen Sie so etwas wie seinen Reisepass oder Impfpass?", fragte Melinda unsicher. „Oder Liebesbriefe?"

Heidi sah sie erstaunt an. „Liebesbriefe?!"

Mit schnellen Schritten ging Melinda zu einer Holzkommode, holte einen Schlüssel aus einer Schublade und öffnete damit eine der Türen. Sie schien das nicht zum ersten Mal zu machen.

„Wenn Mr Spencer nicht da war, habe ich hier immer geputzt und aufgeräumt. Er war nicht der Ordentlichste, aber ich habe das gerne für ihn getan", erklärte sie.

Noch eine Frau, die dem schönen Graham verfallen war, dachte Heidi.

„Ich weiß, dass man das eigentlich nicht machen soll, also im Privatleben anderer Leute herumschnüffeln. Aber eines Tages sind mir beim Saubermachen diese Briefe in die Hände gefallen. Ich habe noch nie etwas Romantischeres gelesen!" Melinda hielt ihnen einen Packen Briefe entgegen, den Heidi ihr abnahm. „Hier drüben hat Mr Spencer seinen Pass aufbewahrt. Und in diesem Ordner sind seine Geburtsurkunde, Zeugnisse und Ähnliches abgeheftet." Sie wies auf einen schwarzen Aktenordner, doch weder Frederick noch Heidi zeigten sich interessiert.

Stattdessen sah Heidi die Briefe durch. „Das sind Liebesbriefe von Cecilia!", rief sie.

Doch dann zweifelte sie auf einmal. Waren die Briefe echt? Weshalb hätte Graham die letzten sieben Jahre Liebesbriefe von Cecilia in seinem Schrank verstecken sollen?

„Sie haben uns sehr geholfen, Melinda", sagte sie dennoch. „Sie hätten eine gute Polizistin abgegeben."

Melinda strahlte übers ganze Gesicht. „Das sind wirklich wahnsinnig schöne Briefe. Ich habe jedes Mal geweint, wenn ich sie gelesen habe. Besonders beim letzten."

„ICH BIN GESPANNT, was Mrs Gilly zu den Briefen sagen wird“, sagte Heidi ungeduldig.

Sie fuhren zügig über eine Landstraße auf die Umgehungsstraße, die sie an Abingdon vorbei in Richtung Oxford führte. Endlich erreichten sie die Botley Road. Zwei Brücken führten über die Themse und kurz darauf über die Bahngleise, die Oxford mit London verbanden. Dann bog Heidi in die New Street ein.

„Wo hat Mrs Gilly ihr Büro?“, fragte Frederick.

„Simmons sagte, in dem Gebäude schräg gegenüber vom Oxford Castle. Da vorne müsste es sein, in dem Haus neben dem Nuffield College.“ Heidi parkte den Mini auf dem Gehweg direkt vor dem hohen braunen Backsteingebäude.

„Wollen Sie nicht die Polizeiplakette anbringen?“, fragte Frederick.

„Es wird sicherlich nicht lange dauern.“

Wenig später saßen sie im Büro der Schriftexpertin. Es war klein und roch muffig.

„Danke, dass Sie sich die Zeit für uns nehmen, Mrs Gilly! Unser Kollege hat Ihnen ja bereits den Drohbrief und die Postkarten zum Abgleich vorbeigebracht. Die Liebesbriefe haben wir erst heute gefunden.“ Heidi lächelte die pfundige Rothaarige an und hoffte, sie damit etwas anzutreiben.

Doch Mrs Gilly würdigte sie keines Blickes. Sie hatte den Drohbrief, die Postkarten und die Liebesbriefe vor sich auf dem Schreibtisch ausgebreitet und betrachtete sie eingehend mit einer Lupe, ohne dabei ihre Miene zu verziehen oder gar etwas zu sagen.

„Mhhh“, stieß sie irgendwann hervor.

Heidi und Frederick blickten sie erwartungsvoll an. Doch für weitere fünf Minuten betrachtete die Expertin die Schriftstücke kommentarlos. Dann legte sie die Lupe auf dem Schreibtisch ab und lehnte sich langsam auf ihrem Stuhl zurück.

„Beginnen wir mit den Liebesbriefen. Ich vermute, die hat ein Teenager geschrieben, weiblich, zwischen sechzehn und achtzehn Jahre alt."

Frederick blickte sie bewundernd an. „Das ist richtig. Cecilia war damals siebzehn."

„Dann kommen wir zu diesem Brief hier", sagte Mrs Gilly langsam und zeigte auf den Drohbrief. „Ich habe ihn eingehend überprüft, auch im Labor. Allerdings würde ich mich nicht festlegen wollen, ob er von derselben Person geschrieben wurde. Es gibt eine große Ähnlichkeit. Der Schreiber war jedoch zögerlicher und weniger schwungvoll. Außerdem würde ich die Schrift einem Erwachsenen zuordnen."

„Diesen Sommer wäre Cecilia fünfundzwanzig geworden."

„Das würde passen. Man sagt, dass sich die Schrift eines Menschen verändern kann, bis er erwachsen ist. Es gibt natürlich immer mal wieder Ausnahmen, aber normalerweise bleibt sie danach ein Leben lang dieselbe, mit nur feinen Veränderungen im Alter. Der Verfasser dieses Briefes könnte natürlich auch die alten Schriftstücke des Mädchens kopiert haben und daher stammen die Abweichungen. Beides ist möglich."

„Aber Sie schließen nicht aus, dass auch Cecilia den Drohbrief geschrieben haben könnte?"

„Ich halte es für möglich, ja. Was mich allerdings etwas irritiert, sind die Postkarten." Mrs Gilly seufzte. „Ich hätte erwartet, dass sie im Duktus den Liebesbriefen ähneln, da sie zur gleichen Zeit entstanden sind, wenn ich Sie vorhin richtig verstanden habe."

„Tun sie aber nicht?“

„Nein. Sie ähneln jedoch dem Drohbrief.“

„Das heißt also, dass irgendjemand die Liebesbriefe gefälscht hat?“ Heidi dachte sofort an die junge Melinda.

„Anders kann ich es mir nicht erklären. Sind Sie sich denn ganz sicher, dass sie von dem Mädchen stammen?“

Heidi schüttelte den Kopf.

„Und können Sie etwas zu dem Papier sagen, auf dem der Drohbrief geschrieben wurde? Und zur Tinte?“, fragte Frederick.

„Die Tinte ist ganz herkömmliche, die Sie in jedem Laden für Bürobedarf kaufen können. Das habe ich im Labor überprüft. Ich denke nicht, dass uns das weiterhilft.“ Mrs Gilly nahm noch einmal die Lupe zur Hand und begutachtete erneut den Drohbrief. „Das Papier hingegen ist aus einer kleinen Manufaktur nicht weit von hier, ein Familienbetrieb in Bladon. Da ist ein Wasserzeichen angebracht, nur für ein geübtes Auge sichtbar.“

„Bladon?“, fragte Heidi überrascht. „Das liegt doch bei Woodstock.“

„Richtig. Soweit ich weiß, benutzt man dieses Papier im Blenheim Palace. Die Manufaktur fertigte anfangs ausschließlich für den Palace, doch über die Jahre hat sie sich vergrößert. Fragen Sie am besten in dem kleinen Schreibwarenladen in der New Inn Hall Street nach, die vertreiben das Papier. Vielleicht können die Ihnen weiterhelfen.“

„CECILIA KÖNNTE ALSO tatsächlich noch am Leben sein“, sagte Heidi aufgeregt, als sie die Treppe hinuntergingen.

Frederick schien weniger euphorisch. „Das würde bedeuten, dass sie auch auf dem Poloturnier gewesen sein muss“, überlegte er laut. „Und wäre das nicht aufgefallen? Fast alle Anwesenden kannten sie von früher. Kann sich ein Mensch in sieben Jahren derart verändern, dass er nicht mehr erkannt wird? Bei einem Kind, das verschwindet, halte ich es für möglich, aber Cecilia war fast achtzehn. Ihre Gesichtszüge werden sich nicht mehr stark verändert haben. Vielleicht hätte sie es noch geschafft, den Drohbrief in Grahams Tasche zu stecken, aber um ihm das Diazepam zu verabreichen, hätte sie sich unter die Leute begeben müssen. Wäre sie dabei nicht aufgeflogen?“

„Möglicherweise hatte sie einen Komplizen“, vermutete Heidi, während sie auf den Bürgersteig traten.

„Gut möglich. Oder aber jemand hält sie seit sieben Jahren gefangen und hat sie dazu gezwungen, den Brief zu schreiben. Lassen Sie uns versuchen, mehr über das Papier herauszufinden. Das ist ...“

„Was ist das denn?“, unterbrach ihn Heidi, stürmte auf ihren Mini zu und riss den Plastikbeutel herunter, der an der Frontscheibe klebte. „Ich habe tatsächlich einen Strafzettel bekommen! Das darf doch nicht wahr sein!“

Einige Passanten drehten sich nach ihr um.

„Ich hatte Sie gewarnt“, sagte Frederick.

Heidi ersparte es sich, darauf zu antworten, und nahm den Zettel aus dem Plastikbeutel. „180 Pfund soll ich bezahlen!“

„Davon hätten Sie sich zwei Paar Schuhe kaufen können.“

„In Liverpool vielleicht. Hier in Oxford kriege ich dafür höchstens eins“, meinte Heidi schnippisch. „Na, wenn ich den erwische, der mir den Strafzettel verpasst hat!“

„Was dann? Wollen Sie ihn dafür verantwortlich machen, dass Sie mitten auf dem Gehweg geparkt haben, und das ohne Polizeimarke? Obwohl ich Sie noch darauf hingewiesen habe?", stichelte Frederick.

Es kostete Heidi einige Überwindung, doch dann sagte sie: „Sie haben ja recht."

„Dass ich das mal aus Ihrem Mund höre." Er grinste.

„Gewöhnen Sie sich lieber nicht dran!" Heidi wechselte schnell das Thema. „Lassen Sie uns jetzt endlich zu diesem Schreibwarenladen gehen!"

„Wollen Sie den Mini denn nicht zuerst umparken?"

„Wieso sollte ich? Ich hab doch schon einen Strafzettel."

~

SIE GINGEN AM Westgate Shopping Center vorbei und überquerten dann den Bonn Square, der nach Oxfords deutscher Partnerstadt benannt war. Das Kriegsdenkmal darauf erinnerte an die gefallenen Soldaten in British India. Direkt vom Bonn Square ging die schmale New Inn Hall Street ab. Auf der linken Seite lag der kleine Schreibwarenladen, von dem Mrs Gilly gesprochen hatte.

Frederick öffnete die kleine gläserne Eingangstür und eine helle Glocke ertönte. Er ließ Heidi den Vortritt, folgte ihr und sah sich um. In den Regalen lagen viele Papiere unterschiedlichster Farbe, Größe und Dicke. Frederick liebte den Geruch von Papier, er war nicht nur ein leidenschaftlicher Leser, sondern auch ein begeisterter Briefeschreiber. Stundenlang hätte er sich in dem Laden umschauen können, doch Heidi wartete schon am Verkaufstresen auf ihn. Also ging er zu ihr hinüber.

Der grauhaarige Verkäufer lächelte sie freundlich an, dabei zeigte er eine große Zahnlücke. „Wie kann ich Ihnen helfen? Geht es um Ihre Hochzeitseinladungen?“ Er zwinkerte Heidi vielsagend zu. „Ich mache mir immer ein Spiel daraus zu erraten, was meine Kunden in den Laden führt.“

„Verschweigen Sie mir etwas, Collins?“, fragte Heidi und lachte.

„Das werden Sie spätestens dann erfahren, wenn Sie eine Hochzeitseinladung in Ihrem Briefkasten finden“, gab Frederick zurück.

„Dann liege ich also nicht richtig?“, fragte der Verkäufer enttäuscht.

„Leider nicht.“ Frederick holte den Umschlag hervor, in den Mrs Gilly in aller Ruhe und mit größter Sorgfalt die Schriftstücke gesteckt hatte, und nahm den Drohbrief heraus. „Könnten Sie uns bitte sagen, um was für ein Papier es sich handelt und ob Sie es verkaufen?“

Mit seinem geübten Auge und den feinfühligen Fingern gelang dem Verkäufer innerhalb weniger Sekunden eine Einschätzung: „Das ist aus der Papiermanufaktur Duke Letters in Baldon. Ein schönes Papier – sieht edel aus, ist aber trotzdem bezahlbar. Eine der Sorten, die sich am besten verkaufen lassen.“

Das hatte Frederick befürchtet.

„Weshalb fragen Sie?“

„Wir sind von der Thames Valley Police und wollen herausfinden, wer dieses Briefpapier gekauft hat“, erklärte er.

„Sie sind Polizisten?“, fragte der Verkäufer ungläubig. „Und ich erzähle Ihnen was von Hochzeitseinladungen.“ Er schüttelte den Kopf. „Das hätte ich jetzt wirklich nicht erwartet. Sie sahen so nett aus.“

Frederick überging das fragwürdige Kompliment. „Verkaufen Sie dieses Papier meist an Privatkunden?"

„Nein, das würde ich so nicht sagen. Ich liefere es auch in größeren Mengen aus. Meine Kundschaft ist bunt gemischt: Banken, Colleges, Schulen ..."

„Haben Sie vielleicht eine Liste?", fragte Heidi.

Der Verkäufer holte einen Ordner unter dem Tresen hervor und blätterte eine Weile darin. „Hier ist sie."

„Darf ich mal sehen?"

„Wenn es Ihnen weiterhilft." Er drehte den Ordner zu Heidi.

Sie überflog die Liste und sagte dann aufgeregt: „Die Magdalen College School ist auch dabei!"

UNGEDULDIG BLICKTE HEIDI auf ihre Uhr. Es war kurz vor fünf, in wenigen Minuten würde der Gottesdienst zu Ende sein. Sie sah hinüber zu der alten Kapelle der Magdalen College School. Die Sekretärin hatte ihnen erzählt, dass sich die Schüler und Lehrer jeden Mittwochnachmittag dort versammelten. Heidi erinnerte sich an ihre eigene Schulzeit. Auch sie hatte einmal in der Woche in der schuleigenen Kapelle einen Gottesdienst besucht. Viele der Schulen in Oxford waren Privatschulen und wurden von der Church of England geführt. Sie hatten den Ruf, die besten der Stadt zu sein, denn die Kirche investierte jedes Jahr Millionen in ihre Bildungseinrichtungen.

Frederick lehnte neben Heidi am Zaun und war mit seinem Handy beschäftigt. „Ich hatte völlig vergessen, dass heute Bonfire Night ist", sagte er plötzlich. „Die Kollegen schreiben mir gerade, dass es ein großes Feuer im South

Park geben wird und danach ein Feuerwerk. Werden Sie auch hingehen?"

„Dieses Jahr wird es bei mir wohl nichts werden, weil meine Tochter krank ist", sagte Heidi ein wenig enttäuscht. „Aber Sie sollten sich das auf keinen Fall entgehen lassen, das ist eines der Top-Events in Oxford im Herbst! Die halbe Stadt wird heute Abend auf den Beinen sein."

ENDLICH WURDE DAS zweiflüglige Holztor der Kapelle geöffnet und wenig später kamen ihnen die ersten Kinder entgegen. Es dauerte jedoch noch etwa fünf Minuten, bis sie Philippa Christys Gesicht ausmachen konnten.

Die junge Lehrerin entdeckte sie ebenfalls, kam auf sie zu und fragte verunsichert: „Inspectors, sind Sie etwa meinetwegen hier?"

„In der Tat", antwortete Frederick und steckte sein Handy weg. „Wir müssten noch einmal mit Ihnen sprechen. Haben Sie jetzt Zeit?"

Philippa Christy nickte.

„Es geht um Cecilia."

Ihre Augen weiteten sich. „Haben Sie sie gefunden?"

„Leider noch nicht. Aber inzwischen gehen wir davon aus, dass sie tatsächlich noch leben könnte", erklärte Heidi.

„Wirklich?", fragte Philippa Christy erstaunt.

„Wir würden Sie gerne noch einmal zu damals befragen", sagte Frederick. „Es geht um Graham Spencer. Wir haben mit seinen Eltern über Sie gesprochen."

Philippa Christy wirkte auf einmal nervös. „Über mich?"

„Mrs Spencer meinte, dass Sie wohl einige Male bei Graham übernachtet haben. Es muss in der Zeit gewesen sein, in der Cecilia in Italien war. Stimmt das?“

Philippa Christys Nasenflügel begannen zu beben, doch sie sagte nichts.

„Ist es richtig, dass Sie Graham Spencer nähergekommen sind, als Sie es uns glauben machen wollten?“

Noch immer sagte Philippa Christy nichts.

„Miss Christy, bitte antworten Sie: Hatten Sie etwas mit Graham Spencer?“, drängte Frederick. „Sie wurden mehrmals dabei beobachtet, wie Sie morgens sein Haus verließen.“

„Ich kam mir so schäbig vor“, gab Philippa Christy auf einmal zu. Der Wind blies ihr eine Haarsträhne ins Gesicht und sie strich sie zurück. „Ich wollte Cecilia nicht hintergehen. Aber ich hatte mich in Graham verliebt, als ich ihn das erste Mal sah. Und als Cecilia dann nach Italien fuhr und mich bat, mich ein wenig um ihn zu kümmern, ist es einfach so passiert.“

Es ist einfach so passiert! Frederick dröhnte auf einmal der Kopf. Genau diese Worte hatte seine Exfreundin benutzt, nachdem sie ihn über Wochen betrogen hatte. Er musste sich abwenden.

„Alles in Ordnung, Collins?“, fragte Heidi besorgt.

„Geht schon“, presste er hervor.

„Miss Christy“, übernahm Heidi. „Der Drohbrief, den wir gefunden haben, wurde auf einem Papier geschrieben, das an Ihrer Schule für Korrespondenz genutzt wird.“

„Ja, und?“ Es dauerte eine Weile, bis Philippa Christy verstand. „Und jetzt denken Sie, ich hätte den Drohbrief geschrieben?“ Ihr Gesicht rötete sich. „Bitte glauben Sie mir, ich habe nichts damit zu tun!“

„Sie haben uns schon einmal angelogen, was Ihre Beziehung zu Graham betrifft, weshalb sollten wir Ihnen jetzt glauben?“

„Weil ich Graham nie etwas angetan hätte, dafür habe ich ihn viel zu sehr geliebt.“

„Wie endete eigentlich Ihre Beziehung zu Graham damals?“, fragte Frederick, der sich wieder gefangen hatte, zumindest dachte er das.

„Sobald Cecilia aus Italien zurück war, habe ich mich von ihm getrennt. Ich habe mich furchtbar dafür geschämt, dass ich sie so hintergangen hatte, und alles dafür getan, es wiedergutzumachen. Und sie hat mir verziehen.“

„Sie hat Ihnen verziehen?“, fragte Frederick empört. „Das glauben Sie doch selbst nicht!“

Heidi warf ihm einen strafenden Blick zu, dann wandte sie sich wieder an Philippa Christy. „Sie wusste also von Ihnen und Graham?“

„Ich konnte sie nicht anlügen, ich musste es ihr erzählen. Sie ist doch meine beste Freundin!“

Frederick horchte auf. War es ein Versprecher, dass Philippa Christy gerade „ist“ gesagt hatte?

„Und Sie wissen ganz sicher nicht, wo Cecilia ist?“, fragte er deshalb eindringlich. „Sie hat sich auch nicht wieder bei Ihnen gemeldet?“

Mit einem Zittern in der Stimme antwortete Philippa Christy: „Nein, ich weiß nicht, wo sie ist, aber ich würde alles dafür tun, dass sie wieder zurückkommt. Ich habe damals einen Fehler gemacht, und das bereue ich schrecklich. Doch ich schwöre Ihnen, dass ich nichts mit Grahams Tod zu tun habe.“

DIE GESAMTE RÜCKFAHRT über hatte Frederick geschwiegen – und es war nur stockend vorangegangen. Schließlich parkte Heidi vor dem alten Haus in der Holywell Street, in dem er wohnte.

„Alles okay mit Ihnen, Collins?", fragte sie.

Frederick antwortete nicht gleich. Nach einer Weile fragte er: „Halten Sie es für möglich, dass Philippa Christy ihre Konkurrentin bei Graham aus dem Weg haben wollte?"

„Durchaus", erwiderte Heidi. „Ich habe ihr von Anfang an nicht getraut. Wer seine eigene Freundin so hintergeht, ist sicherlich noch zu ganz anderen Dingen fähig. Ihnen scheint sie ja auch nicht gerade sympathisch zu sein."

Frederick sagte dazu nichts. „Aber hätte sie Graham etwas angetan?"

„Vielleicht war sie eifersüchtig. Timothy hat doch erzählt, dass Graham sehr bald nach Cecilias Verschwinden eine neue Freundin hatte. Vielleicht hatte Philippa Christy sich erhofft, dass sie die Frau an seiner Seite werden würde, wenn Cecilia nur weg war. Und dann ist ihre Rechnung nicht aufgegangen, weil er schon längst eine neue Freundin hatte. Aus enttäuschter Liebe kann sehr leicht Hass werden."

Frederick nickte. „Aber hätte sie sieben Jahre lang gewartet, um sich dafür zu rächen?"

FREDERICK KÄMPFTE MIT sich. Sein Aussetzer heute hatte ihm einmal mehr gezeigt, wie sehr ihn seine Exfreundin verletzt hatte. Weshalb hatte eine Person, die sich ganz offenkundig nicht um seine Gefühle geschert, ihn belogen und betrogen hatte, nach all den Monaten noch so eine

Macht über ihn? Die Erinnerung an ihre Worte hatte ihn einfach so überkommen. Er hatte gehofft, mit Blanches Hilfe die Vergangenheit vergessen zu können. Wahrscheinlich war das naiv gewesen, denn so einfach war es nicht. Die Verletzungen saßen zu tief und es würde noch eine ganze Weile dauern, bis er sie überwunden hatte.

Sieben Jahre ist Cecilias Verschwinden nun her, kam es ihm in den Sinn. Damals muss etwas passiert sein, das jemanden so sehr verletzt hat, dass er Graham jetzt etwas angetan hat.

Er zog sich eine warme Jacke über und machte sich auf den Weg zum South Park. Der Himmel war inzwischen dunkelblau und die Luft roch nach Rauch. Mit schnellen Schritten ging er die Straße hinauf, bog rechts in die Longwall Street ein und dann in die High Street. Er überlegte, ob er Sergeant Simmons anrufen sollte, und zögerte kurz, schließlich war längst Feierabend. Doch dann griff er nach seinem Handy und wählte die Nummer.

„Gibt es was Neues?"

„Ich habe die Exfreunde von Penelope Lancaster überprüft, alles so piekfeine Schnösel. Ich kann verstehen, warum sie die wieder loswerden wollte", urteilte Sergeant Simmons.

„Und?"

„Nichts und. Drei von ihnen hatten seit Jahren keinen Kontakt mehr zu ihr und einer wohnt in Leicester und hat sich gerade verlobt. Ich hatte erst seine Verlobte am Telefon. Die wollte ganz genau wissen, worum es geht. Ich bin die fast nicht mehr losgeworden, sag ich Ihnen. Sie hat von der Sache in der Zeitung gelesen und versucht, mich auszufragen. Aber ich habe geschwiegen wie ein Grab."

„Sehr gut, Simmons!", lobte Frederick. „Haben Sie was zu Miss McCoist?"

„Wissen Sie eigentlich, wie viele McCoist es in Schottland gibt?“, fragte Sergeant Simmons zurück. „Mehr als vierzig! Es scheint, als ob ganz Schottland den Namen McCoist trägt“, beklagte er sich. „Ich saß bestimmt zwei Stunden lang ununterbrochen am Telefon. Und Sie wissen ja, dass ich nicht gerne telefoniere. Ich verstehe gar nicht, dass es Menschen gibt, die das mögen. Erst wartet man stundenlang, bis auf der anderen Seite jemand abnimmt, und dann weiß man nicht, in welcher Stimmung die Person ist. Wenn man jemandem gegenübersitzt, weiß man wenigstens gleich, woran man ist. Aber so ist es jedes Mal wie russisches Roulette.“

„Simmons, gibt es was Neues?“, wiederholte Frederick seine Frage.

„Das gibt es tatsächlich.“

„Und was?“

„Ich habe gerade mit Annabell McCoists Mutter gesprochen. Sie lebt in Glasgow. Aber ihre Tochter lebt nicht dort“, antwortete Sergeant Simmons.

„Wo lebt sie dann?“

„In Australien. Zumindest hat sie dort bis vor einem Jahr gelebt.“

„Und jetzt?“

„Sie ist da wieder weg. Verstehen Sie das? Wer zieht denn freiwillig aus Australien weg? Weg von Sonne, Strand, Kängurus und diese niedlichen kleinen Koalabären ...“

„Simmons, bitte! Wo lebt sie jetzt?“

„Wieder in Oxford.“

„Wieso haben Sie das nicht gleich gesagt? Haben Sie die Adresse?“

„Anscheinend hatte sie damals einen Freund in Oxford, und der ist ihr nachgereist. Sie haben geheiratet und inzwischen heißt sie Dixon. Moment ...“

Frederick hörte das Klicken einer Computertastatur.

Nach ein paar Sekunden sagte Sergeant Simmons: „Die Datenbank gibt mir die Dawson Street 33 als ihre Adresse an."

„Ist das bei der Kazbar?", fragte Frederick.

„Wo?"

Die Frage hätte ich mir sparen können, dachte Frederick, Simmons kennt sich offenbar in der Oxforder Barszene nicht aus. Vermutlich sitzt er eher mit einem Joystick in der Hand vor seinem Computer.

„Wenn Sie die Cowley Road runterlaufen, ist es die erste links", erklärte Sergeant Simmons. „Sie wissen doch, wo die Cowley Road ist? Am Kreisel hinter der Magdalen Bridge, und die wiederum liegt hinter dem Magdalen College. Sie wissen doch, wo das Magdalen College liegt? Gegenüber vom Botanischen Garten, und der wiederum ..."

„Danke, Simmons, gute Arbeit!", unterbrach Frederick ihn und legte auf. Die Nanny lebt also tatsächlich noch in Oxford, dachte er aufgeregt, nur unter einem anderen Namen.

Inzwischen war er am Magdalen College angekommen. Er musste sich den schmalen Gehweg mit unzähligen Passanten teilen, die offenbar alle dasselbe Ziel hatten, den South Park. Heidi hatte nicht übertrieben, als sie ihm angekündigt hatte, dass heute Abend halb Oxford auf den Beinen sein würde.

Remember, remember the fifth of November, gunpowder, treason and plot; I know of no reason why gunpowder treason should ever be forgot, ging es ihm durch den Kopf. Schon in der Schule lernte jedes Kind diesen Reim über den katholischen Offizier Guy Fawkes, der in London ein Sprengstoffattentat auf König Jakob I. und das englische Parlament geplant hatte, jedoch gescheitert war. Im Gedenken daran wurde jedes Jahr am 5. November die Bonfire Night mit einem großen Feuer und Feuerwerk gefeiert.

Ganz in Gedanken erreichte Frederick den Kreisel in Cowley. Er folgte jedoch nicht den Menschenmassen, die die St Clement's hinunter Richtung South Park strömten, sondern bog stattdessen in die Cowley Road ein. Wenig später stand er in der Dawson Street vor dem Haus mit der Nummer 33, einem kleinen Reihenhaus aus rotem Backstein. Soweit er es im Dunkeln erkennen konnte, war es sehr gut in Schuss. In der Einfahrt stand ein grüner Jaguar. Frederick öffnete das kleine Eisentor und ging zum Haus. Die Rollläden der Fenster waren geschlossen. Auf dem Türschild stand „Dixon". Er klingelte, doch im Haus rührte sich nichts. Nach einer Weile versuchte er es erneut, wieder blieb alles ruhig.

„Wollen Sie zu den Dixons?", hörte er auf einmal jemanden rufen.

Er drehte sich in die Richtung, aus der die Stimme gekommen war, und sah eine ältere Dame, die auf dem Gehsteig vor dem Haus gegenüber stand und ihn von oben bis unten musterte.

„Was wollen Sie denn von denen?", fragte sie neugierig.

Frederick ging zu ihr hinüber. „Ich komme von der Thames Valley Police und müsste mit Mrs Dixon sprechen", erklärte er.

„Hat sie was ausgefressen?", fragte die Nachbarin und runzelte die Stirn.

„Im Gegenteil. Wissen Sie, wo ich sie finden kann?"

„Die Dixons sind gerade im Urlaub. Sie will Sonne tanken, hat Annabell gesagt, bevor es so richtig nass und kalt wird in Oxford."

„Wissen Sie, wann Sie wieder zurückkommt?“

„Soweit ich weiß, am Freitag.“

Erst am Freitag, dachte Frederick enttäuscht. Dann fragte er: „Wissen Sie vielleicht, ob Mrs Dixon früher McCoist hieß?“

„Ja, sie ist Schottin“, antwortete die Nachbarin bereitwillig und erzählte fröhlich weiter: „Nicholas hat da eine richtig gute Partie gemacht. Denn, unter uns, er hätte sich dieses Haus gar nicht leisten können. Selbst hier in Cowley nicht, und das ist ja wirklich nicht das teuerste Pflaster von Oxford. Ich kenne seine Familie ganz gut, wissen Sie? Jedenfalls ist er ihr nach Australien hinterher und hat sie geheiratet. Als sie zurückkamen, konnten sie sich auf einmal das Haus kaufen. Wahrscheinlich hat sie geerbt. Als Nanny wird sie ja nicht so viel verdienen. Bei Nicholas ist keiner gestorben, das weiß ich. Jedenfalls noch nicht, sein Vater ist aber schwer krank. Deshalb sind sie vor einem Jahr auch wieder zurück nach Oxford gekommen.“

~

HEIDI SASS IN ihrem Wohnzimmer auf dem Sofa und spitzte die Ohren. Sie hatte die Zwillinge gerade ins Bett gebracht und hoffte, dass sie bald einschlafen würden. Aber vor allem hoffte sie auf eine weniger anstrengende Nacht. Zwar wechselte sie sich bei Ann mit Rich ab, trotzdem waren die paar Stunden Schlaf, die sie in letzter Zeit bekommen hatte, nicht besonders erholsam gewesen. In der vergangenen Nacht war sie immer wieder panisch aufgewacht aus Angst, dass es Ann schlechter gehen könnte. Jetzt hörte sie allerdings fröhliches Geplapper aus dem Kinderzimmer und musste lächeln.

Entspannt lehnte Heidi sich zurück. Rich war mit

Freunden im Rusty Bicycle Pub Dart spielen und so hatte sie den Abend für sich. Sie nahm ihr Handy und wählte Louises Nummer. Seit Sonntag hatte sie nichts mehr von ihr gehört.

„Ach, dich gibt es also auch noch?", sagte Louise statt einer Begrüßung.

„Tut mir leid, dass ich mich jetzt erst melde, aber bei uns geht es mal wieder drunter und drüber", entschuldigte sich Heidi.

„Also alles wie immer", meinte Louise trocken und lachte.

„Sozusagen." Auch Heidi lachte. „Aber jetzt ist auch noch Ann krank und ich hab die letzten Nächte kaum ein Auge zubekommen."

„Ich auch nicht!", rief Louise aufgeregt.

„Details?"

„Er heißt Michael und ist Anwalt."

„Das wievielte Date?"

„Schon das zweite! Wir sind gerade im South Park beim Bonfire."

„Wie romantisch! Ist er bei dir? Kannst du mir jetzt gar nichts erzählen?", fragte Heidi etwas enttäuscht.

„Doch, er holt uns gerade was zu trinken, und das kann dauern bei den Menschenmassen hier."

Heidi war froh, dass Louise sich wieder gefangen hatte. Hatte sie sich noch vor einigen Monaten von einem Date zum nächsten gehangelt, war sie in den letzten Wochen völlig verändert gewesen – seit dem Abend, an dem sie Frederick zum ersten Mal gesehen hatte. Sie hatte nur noch davon gesprochen, dass er der einzige Mann war, für den sie sich interessierte. Insgeheim hatte Heidi sie für verrückt erklärt und darauf gehofft, dass diese Phase bald vorüberging.

„Ich habe übrigens Frederick Collins am Sonntag im Polo Club gesehen", sagte Louise auf einmal, als könne sie ihre Gedanken lesen. „Mit dieser Blanche", fügte sie niedergeschlagen hinzu. „Die beiden sind also immer noch ein Paar."

„Ich habe dir von Anfang an gesagt, dass es was Ernstes ist", erklärte Heidi streng und fühlte sich furchtbar dabei. Sie hätte Louise lieber etwas anderes gesagt. Doch sie wollte nicht, dass ihre Freundin sich falsche Hoffnungen machte.

Wahrscheinlich war das nun endlich auch Louise bewusst geworden, nachdem sie die beiden am Sonntag zusammen gesehen hatte, und deswegen hatte sie sich in die Sache mit dem Anwalt gestürzt.

„Aber jetzt erzähl mir doch mal mehr über diesen Michael! Wie habt ihr euch kennengelernt? Wie alt ist er? Wo wohnt er?", versuchte Heidi, sie abzulenken.

Die nächsten zehn Minuten schwärmte Louise ihr von Michael vor, dann sagte sie plötzlich: „Heidi, er kommt zurück. Ich muss auflegen. Mach's gut, Hun!"

Nachdenklich sah Heidi auf ihr Telefon. Auch wenn sie Louise ihre Begeisterung gönnte, nahm sie sie ihr nicht ganz ab. Dazu kannte sie ihre beste Freundin einfach zu gut. Sie seufzte und schaltete die Stehlampe neben dem Sofa an. Dann holte sie den Umschlag, in den Mrs Gilly die Briefe und Postkarten gesteckt hatte, und nahm die Liebesbriefe heraus. Sie alle waren an Graham gerichtet und mit „Cecilia" unterschrieben. Ein Datum trugen sie nicht.

Heidi begann zu lesen. Bereits nach wenigen Sätzen musste sie schlucken, Tränen stiegen ihr in die Augen. Das waren wirklich wunderschöne Worte, poetisch und gleichzeitig so einfach und ehrlich. Heidi schniefte – dabei war sie doch sonst nicht so nah am Wasser gebaut. Sie stand auf und holte sich eine Packung Taschentücher aus der Küche.

Dann dachte sie an Melinda, die junge Haushaltshilfe. Konnte es wirklich sein, dass sie die Briefe geschrieben und sich als Cecilia ausgegeben hatte? Aber weshalb hatte sie dafür gesorgt, dass sie die Briefe lesen würde? War das vielleicht ihre Art, mit der Trauer um Graham umzugehen? Oder hatte sie womöglich etwas mit seinem Tod zu tun? War sie unglücklich in ihn verliebt gewesen? Hatte er sie links liegen lassen, wie er es mit so vielen Frauen getan hatte, und hatte sie sich deshalb an ihm rächen wollen? Hatte sie ihm das Diazepam verabreicht? Sie hätte sicherlich Gelegenheit dazu gehabt. Aber wie passte der Drohbrief in Grahams Wagen dazu? Den hatte doch nach Mrs Gillys Aussage vermutlich jemand anderes geschrieben.

In diesem Moment kam Rich zur Tür herein.

„Du bist schon zurück?"

Statt zu antworten, fragte Rich besorgt: „Weinst du? Ist etwas mit Ann?"

„Mit den Kindern ist alles in Ordnung", sagte Heidi. „Aber wieso hast du eigentlich aufgehört, mir Liebesbriefe zu schreiben?"

Rich schwieg eine ganze Weile. Dann setzte er sich neben sie, legte den Arm um ihre Schulter und sagte: „Seit die Kinder da sind, hat sich so vieles verändert zwischen uns. Und wir sind auch keine zwanzig mehr."

„Du meinst, Liebesbriefe sind nur was für frisch Verliebte?"

„Würdest du mich nicht für verrückt halten, wenn ich dir nach all den Jahren plötzlich einen Liebesbrief schreiben würde?"

Heidi blickte ihn an und schüttelte den Kopf.

Er lehnte sich zu ihr, lächelte und flüsterte: „Ich brauche dafür keinen Stift." Dann küsste er sie so leidenschaftlich wie schon lange nicht mehr.

~

FREDERICK STAND MIT einem Pint in der Hand auf der Wiese des South Park. Von hier aus hatte man einen grandiosen Blick auf die abendliche Silhouette der Stadt. Mit dieser Meinung war er anscheinend nicht allein, denn so viele Menschen auf einem Fleck hatte er in Oxford noch nie gesehen. Jung und Alt hatten sich versammelt, alle dick in warme Jacken verpackt. Die Bonfire Night war ein großes Volksfest. Hinter ihm hatte man dicht an dicht Buden aufgebaut, in denen es allerlei Leckereien zu kaufen gab. Daneben stand ein Zelt, in dem Grog und Glühwein ausgeschenkt wurden. Aus Fahrgestellen hörte man vergnügte Schreie, auf einer Bühne spielte eine Folk-Band und etwa in der Mitte des Parks loderte ein meterhohes Feuer.

Dass der Rebell Guy Fawkes hatte sterben müssen, weil er sich gegen den König und das Parlament erhoben hatte, fand Frederick zwar nachvollziehbar, aber dass sie nach über vierhundert Jahren durch dieses Fest noch immer daran erinnert wurden, was mit einem geschah, der sich gegen die Oberen auflehnte, hielt er dann doch für etwas fragwürdig. Zumal oft scherzhaft gesagt wurde, dass Guy Fawkes wahrscheinlich der einzige Mensch war, der jemals mit ehrlichen Absichten das Parlament betreten hatte.

Frederick prostete den Kollegen zu, doch sein Pint schmeckte heute Abend bitter. Er konnte sich einfach nicht entspannen. Wieder und wieder fragte er sich, was wohl in der Nacht zwischen Franklin Hillington und der Nanny passiert war. Zumindest lebte die Frau noch und war nicht verschwunden wie Cecilia. Frederick hatte schon das Schlimmste befürchtet.

Seine Gedanken wurden durch einen lauten Knall unterbrochen. Er läutete eines der aufwendigsten Feuerwerke ein, die Frederick jemals gesehen hatte. Die Oxforder wussten wirklich, wie man Feste feierte, Heidi hatte ihm nicht zu viel versprochen. Fast zwanzig Minuten lang betrachtete er das bunte Farbenspiel am Himmel. Dann verabschiedete er sich von den Kollegen und machte sich auf den Heimweg.

Als er die Magdalen Bridge fast erreicht hatte, zuckte er auf einmal zusammen. Er hatte den ganzen Abend über gehofft, dass er ihr hier irgendwo über den Weg laufen würde. Doch die Begegnung war nicht so, wie er sie sich ausgemalt hatte. Hand in Hand ging Louise mit einem breitschultrigen Mann vor ihm die High Street entlang. Die beiden lachten ausgelassen. Frederick musste wegsehen. Und ausgerechnet jetzt begann es auch noch zu regnen.

Donnerstag, 6. November

FREDERICK SCHMERZTE DER Kopf. Als er gestern Abend verfroren nach Hause gekommen war, hatte er seine Lieblingsschallplatte von Aretha Franklin aufgelegt und sich noch einen Whiskey gegönnt. Oder auch zwei. Er hatte sich nicht nur aufwärmen, sondern trösten wollen. Verschlafen blickte er auf die Wanduhr. Es war bereits nach neun. Er ging kurz ins Bad, zog sich an und griff nach dem Schirm. Zum Rasieren blieb keine Zeit mehr, doch Bart war ja ohnehin in Mode, hatte er sich sagen lassen.

„Sie sehen furchtbar aus. Ist wohl spät geworden gestern, was?“, fragte Heidi, als er zwanzig Minuten später das Büro betrat. „Hatten Sie denn Ihren Spaß?“

Was sollte er ihr antworten? Dass er ihre beste Freundin mit einem anderen Mann gesehen und sich danach ein paar Whiskey genehmigt hatte, weil er eifersüchtig war und Trost gesucht hatte. Das war doch absolut lächerlich.

„Ja, war gut. Sie haben was verpasst“, antwortete er knapp und setzte sich an seinen Schreibtisch.

„Den Eindruck habe ich allerdings nicht“, sagte Heidi grinsend.

Die Tür zu ihrem Büro öffnete sich einen Spalt breit, doch niemand kam herein. Dann war die Stimme von Sergeant Simmons zu hören, der sich im Flur mit einem Kollegen über das Wetter in Oxford unterhielt: Oxford sei einer der trockeneren Orte des Landes. Das habe die Radcliffe Meterological Station festgestellt, die bereits seit 1815 täglich Wetterdaten erfasse. Der März sei jedes Jahr der trockenste Monat und es habe seit Beginn der Aufzeichnungen noch nie einen Monat gegeben, in dem es jeden Tag geregnet habe. Und erst ein weißes Weihnachten habe man in Oxford seit der Jahrtausendwende feiern dürfen.

Heidi lachte. „Simmons sitzt wahrscheinlich in Gedanken schon bei seinen Eltern unterm Tannenbaum."

Frederick schaute auf den Wandkalender. „Es ist tatsächlich nicht mehr so lange hin."

„In drei Wochen werden in der Stadt schon die Weihnachtslichter eingeschaltet. Das ist ein riesiges Fest", stimmte Heidi zu.

„Sie finden hier aber auch immer einen Anlass zum Feiern."

„Dafür sind wir Oxforder bekannt."

Die Tür öffnete sich nun vollständig und Sergeant Simmons betrat den Raum. „Guten Morgen! Ich habe Neuigkeiten für Sie – die Auswertung von Graham Spencers Handy. Ich habe sie mir schon mal angeschaut und Sie werden überrascht sein. Also ich war zumindest überrascht. Ich bin gespannt, ob Sie überrascht sein werden."

„Simmons!", rief Frederick. „Was haben Sie für uns? Sagen Sie schon!"

„Ich habe zwei interessante Dinge herausgefunden. Eines davon wird Ihnen überhaupt nicht gefallen, Inspector Green. Welches wollen Sie zuerst hören?"

„Simmons, bitte, sagen Sie uns einfach, was Sie herausgefunden haben!", verlangte Heidi.

„Also gut, dann fange ich mit dem an, das Ihnen wahrscheinlich nicht so gut gefallen wird."

„Bitte!"

„Es geht um Ihren Bruder Tom."

„Was ist mit ihm?" Heidi setzte sich auf.

„Ihr Bruder hatte zwei Tage vor dem Unfall Kontakt mit Graham Spencer, und zwar nicht gerade besonders freundlichen."

„Geht es um die Ponybilder?", mischte Frederick sich ein.

Sergeant Simmons nickte.

„Was für Ponybilder? Kann mich hier mal jemand aufklären?“, sagte Heidi angespannt.

„Wollen Sie oder ich?“, fragte Sergeant Simmons.

Frederick nickte ihm zu und erklärte dann: „Graham Spencer hat Ihrem Bruder Bilder geschickt, auf denen ein totes Pony zu sehen war.“

„Woher wissen Sie das, Collins?“

„Penelope Lancaster hat es mir erzählt.“

„Und Sie hielten es nicht für nötig, mich davon in Kenntnis zu setzen?“, rief Heidi wütend.

„Ich wollte erst herausfinden, ob an der Geschichte auch wirklich etwas dran ist, bevor ich Sie damit belaste. Es geht immerhin um Ihren Bruder.“

„Eben!“ Heidi schüttelte verständnislos den Kopf. „Jetzt sagen Sie schon, was ist mit diesem toten Pony? Was hat Tom damit zu tun?“

„Das Pony sah so aus wie Toms“, erläuterte Frederick.

„Mr Spencer wollte ihn wohl glauben machen, sein Pony sei tot“, fügte Sergeant Simmons hinzu.

„Das ist doch widerlich!“, rief Heidi.

„Jedenfalls hat Ihr Bruder ihm daraufhin einige unschöne Textnachrichten geschickt, in denen er ihm gedroht hat“, fuhr Sergeant Simmons fort.

„Womit?“

„Dass er diesmal nicht so einfach davonkommen würde. Das klingt mir ganz stark nach einer Morddrohung.“

„Das kann nicht sein, so redet Tom nicht“, meinte Heidi. Frederick hielt sich zurück.

„Ich hab es hier schwarz auf weiß“, beharrte Sergeant Simmons.

„Das hat er sicherlich nicht ernst gemeint“, sagte Heidi empört, doch dann stockte sie, so als ob ihr gerade etwas eingefallen wäre.

„Jedenfalls geht es interessant weiter“, fuhr Sergeant Simmons fort. „Mr Spencer hatte wohl auch Stress mit Penelope Lancaster.“

Diesmal war es Frederick, der sich interessiert aufsetzte. „Worum ging es?“

„Sie ist schwanger.“

„Ach was!“, rief Heidi.

„Das hatte ich schon vermutet“, kommentierte Frederick.

„Und Mr Spencer war wohl nicht besonders begeistert darüber“, erklärte Sergeant Simmons. „Er hat ihr sogar gedroht und wollte, dass sie das Kind abtreibt.“

„Damit hätte sie ein Motiv, ihn umzubringen“, stellte Heidi fest.

„Dann ist Graham Spencer also ganz sicher der Vater ihres Kindes?“, wollte Frederick wissen.

„Das behauptet sie zumindest. Er hingegen hat die Vaterschaft abgestritten. Sie waren am Freitagabend verabredet und da ist es wohl zu einem heftigen Streit gekommen. Die SMS danach sind nicht schön zu lesen.“

„Sehr gut, Simmons, vielen Dank! Bitte lassen Sie Penelope Lancaster zur Befragung aufs Revier bringen!“, ordnete Heidi an.

„Wird gemacht“, sagte Sergeant Simmons eifrig, bewegte sich aber nicht.

„Sonst noch was?“, fragte Frederick.

Sergeant Simmons verneinte. „Wussten Sie, dass 1972 mit minus 7,1 Grad einer der kältesten Winter in Oxford seit der Temperaturaufzeichnung war?“, fragte er dann. „Normalerweise fällt die Temperatur hier nur selten unter null Grad.“

Als weder Heidi noch Frederick darauf reagierten, verließ er kopfschüttelnd den Raum.

HEIDI KÄMPFTE MIT sich. Sie dachte an den bitterbösen Blick, den Graham Tom am Anfang des Polospiels zugeworfen hatte. Alles wies darauf hin, dass Tom guten Grund gehabt hätte, Graham etwas anzutun. Wieso hatte er ihr den Streit wegen des Ponys verschwiegen? Sie sprachen doch sonst über alles.

Sie griff nach dem Telefonhörer und rief Tom an. Er würde nun offiziell im Fall Graham Spencer verhört werden müssen. Er stand unter Tatverdacht – wie damals, als Cecilia verschwunden war. Heidi krampfte sich der Magen zusammen.

~

ETWA EINE STUNDE später saß ihnen Penelope Lancaster im Vernehmungsraum gegenüber. Sie hatte tiefe Ringe unter den Augen und sah erschöpft aus. Die blonden Haare hatte sie zu einem unordentlichen Dutt zusammengebunden.

Sie muss noch am Anfang ihrer Schwangerschaft sein, dachte Heidi, denn ein Babybauch war nicht zu sehen.

„Guten Morgen, Miss Lancaster", begrüßte Heidi sie freundlich. „Ich bin Inspector Green, ich ermittle zusammen mit Inspector Collins im Todesfall von Graham Spencer."

Penelope Lancaster blickte sie fragend an. „Aber was soll ich hier? Ich habe Ihrem Kollegen doch schon alles gesagt, was ich weiß."

„Simmons", wandte Heidi sich an den jungen Sergeant.

Der griff nach einem kleinen Scanner und setzte sich neben Penelope Lancaster. „Wir würden gerne Ihre Fingerabdrücke nehmen." Er griff nach ihrer rechten Hand. „Na, Sie haben aber lange Finger. Haben Sie als Kind Klavier gespielt?"

„Wie bitte?“ Penelope Lancaster blickte ihn entgeistert an.

„Na, Sie wissen schon: Kinder, die Klavier spielen, sollen doch längere Finger bekommen. Mein Bruder Phil ist so einer. Der saß bereits mit vier am Klavier und seine Finger sind viel länger als meine, wir haben das schon ausgemessen. Es ist ein ganzer Zentimeter.“

„Simmons!“, wies Heidi ihn zurecht. „Das gehört jetzt wirklich nicht hierher.“

Es wirkte offenbar, denn Sergeant Simmons schwieg nun, während er Penelope Lancasters Fingerabdrücke nahm. Sie ließ es über sich ergehen, doch als er mit dem Scanner zur Tür ging, schaute sie ihm ängstlich hinterher.

Bevor Sergeant Simmons den Raum verließ, sagte er: „Sobald ich die Ergebnisse habe, gebe ich Ihnen Bescheid. Es sollte nicht länger als zwanzig Minuten dauern.“

„Danke, Simmons.“ Dann wandte sich Heidi wieder Penelope Lancaster zu. „Wir haben noch ein paar Fragen an Sie.“

Die junge Frau war das reinste Nervenbündel, krampfhaft hielt sie sich an der Tischplatte fest.

„Ist es richtig, dass Sie sich am Freitagabend heftig mit Graham Spencer gestritten haben?“, begann Heidi.

„Woher ...?“ Penelope Lancaster blickte von ihr zu Frederick. „Woher wissen Sie das?“

„James Hunter hat uns davon erzählt.“

„Sie dürfen James nicht alles glauben.“ Penelope Lancaster sah sie mit großen Augen an. „Er war von Anfang an eifersüchtig auf meine Beziehung zu Graham und hat alles versucht, um sie kaputtzumachen. Ich glaube, er wäre gern an Grahams Stelle gewesen. Aber Graham und ich waren glücklich. Das müssen Sie mir glauben!“, sagte sie nachdrücklich.

„Es kann schon sein, dass James Hunter amouröse Absichten Ihnen gegenüber hat“, pflichtete Frederick ihr bei. „Dennoch lügen Sie, Miss Lancaster. Uns liegt hier die Auswertung von Graham Spencers Handy vor.“ Er schob ihr eine Kopie hinüber. „Und die besagt eindeutig, dass Sie sich am Freitagabend mit ihm in Ihrem Haus getroffen haben.“

„Nach Aussage der Nachbarn sind bei Ihnen ordentlich die Fetzen geflogen“, fügte Heidi hinzu. „Und wenn ich mir die Nachrichten so anschaue, die Sie Mr Spencer geschrieben haben, nachdem er wieder gegangen war, bin ich mir sogar ziemlich sicher, dass das nicht nur eine kleine Meinungsverschiedenheit zwischen Ihnen war.“

Penelope Lancaster zuckte zusammen.

„Wir wissen auch, dass Sie ein Kind von ihm erwarten“, setzte Frederick noch eins drauf. „War das der Grund, weshalb Sie sich mit ihm gestritten haben? Ging es um das Kind?“

Penelope Lancaster schwieg eisern.

„Miss Lancaster, wollte Mr Spencer Sie zwingen, das Kind abzutreiben?“

Das war offenbar zu viel für Penelope Lancaster. Sie begann zu schluchzen und nickte. „Er wollte das Kind nicht. Und ja, er wollte mich dazu drängen, es wegmachen zu lassen.“

„Damit hatten Sie ein Motiv, ihn zu töten“, sagte Frederick.

„Aber das hätte ich niemals getan! Ich habe Graham geliebt und freue mich auf unser Kind.“

„Und er wollte davon nichts wissen?“

Penelope Lancaster hob die Hände und verzog das Gesicht. „Er ist völlig ausgetickt. Hat mich angeschrien, dass ich ihm sein Leben zerstören würde und er mich nie wiedersehen wolle. Dann wollte er gehen, mich einfach so stehen lassen. Aber so geht man nicht mit einer Lancaster um! Ich habe ihn festgehalten, doch er war wie von Sinnen. Und dann hat er plötzlich gesagt, dass er verflucht sei."

„Wieso verflucht?"

„Weil er anscheinend schon einmal eine Frau geschwängert hat, die das Kind unbedingt behalten wollte."

Heidi hörte davon zum ersten Mal. Es hätte sich sicherlich in Oxford herumgesprochen, wenn Graham ein uneheliches Kind gehabt hätte.

„Und wer soll das gewesen sein?", fragte sie ungläubig.

Penelope Lancaster zögerte einige Sekunden, bevor sie sagte: „Cecilia Hillington."

In diesem Moment öffnete sich die Tür und Sergeant Simmons stürmte herein. „Ich habe mich extra beeilt!", rief er stolz und schien darauf zu warten, gelobt zu werden. Als weder Heidi noch Frederick reagierten, erklärte er: „Die Fingerabdrücke stimmen mit denen auf dem Drohbrief und im Wagen überein."

Penelope Lancasters Augen weiteten sich. „Das bedeutet gar nichts! Ich habe mit Grahams Tod nichts zu tun! Bitte glauben Sie mir!" Sie zitterte am ganzen Körper.

„Simmons, holen Sie Miss Lancaster doch bitte ein Glas Wasser", sagte Heidi.

Sergeant Simmons verließ den Raum und kam kurz darauf mit einem Glas Wasser zurück. Außerdem hatte er einen Schokoladenriegel mitgebracht. Heidi nickte ihm dankbar zu und er setzte sich neben sie. Sie warteten, bis Penelope Lancaster etwas Wasser getrunken und den Riegel gegessen hatte. Ihre Hände zitterten immer noch ein wenig.

„Miss Lancaster, können Sie uns bitte erklären, wie Ihre

Fingerabdrücke auf den Brief gelangt sind?", fragte Heidi vorsichtig.

Doch Penelope Lancaster sagte nichts.

„Haben Sie den Drohbrief geschrieben?"

Penelope Lancaster schwieg beharrlich.

Da verlor Heidi die Geduld, Schwangerschaft hin oder her. „Miss Lancaster, ich sage Ihnen, wie es war: Graham war am Freitagabend bei Ihnen und Sie haben ihm von Ihrer Schwangerschaft erzählt und dass Sie das Kind behalten wollen. Als er Sie dazu zwingen wollte, das Kind abzutreiben, haben Sie sich das Diazepam besorgt, sind am Sonntag zu dem Poloturnier gefahren, haben den Brief in seine Tasche gesteckt, um den Verdacht von sich abzulenken, und ihm dann das Mittel in sein Getränk gemischt."

„Das ist doch absurd! Ich habe nichts mit Grahams Tod zu tun! Und außerdem wüsste ich gar nicht, wie ich an Diazepam kommen sollte!", protestierte Penelope Lancaster verzweifelt.

„Ich bitte Sie, jemand mit Ihren Kontakten findet da sicherlich Mittel und Wege!", sagte Heidi. „Und um sich nicht verdächtig zu machen, haben Sie den Polo Club bereits früher verlassen. Sie dachten, das würde Ihnen ein Alibi verschaffen. Aber die Fingerabdrücke auf dem Drohbrief haben Sie verraten."

„Das ist doch Unsinn!", rief Penelope Lancaster. „Ich würde niemals den Vater meines Kindes töten! Ich habe mit all dem nichts zu tun!"

„Und wie sind dann Ihre Fingerabdrücke in den Wagen und auf den Brief gekommen? Jetzt reden Sie schon!", forderte nun auch Frederick.

„Das glauben Sie mir doch sowieso nicht", fauchte Penelope Lancaster ihn an.

„Lassen Sie es auf einen Versuch ankommen!"

Penelope Lancaster holte tief Luft. „Als ich am Polo Club ankam, erzählte Grahams bester Freund James mir von dem Brief. Ich dachte, das wäre ein Trick von Graham, um mich einzuschüchtern. Wie hätte Cecilia ihm denn einen Brief schreiben können, sie wird seit Jahren vermisst? Ich habe mir die wildesten Sachen ausgemalt, dass er sie entführt hat und sie und das Kind irgendwo gefangen hält. Cecilia wurde ja nie gefunden. Ich war mir sicher, dass er mir nur Angst machen wollte, um mich dazu zu bringen abzutreiben. Deswegen habe ich seinen Wagen nach dem Brief durchsucht."

„Und wo haben Sie ihn gefunden?"

„Unter dem Sonnenschutz auf der Fahrerseite."

Heidi nickte.

„Ich schwöre Ihnen, ich habe Graham nichts angetan. Und ich weiß auch nicht, was es mit diesem Brief auf sich hat, aber er stammt nicht von mir. Dieses Shakespeare-Zitat und dann Cecilias Unterschrift! Das ist gruselig. Wer macht denn so etwas?"

~

NERVÖS SASS HEIDI neben Frederick in der Cafeteria. Sie hatte einen Blaubeermuffin vor sich stehen und eine große Tasse Kaffee.

„Nervennahrung?", fragte Frederick. Er schien sie inzwischen besser zu kennen, als ihr lieb war.

„Was ist, wenn mein Bruder etwas mit der Sache zu tun hat?" Sie zupfte ein Stück von dem Muffin ab, doch anstatt es in den Mund zu stecken, zerbröselte sie es. „Er hat mir nichts von dem Streit mit Graham erzählt und ich habe Angst, dass er auch damals etwas verschwiegen haben könnte, als es um Cecilia ging. Als ich neulich mit ihm telefoniert habe, hat er ganz bewusst versucht, mich davon abzubringen, eine Verbindung zwischen den beiden Fällen zu ziehen. Vielleicht wollte er mich auf eine falsche Fährte locken, weil er in beide Fälle verwickelt ist?"

„Wenn dem so sein sollte, dann ist Ihr Bruder alt genug, um die Verantwortung dafür zu tragen", warf Frederick ein.

„Es geht nicht nur um ihn oder um mich, verstehen Sie?", sagte Heidi mit matter Stimme. „Es geht vor allem um meinen Vater. Wenn er ihn damals tatsächlich angelogen hat und tiefer in der Sache drinsteckt, als er zugibt – das könnte mein Vater ihm nie verzeihen."

HEIDI WARF TOM einen vernichtenden Blick zu. „Ich kann nicht glauben, dass du mir das mit dem toten Pony verschwiegen hast!"

Tom krempelte langsam die Ärmel seines Hemdes hoch. Auf seiner Stirn standen Schweißperlen. Die Anzugjacke hatte er neben sich auf den Tisch gelegt.

„Es tut mir wirklich leid, Heidi", sagte er bemüht ruhig. „Ich weiß auch nicht, was mit mir los ist. Ich hatte einfach Angst, dass alles wieder von vorne anfängt. Hätte ich dir von den Bildern und meinem Streit mit Graham erzählt, dann hättest du mich doch sofort befragen müssen. Ich musste das alles erst einmal selbst verdauen. Vor allem wollte ich nicht wieder in ein so tiefes Loch fallen wie damals, als Cecilia verschwand. Aber ich habe mit Grahams Tod nichts zu tun!"

Heidi schwieg.

„Du glaubst mir doch, oder?“, fragte er in einem flehenden Ton.

Aber Heidi wusste nicht, was sie glauben sollte.

„Heidi?“

„Wie ist es überhaupt zu eurem Streit gekommen?“, fragte sie kühl.

Tom verzog angestrengt das Gesicht. „Du weißt doch, wie Graham war. Er wollte mich aufstacheln, wegen des Spiels am Sonntag. Aber mit dem Foto ist er eindeutig zu weit gegangen. Da hat der Spaß aufgehört. Ich habe am Anfang wirklich gedacht, Betty sei tot, und war stinksauer!“

„Aber musstest du ihm gleich drohen?“ Heidi konnte ihn einfach nicht verstehen.

„Ich habe überreagiert, und als mir das bewusst geworden ist, habe ich ihn angerufen und mich dafür entschuldigt. Zuerst habe ich ihm aber ordentlich meine Meinung gesagt. Das hatte er auch verdient.“

Das passt zu dem, was Penelope Lancaster ausgesagt hat, dachte Heidi. Dennoch bliebt sie skeptisch.

„Und was ist mit dem Drohbrief? Wäre das nicht eine passende Retourkutsche gewesen?“

Fassungslos schaute Tom sie an. „Du glaubst wirklich, ich hätte den Brief geschrieben, um ihm eins auszuwischen?“

„Nach der Nummer mit dem toten Pony halte ich das nicht für so weit hergeholt. Also, hast du etwas damit zu tun, ja oder nein?“, fragte sie ungeduldig.

„Beruhige dich, Heidi! Nein, hab ich nicht!“

Das glaubte sie ihm. Doch nun kam die viel bedeutendere Frage: „Wusstest du, dass Cecilia schwanger war?“ Sie hatte ein wenig Angst vor seiner Antwort.

Tom griff sich in die Haare, wie er es immer tat, wenn

er nach einer Antwort suchte. Dann sagte er: „Nein, das wusste ich nicht."

Heidi sah ihn direkt an. Er konnte ihrem Blick nicht standhalten und schaute zu Boden. Das hatte sie befürchtet.

„Tom, lüg mich nicht an!"

„Ich wusste nichts davon", wiederholte er, doch er konnte sie dabei wieder nicht ansehen.

„Ich kenne dich, du lügst! Du wusstest von der Schwangerschaft", sagte Heidi aufgebracht. „Wie hast du davon erfahren?"

Er schwieg und starrte auf die Tischplatte.

„Tom, ich lasse dich nicht eher hier raus, bis du mir erzählt hast, was du weißt."

Erneut griff er sich in die braunen Locken, sagte aber nichts.

„Tom!", drängte sie, doch er reagierte nicht. Sie musste härtere Geschütze auffahren. „Soll ich Dad anrufen? Der wird dir die Hölle heiß machen, das kannst du mir glauben! Du weißt genau, was er damals durchgemacht hat. Er wird nicht eher Ruhe geben, bis du ihm die Wahrheit gesagt hast. Der Fall hat ihn in all den Jahren nie losgelassen und er vermutet sowieso schon eine Verbindung zwischen Cecilias Verschwinden und Grahams Tod. Wenn du irgendetwas weißt, dann musst du es mir jetzt sagen! Verdammt noch mal, rede endlich! Sag mir, was du weißt!"

„Ich darf nichts sagen", presste Tom leise hervor. „Ich habe es versprochen."

„Wem hast du es versprochen?"

„Timothy."

„Was hat er damit zu tun?"

„Ich kann nicht, Heidi!"

„Tom, Cecilia ist verschwunden und jetzt ist auch noch Graham umgebracht worden. Wir müssen denjenigen finden, der dafür verantwortlich ist. Du musst mir sagen, was du weißt!“

Tom liefen erneut Schweißperlen über die Stirn. Er wedelte sich mit der Hand Luft zu und öffnete den obersten Knopf seines Hemdes.

„Ich muss hier raus, Heidi“, bat er.

„Ich lasse dich erst hier raus, wenn du mir erzählt hast, was du weißt!“ Es fiel ihr nicht leicht, ihn so zu sehen, doch sie würde hart bleiben.

Tom rang sichtlich mit sich. Dann sagte er leise: „Nachdem Cecilia verschwunden war, haben Timothy und ich ihr Zimmer durchstöbert. Noch bevor Dad mit seinem Suchtrupp im Cottage war.“ Er hielt inne.

„Bitte sprich weiter, Tom“, ermutigte Heidi ihn.

„Wir haben gehofft, irgendwelche Hinweise darauf zu finden, was mit ihr passiert sein könnte. Und dann haben wir ihr Tagebuch gefunden.“

„Und darin stand, dass sie schwanger war“, kombinierte Heidi.

Tom nickte. „Du musst mir versprechen, dass niemand davon erfährt, Heidi! Ich musste Timothy schwören, es niemandem zu erzählen“, sagte er verzweifelt.

„Das kann ich nicht, Tom, und das weißt du. Aber ich verspreche dir, dass wir alles dafür tun werden, damit es nicht zur Presse durchsickert.“ Heidi wusste genau, dass es das war, wovor Timothy am meisten Angst hatte. Es hatten schon genug Hetzberichte über seine Schwester kursiert. Eine Schwangerschaft, ein uneheliches Kind und die Frage, wer wohl der Vater sein könnte, hätten die Pressemeute sicher noch weiter angestachelt.

„Dann wusstet nur ihr beide davon?“

„Nein, er hat es auch seinen Eltern erzählt. Er war völlig schockiert, als er es gelesen hat. Und er dachte, dass es vielleicht etwas mit ihrem Verschwinden zu tun haben könnte.“

„Aber ihre Eltern wollten es geheim halten?“

Tom nickte. „Und sie wissen nicht, dass ich auch davon weiß.“

„Verstehe“, sagte Heidi. „Hat Timothy das Tagebuch noch?“

„Soweit ich weiß, ja.“

„Dann bring ihn dazu, es uns zu zeigen!“

„Das kann ich nicht“, erklärte Tom verzweifelt. „Dann müsste ich ihm sagen, dass ich mein Versprechen gebrochen habe. Und das würde er mir nie verzeihen.“

„Tom, du ...“ Heidi stockte. Was sie zu sagen hatte, fiel ihr schwer.

Frederick, der sich die ganze Zeit über zurückgehalten hatte, mischte sich nun doch ein: „Wir werden Ihnen Sergeant Simmons zur Seite stellen, Tom. Außerdem wollten wir uns ohnehin noch einmal mit Timothy unterhalten und auch mit seinem Bruder Benjamin. Da kann er das Tagebuch ja gleich mitbringen.“

Aus seinem Mund klingt es so einfach, dachte Heidi und blickte Frederick dankbar an.

~

FRANKLIN HILLINGTON BETRAT als Erster den Vernehmungsraum, Benjamin und Timothy folgten.

„Was soll das, weshalb bestellen Sie meine Söhne hier ein?“, fragte Franklin Hillington aufgebracht. Er trug einen edlen dunkelbraunen Anzug und wirkte dadurch wesentlich distanzierter als an dem Abend, als sie ihm im Cottage einen Besuch abgestattet hatten. Sein Kopf war knallrot. „Reicht es Ihnen nicht, dass Sie unsere Familie durch Ihre Ermittlungen schon genug durcheinandergebracht haben? Jetzt schicken Sie auch noch Ihre Leute nach Blenheim Palace, um meine Söhne festzunehmen? Und was hat Benjamin überhaupt mit der ganzen Sache zu tun? Er ist doch noch ein Kind."

Frederick bemerkte, dass Benjamin protestieren wollte. Er sah tatsächlich so aus, wie sein Vater ihn beschrieben hatte: groß und mit breiten Schultern, die ihn sehr männlich wirken ließen. Sein kindliches Gesicht verriet jedoch sein wahres Alter.

„Bitte beruhigen Sie sich, Mr Hillington!", sagte Heidi. „Wir haben Ihre Söhne nicht festgenommen. Aber wir haben neue Erkenntnisse und müssen sie befragen. Und da Sie nun schon einmal hier sind, würden wir Ihnen auch gerne ein paar Fragen stellen. Bitte setzen Sie sich!"

„Was sind das für neue Erkenntnisse?", fragte Franklin Hillington beunruhigt, nachdem alle Platz genommen hatten. „Haben Sie meine Tochter gefunden?"

„Nein. Aber wir haben herausgefunden, dass sie schwanger war, als sie verschwand", erklärte Frederick. „Und das wirft natürlich ein völlig neues Licht auf den Fall. Vielleicht war das der Grund, weshalb sie untergetaucht ist – oder aber sterben musste." Er machte eine Pause, um das Gesagte wirken zu lassen. „Vielleicht hatte Graham Spencer doch etwas mit ihrem Verschwinden zu tun, und womöglich ist das der Grund, weshalb bei seinem Tod nachgeholfen wurde."

Franklin Hillington japste nach Luft. „Wie kommen Sie darauf, dass meine Tochter schwanger war?"

„Sie muss es Graham Spencer an dem Abend erzählt haben." Frederick versuchte, Tom nicht zu erwähnen. „Außerdem soll sie es in ihrem Tagebuch aufgeschrieben haben." Er blickte auf das rosafarbene Buch, das Timothy in der Hand hielt. „Wie ich sehe, haben Sie es mitgebracht. Vielen Dank!"

Timothy nickte schweigend und überreichte Frederick das Buch.

„Was soll das, Timothy?", fuhr Franklin Hillington seinen Sohn an. „Wieso tust du das?"

„Ich will endlich wissen, was mit Cecilia geschehen ist", verteidigte sich Timothy. „Ich habe diese ganze Geheimnistuerei satt, Dad! Erst verschwindet Cecilia, dann dieser seltsame Brief und jetzt ist Graham tot. Ich will einfach Gewissheit, ich kann nicht mehr."

Franklin Hillington wusste darauf offenbar nichts zu sagen.

„Wieso haben Sie meinem Vater nichts von Cecilias Schwangerschaft erzählt, als Sie davon erfahren haben, Mr Hillington?", fragte Heidi nachdrücklich.

„Meine Frau und ich wollten einen weiteren Skandal verhindern. Es war so schon schwer genug."

„Das ist allerdings nicht das einzige Geheimnis, das Sie all die Jahre gehütet haben und das nun ans Licht kommt, Mr Hillington. Wir haben nämlich herausgefunden, dass nicht nur Cecilia in der Nacht verschwand, sondern auch Miss McCoist, Benjamins Nanny", übernahm Frederick wieder. „Was ist damals geschehen? Weshalb haben Sie die Frau entlassen?"

Franklin Hillington ballte die rechte Hand zu einer Faust. „Sie hat meinen Sohn geschlagen."

„Stimmt das, Benjamin?" Frederick blickte den Jungen an.

Der zögerte und seine Wangen röteten sich. Was auch immer er jetzt sagen würde, war eine Lüge, das konnte Frederick ihm ansehen.

„Ja, das stimmt", behauptete Benjamin leise.

„Wir würden gerne mit Ihnen allein sprechen", sagte Frederick zu ihm. „Bitte verlassen Sie den Vernehmungsraum, Mr Hillington. Und Sie auch, Timothy."

„Simmons, bringen Sie die beiden bitte in den Warteraum", ordnete Heidi an.

Sergeant Simmons nickte und führte Timothy und Franklin Hillington hinaus.

„Du musst nichts sagen, Benjamin!", rief Franklin Hillington seinem jüngeren Sohn noch zu. Es klang wie eine Drohung.

~

„SETZ DICH DOCH bitte wieder, Benjamin", sagte Heidi zu dem jungen Mann, der aufgesprungen war.

Er tat, worum er gebeten worden war.

„Du wusstest nichts von Cecilias Schwangerschaft, oder?", begann sie vorsichtig und dachte: Er sieht genauso aus wie Timothy in dem Alter.

„Nein, aber ich habe gemerkt, dass irgendetwas mit ihr nicht stimmte", antwortete Benjamin schüchtern.

„Woran?"

„Als sie aus Italien zurückkam, war sie anders als vorher. Sie hat sich immer sehr viel um mich gekümmert, mit mir gespielt, wir standen uns sehr nahe. Doch auf einmal war sie nicht mehr so fröhlich, hat kaum noch mit mir gescherzt, sich immer öfter im Bad und in ihrem Zimmer eingeschlossen. Ich habe einfach gespürt, dass etwas anders war. Und jetzt weiß ich auch wieso."

„Können Sie sich vorstellen, was in der Nacht passiert ist, als sie verschwand?“, fragte Frederick.

Benjamin schüttelte den Kopf.

„Haben Sie gar nichts mitbekommen?“

Benjamin wollte offenbar etwas sagen, doch dann hielt er inne.

„Bitte sag uns, was du weißt!“, forderte Heidi ihn auf. „Vielleicht hilft es uns herauszufinden, was mit Cecilia passiert ist. Und dann finden wir möglicherweise auch Grahams Mörder.“

„Ich bin aufgewacht, weil ich Stimmen gehört habe“, erzählte Benjamin. „Zuerst dachte ich, sie kämen von einem Fernseher.“

„Kamen Sie aber nicht?“

„Nein. Ich erkannte die Stimme meines Vaters und die von Miss McCoist. Sie haben gestritten.“

„Um wie viel Uhr war das?“

„Das weiß ich nicht. Aber es war mitten in der Nacht.“

„Hast du verstanden, worum es ging?“

Erneut schüttelte Benjamin den Kopf. „Ich hatte Angst. Mein Vater war sehr wütend. Ich habe mir die Decke über den Kopf gezogen und versucht weiterzuschlafen. Als ich am nächsten Morgen aufgewacht bin, war Miss McCoist nicht mehr da.“

„Hat sie dich geschlagen?“

„Nein, nie.“

„Und hast du deinen Vater nicht gefragt, was es mit dem Streit auf sich hatte?“

„Nein. Er hat mir nur erklärt, dass er Miss McCoist entlassen musste, weil sie nicht gut für die Familie war. Und wenn man mich fragen würde, sollte ich sagen, dass sie mich geschlagen hat. Ich habe nicht verstanden wieso, aber in dem Alter macht man das, was einem die Eltern sagen.

Und dann haben sie Timothy und mir eingeschärft, der Polizei nichts von Miss McCoist zu erzählen." Er blickte Heidi traurig an. „Vielleicht hat sie etwas mit Cecilias Verschwinden zu tun."

„Du vermisst Cecilia sehr, oder?", fragte Heidi.

Benjamin nickte.

„Wann wurde dir bewusst, dass sie nicht mehr da war?"

„Erst als Dad die Polizei rief. Er war völlig aufgelöst und hat Timothy schreckliche Vorwürfe gemacht, weil er nicht besser auf sie aufgepasst hat."

„Es muss ein großer Schock für Sie gewesen sein, dass gleich zwei Personen, die Ihnen sehr nahe standen, von einem Tag auf den anderen verschwunden sind", mischte Frederick sich ein.

Benjamin kämpfte mit den Tränen.

„Wussten Sie, dass Ihre ehemalige Nanny noch in Oxford lebt?"

Erstaunt sah Benjamin Frederick an, dann zuckte er mit den Schultern. „Nein, und es interessiert mich auch nicht", sagte er verbittert. „Sie hat mir mal versprochen, dass sie mich niemals allein lassen würde. Und dann hat sie mich einfach so im Stich gelassen."

~

TIMOTHYS BEFRAGUNG BRACHTE zunächst keine neuen Erkenntnisse. Er wiederholte noch einmal das, was Tom bereits ausgesagt hatte: Nachdem Cecilia verschwunden war, hatten sie ihr Zimmer durchsucht, um Hinweise zu finden, was mit ihr passiert sein könnte. Dabei waren sie auf das Tagebuch gestoßen.

„Haben Sie Graham Spencer denn nicht mit der Schwangerschaft konfrontiert?", fragte Frederick. „Das wäre das Erste gewesen, was ich gemacht hätte."

„Nein", sagte Timothy. „Ich hatte meinen Eltern versprochen, mit niemandem darüber zu sprechen, schon gar nicht mit Graham. Und er hätte es wahrscheinlich ohnehin abgestritten."

„Ist Ihnen das nicht schwergefallen? Waren Sie nicht unheimlich wütend auf ihn?", stocherte Frederick weiter.

Timothys Wangen röteten sich. „Und wie! Er war ein verdammter Dreckskerl und ich bin mir sicher, dass er Cecilia etwas angetan hat."

Heidi warf Frederick einen vielsagenden Blick zu, dann wandte sie sich an Timothy: „Wolltest du dich deshalb an ihm rächen?"

Timothy starrte sie schockiert an. „Nein, nein, Heidi, so habe ich das nicht gemeint! Ich habe nichts mit seinem Tod zu tun! Ich würde doch niemals einen Menschen töten!"

„Du hast ein starkes Motiv."

Timothy lachte verzweifelt. „Wenn ich Graham hätte töten wollen, dann hätte ich das gleich damals getan, als Cecilia verschwunden ist und ich herausfand, dass sie ein Kind von ihm erwartete. Wieso hätte ich sieben Jahre damit warten sollen?"

Genau das war das fehlende Puzzleteilchen. Warum war Graham ausgerechnet jetzt einem Verbrechen zum Opfer gefallen? Was hatte die Tat ausgelöst?

~

FRANKLIN HILLINGTON SASS schweigend auf einem Stuhl im Vernehmungszimmer und ließ sich zu keiner Aussage bewegen.

Schließlich verlor Frederick die Geduld. „Sie machen sich sehr verdächtig. Erzählen Sie uns endlich, was in der Nacht damals geschehen ist!"

„Ich werde dazu gar nichts sagen", erwiderte Franklin Hillington stur.

„Mr Hillington, es geht um Ihre Tochter. Liegt Ihnen denn nichts daran herauszufinden, ob sie noch lebt und möglicherweise etwas mit Graham Spencers Tod zu tun hat? Auch wenn es schwer wäre zu akzeptieren, dass sie eine Mörderin ist – hätten Sie nicht lieber Gewissheit?"

„Wenn Cecilia noch leben sollte und Graham getötet hat, dann hatte sie sicherlich ihre Gründe. Wer weiß, was der Kerl damals mit ihr angestellt hat", antwortete Franklin Hillington resolut. „Und was Miss McCoist anbelangt: Ich habe Ihnen bereits gesagt, dass ich sie an dem Abend erwischt habe, wie sie Benjamin geschlagen hat. Sobald der Junge im Bett lag, habe ich sie damit konfrontiert. Ich musste die Konsequenzen ziehen."

„Benjamin sagt, er wurde nicht geschlagen, aber er hat einen Streit zwischen Ihnen mitbekommen."

„Und hat er Ihnen auch gesagt, worum es in dem Streit ging?"

„Leider nicht", gab Frederick zu.

„Sehen Sie denn nicht, was hier vorgeht? Natürlich musste er das sagen!", fuhr Franklin Hillington aufgebracht fort. „Der Junge war damals völlig traumatisiert. Was glauben Sie, weshalb er lieber Eishockey spielt als Polo?", fragte er, doch er wartete nicht auf eine Antwort. „Durch das harte Training hat er wenigstens das Gefühl, dass ihm niemand mehr etwas anhaben kann. Oder zumindest könnte er sich heute dagegen wehren." Er seufzte laut. „Ich wollte den Jungen nur schützen."

„Also gut ..." Heidi blickte zu Frederick.

„Sie können gehen“, sagte der frustriert. „Aber wir müssen Sie bitten, die Stadt nicht zu verlassen.“

Die Vernehmungen hatten länger gedauert als erwartet. Franklin Hillington war ein harter Brocken. Keine Spur mehr von dem humorvollen Mann, den sie vor einigen Tagen im Cottage besucht hatten. Es war offensichtlich, dass er ihnen etwas verschwieg. Und doch mussten sie ihn gehen lassen. Dabei lief ihnen die Zeit davon. Würden sie dem Chief Inspector morgen keinen Täter präsentieren können, würde er ihnen den Fall entziehen.

Wie Frederick seinen Vorgesetzten einschätzte, wartete er schon ungeduldig darauf, denn er hatte die Spencers im Nacken. Und die gehörten zu den Menschen, die es durch Macht und Einfluss schafften, andere derart einzuschüchtern, dass niemand es wagte, sich ihnen entgegenzustellen. Doch davon ließ Frederick sich nicht beeindrucken. Im Gegenteil: Das stachelte ihn nur noch mehr an. Sobald Mrs Dixon, die frühere Miss McCoist, aus ihrem Urlaub zurück war, würde er sie befragen.

~

HEIDI SASS AM Küchentisch und hielt Cecilias Tagebuch in der Hand. Zwar hatte es Steph ebenso wie die Briefe und Postkarten nach der Spurensicherung und Beweisaufnahme zur weiteren Untersuchung freigegeben, dennoch hatte sie Skrupel, es zu öffnen. In ein Tagebuch schrieb man seine persönlichsten Gedanken im Vertrauen darauf, dass niemand sonst sie lesen würde. Und sie war nun dabei, dieses Vertrauen zu brechen. Zaghaft öffnete sie das Buch.

Auf der ersten Seite stand geschrieben: „Der Menschen Herzen sind voll Furcht.“ Das war wieder Shakespeare.

Sie blätterte weiter. Die Einträge begannen zwei Jahre vor Cecilias Verschwinden. In manchen Wochen hatte sie nichts notiert, in anderen beschwerte sie sich über ihre Brüder, dann wieder über ihre Mutter, die sie in die feine Gesellschaft Oxfords einführen wollte, worauf sie so gar keine Lust hatte. Das Mädchen wirkte bodenständig und sympathisch, ihre Einträge waren wohlformuliert und hatten Humor. Aber es klang auch viel Wut aus ihnen heraus.

In den letzten Wochen vor ihrem Verschwinden hatte Cecilia über ihre Gefühle zu Graham geschrieben – und über ihre erste Liebesnacht. Was für ein besonderer Moment! Heidi las weiter. Cecilia musste das Tagebuch auch in Rom dabeigehabt haben, denn es folgte eine seitenlange Liebeserklärung an Graham und sie klagte ihr Leid darüber, wie sehr sie ihn vermisste. Und dann, eine Woche vor ihrem Verschwinden, schrieb sie, dass der Schwangerschaftstest positiv gewesen war. Sie schilderte ihre Ängste, aber auch die Freude darüber, dass sie ein Kind erwartete.

Das Mädchen hatte Graham so sehr geliebt. Und sie hatte davon geträumt, eine Familie mit ihm zu gründen, ihn zu heiraten, für immer mit ihm zusammen zu sein. Sie war so voller Lebensdrang und Hoffnung für die Zukunft gewesen. Den letzten Eintrag hatte sie einen Tag vor ihrem Verschwinden gemacht. Sie hatte sich fest vorgenommen, Graham von der Schwangerschaft zu erzählen. Danach war sie spurlos verschwunden.

Heidi klappte das Buch zu und wollte es gerade zur Seite legen, als ihr auffiel, dass ganz hinten etwas zwischen zwei Seiten steckte. Es sah aus wie eine Fotografie, doch als Heidi es herauszog, sah sie, dass es eine Postkarte war. Darauf war das Kolosseum in Rom abgebildet.

Heidi drehte die Karte um und las den Text. Der kam ihr bekannt vor! Genau denselben hatte sie schon einmal gelesen – auf einer der Postkarten, die Cecilia ihren Eltern geschickt hatte. Heidi sprang auf, holte den Umschlag mit den Briefen und Karten und suchte die entsprechende Postkarte heraus. Auf deren Rückseite war die Engelsburg zu sehen. Dann legte sie diese Karte neben die aus dem Tagebuch. Auf beiden stand tatsächlich derselbe Text, Wort für Wort.

Wieso hätte Cecilia die Postkarte zweimal an ihre Eltern schreiben sollen? Was hatte das zu bedeuten? Dann fiel Heidi auf, dass von einer der Karten die Briefmarke abgelöst worden war.

Freitag,
7. November

DIESMAL WURDE DIE Haustür der Dixons gleich nach dem ersten Klingeln geöffnet.

„Mr Dixon?", fragte Frederick.

Der Mann nickte unfreundlich. Er war breit gebaut und hatte eine Glatze. Das fehlende Kopfhaar machte ein schwarzer Vollbart wieder wett. Sein Schädel war knallrot. Ganz offensichtlich hatte er mehr Sonne abbekommen, als gut für ihn war.

„Worum geht's?", fragte er gereizt.

Frederick ließ sich von seinem unfreundlichen Ton nicht beeindrucken und lächelte ihn an. „Wir kommen von der Thames Valley Police und müssten mit Ihrer Frau sprechen. Ist sie zu Hause?"

„Ja, die ist da. Schatzi?!"

Frederick versuchte ein Grinsen zu unterdrücken. Es steckte wohl doch ein weicher Kern in dem harten Kerl, wenn er seine Frau vor ihnen „Schatzi" nannte.

Wenig später erschien eine pausbäckige Brünette in der Tür. Sie trug eine Kochschürze und auch sie hatte im Gesicht und an den Armen einen Sonnenbrand.

„Wie kann ich Ihnen helfen?", fragte sie ein wenig ängstlich.

„Ich bin Inspector Collins und das ist meine Partnerin Inspector Green", erklärte Frederick. „Wir würden uns gerne mit Ihnen unterhalten. Dürfen wir reinkommen?"

Annabell Dixon nickte und führte sie in die Küche. Dort brutzelte auf dem Herd alles, was zu einem echten englischen Frühstück gehörte: Eier, Speck, Black Pudding und Sausages. Frederick knurrte der Magen. Mr Dixon schien es ähnlich zu gehen. Das erklärte wohl seine schlechte Laune.

Als ob sie Gedanken lesen konnte, fragte Annabell Dixon: „Möchten Sie was mitessen?"

Frederick blickte zu Heidi. Er wusste genau, dass sie sofort ja gesagt hätte, wären sie nicht im Dienst gewesen. Wenn es ums Essen ging, war sie immer dabei.

„Es duftet wirklich köstlich, aber leider haben wir nicht viel Zeit", antwortete er daher und versuchte, Heidis enttäuschten Gesichtsausdruck zu ignorieren.

„Dann koche ich aber wenigstens einen Tee für Sie", sagte Annabell Dixon.

Wenig später saßen sie zu viert an dem kleinen Küchentisch. Während sie Mr Dixon beim Essen zusahen, nippten Frederick und Heidi an ihrem Tee.

„Mrs Dixon, wir sind hier, weil wir Ihnen ein paar Fragen zu Ihrer Anstellung bei den Hillingtons stellen möchten", begann Frederick schließlich.

Sie wirkte verunsichert. „Wie geht es Benjamin?"

„Ihm geht es gut", antwortete Heidi. „Er fängt dieses Jahr mit dem College an."

„So alt ist er inzwischen? Die Zeit vergeht wirklich wie im Fluge." Annabell Dixon lächelte in sich hinein, als ob sie in Erinnerungen schwelgte. „Er war so ein lieber Junge."

„Weshalb haben Sie die Familie damals verlassen?", riss Frederick sie aus ihren Gedanken.

„Mir wurde vorgeworfen, dass ich den Jungen nicht richtig behandeln würde." Die Worte schienen ihr nur schwer über die Lippen zu kommen.

„Sie meinen wohl, dass Sie ihn geschlagen haben? Nennen wir es doch beim Namen", sagte Frederick.

Mr Dixon sah ihn grimmig an und setzte sich auf.

Doch bevor er etwas sagen konnte, widersprach seine Frau vehement: „Ich habe den Jungen nicht angerührt!"

„Dennoch sind Sie Knall auf Fall von dort weg. Was ist passiert?"

„Wie gesagt, Mr Hillington hielt mich nicht mehr für tragbar“, erklärte Annabell Dixon. Ihre Abneigung gegen ihren früheren Arbeitgeber war unüberhörbar.

„Wir wissen von dem Streit zwischen Ihnen und Mr Hillington“, fuhr Frederick fort. „Was genau ist vorgefallen?“

„Wir hatten eine kleine Auseinandersetzung, was Benjamins Erziehung anging, das ist richtig. Und weil wir uns nicht einigen konnten, bin ich eben gegangen.“

„Mitten in der Nacht? Und dann sind Sie einfach in den nächsten Flieger gestiegen und haben das Land verlassen? Das glaube ich Ihnen nicht“, meinte Frederick. „Was ist damals passiert? Haben Sie etwas mit dem Verschwinden des Mädchens zu tun?“

Sie schwieg und starrte auf die Teekanne, die vor ihr stand.

„Mr Dixon, wann haben Sie Ihre Frau kennengelernt?“, wandte sich Heidi an ihren Mann.

„Vor acht Jahren“, antwortete er kauend und griff nach einem Toast.

„Und was machen Sie beruflich?“

„Ich bin Automechaniker.“

„Sind Sie selbstständig?“

„Angestellt.“

„Woher hatten Sie das Geld, um das Haus zu kaufen?“

„Ersparnisse.“

„Wir haben zusammengelegt“, ergänzte Annabell Dixon.

„Verstehe. Wir haben uns mit Ihrer Bank in Verbindung gesetzt“, bluffte Frederick und hoffte, dass es funktionieren würde. „Wie es scheint, haben Sie, Mrs Dixon, eine große Summe beigesteuert. Woher hatten Sie all das Geld?“

Annabell Dixon wurde von einer Sekunde auf die

nächste leichenblass. Mit zittriger Stimme sagte sie: „Von den Hillingtons."

„So viel?"

„Sie haben mich immer gut bezahlt."

„Das glaube ich Ihnen nicht. Wenn an der Sache irgendetwas faul sein sollte, werden wir dafür sorgen, dass Sie das Geld zurückzahlen müssen", drohte Frederick – wohl wissend, dass das gar nicht möglich war.

Annabell Dixon schien mit sich zu kämpfen.

„Mrs Dixon, wir können Sie auch mit aufs Präsidium nehmen und so lange dabehalten, bis Sie uns eine vernünftige Antwort geben", sagte Heidi.

Da platzte es aus Annabell Dixon heraus: „Ich hätte schon längst den Mund aufmachen sollen. Das bin ich Cecilia schuldig. In Australien war es einfacher, das Ganze zu verdrängen, aber seit wir wieder zurück in Oxford sind, denke ich oft an damals."

„Was genau meinen Sie?", fragte Heidi ungeduldig.

„Wenn ich gleich zur Polizei gegangen wäre mit dem, was ich weiß, hätte ich sie womöglich noch retten können."

„Sie wissen, was mit ihr passiert ist?"

Annabell Dixon schüttelte den Kopf. „Aber ich bin überzeugt davon, dass Mr Hillington etwas mit ihrem Verschwinden zu tun hat."

„Weshalb?"

„Ich habe in der Nacht Geräusche gehört und dachte, es sei Benjamin, der Durst bekommen hat. Es war ja eine warme Sommernacht. Also bin ich hinunter in die Küche, um nachzusehen. Doch es war nicht Benjamin, den ich gehört hatte, sondern Mr Hillington. Er war gerade mit dem Wagen zurückgekommen und schlich sich ins Haus." Sie stockte.

„Erzählen Sie bitte weiter, Mrs Dixon."

„Ich muss ihn überrascht haben, denn er hat mich völlig entgeistert angesehen und auf einmal angefangen, mich anzuschreien." Sie zitterte am ganzen Körper. „Er war wie von Sinnen. Erst hat er mich angewiesen, sofort auf mein Zimmer zu gehen, und als ich das dann tun wollte, hat er seine Meinung geändert. Auf einmal wollte er mich nicht mehr gehen lassen. Er hat mich festgehalten; ich habe richtig Angst vor ihm gehabt!" Sie schien das Erlebte vor ihrem inneren Auge noch einmal durchzumachen. „Und bei dem Handgemenge ist dann Cecilias Geldbeutel aus seiner Hosentasche gefallen. Da ist er völlig ausgerastet. Er meinte, ich müsse weg und niemand dürfe erfahren, dass ich ihn in der Nacht gesehen habe."

„Und was ist dann passiert?"

„Er hat mir fünfzigtausend Pfund angeboten, wenn ich sofort meine Sachen packe und gehe. Ich musste ihm versprechen, niemandem zu erzählen, was ich gesehen hatte. Ein paar Tage später habe ich dann aus der Presse erfahren, dass Cecilia verschwunden ist."

~

MINUTENLANG STARRTE MRS Gilly durch ihre Lupe auf die beiden Postkarten. „Das ist wirklich täuschend echt gemacht", sagte sie anerkennend.

„Was genau?", wollte Frederick wissen.

„Die Briefmarke dieser Postkarte wurde gelöst." Mrs Gilly zeigte auf die Karte mit dem Kolosseum darauf.

„Wahrscheinlich über Dampf. Und dann wurde sie auf die Postkarte hier geklebt." Sie hob die Karte hoch, auf der die Engelsburg zu sehen war. „Ich bin mir ziemlich sicher, dass diese Karte nicht in Rom gekauft wurde. So etwas kann man ja heutzutage problemlos im Internet kriegen.

Mit der Briefmarke hat sich dagegen jemand ganz schön viel Mühe gegeben. Sie ist so aufgeklebt, dass der Stempel nicht mehr zu sehen ist. Täuschend echt! Das ist schon fast eine krankhafte Präzision, würde ich sagen. Wir haben es hier mit einem Perfektionisten zu tun."

Frederick und Heidi sahen sich alarmiert an.

Mrs Gilly legte die Karte wieder vor sich auf den Tisch, wo schon das geöffnete Tagebuch, der Drohbrief, die Liebesbriefe und die restlichen Postkarten lagen. „Jetzt haben wir ja wirklich eine schöne Sammlung", murmelte sie in sich hinein und betrachtete die Karte noch einmal konzentriert durch ihre Lupe. „Wir kommen der Sache immer näher."

„Bitte spannen Sie uns nicht länger auf die Folter", bat Frederick ungeduldig.

„Mhhh", machte Mrs Gilly nur. Dann lehnte sie sich langsam auf ihrem Stuhl zurück und legte die Lupe auf den Schreibtisch. Das schien ihre Routine zu sein.

„Und?", drängte auch Heidi.

„Ich will mit dem Tagebuch anfangen", sagte Mrs Gilly endlich. „Sie sind sich sicher, dass es von Cecilia stammt, richtig?"

Heidi und Frederick nickten.

„Wir sind nämlich bislang von falschen Tatsachen ausgegangen."

„Wie meinen Sie das?"

„Ich will es mal so formulieren: Die Schrift im Tagebuch, die der Liebesbriefe und die auf dieser Postkarte ist identisch." Sie hob die Postkarte hoch, von der die Briefmarke entfernt worden war.

„Das bedeutet also, dass all diese Schriftstücke von Cecilia stammen", folgerte Heidi.

„Richtig."

„Und im Umkehrschluss bedeutet es, dass der Drohbrief und die anderen Postkarten vermutlich nicht von Cecilia geschrieben wurden."

„Sondern wahrscheinlich von Grahams Mörder", ergänzte Frederick.

„Nun, zu Letzterem kann ich nichts sagen, aber ich stimme Ihnen zu, dass der Drohbrief und die falschen Karten mit ziemlicher Sicherheit von jemand anderem stammen", sagte Mrs Gilly. „Wahrscheinlich hat derjenige das Tagebuch und die alte Postkarte benutzt, um eine möglichst echte Kopie zu erstellen, damit es so aussieht, als ob Cecilia die Verfasserin sei." Sie schaute Heidi und Frederick eindringlich an. „Wenn ich Ihnen meine Einschätzung geben darf, Inspectors: Diese Person ist gefährlich. Wer so penibel vorgeht, hat sich viel Zeit genommen, um alles zu planen, und wahrscheinlich noch viel mehr, um es zu verschleiern."

„UNS LÄUFT DIE Zeit davon", sagte Heidi nervös und sprang in den Mini. „Ich habe schon drei verpasste Anrufe von Meyers auf meinem Handy. Er wird wohl ungeduldig."

„Dann lassen Sie es auf einen vierten Anruf ankommen", erwiderte Frederick.

Sie rasten die New Inn Road entlang in Richtung Walton Street. Schließlich parkte Heidi vor dem Jericho Tavern Pub.

„Haben Sie Ihre Parkmarke angebracht?", fragte Frederick grinsend.

„Was denken Sie denn? Noch ein Paar Schuhe lasse ich mir von den Kollegen nicht abluchsen!"

Sie liefen am Phoenix Picture House vorbei und bogen dann in die Cranham Street ein. Kurz darauf betraten sie das Haus, in dem Dr Finniger seine Privatpraxis hatte. Durch eine Glastür gelangten sie in eine großzügige Empfangshalle.

„Wie kann ich Ihnen helfen?", fragte die Dame hinter dem Empfangstresen unfreundlich. Sie wirkte gestresst.

„Wir müssen dringend mit Dr Finninger sprechen", sagte Frederick.

„Haben Sie einen Termin?"

„Nein."

„Worum geht es denn? Wir haben im Moment sehr lange Wartezeiten. Es ist Grippezeit." Sie machte eine Kopfbewegung in Richtung Wartezimmer, aus dem Husten und Schniefen zu hören war.

„Wir kommen von der Thames Valley Police und müssen etwas mit dem Doktor besprechen", erklärte Frederick.

„Oh, das ist natürlich etwas anderes." Auf einmal war die Dame ganz freundlich. „Ich werde sehen, was ich für Sie tun kann." Sie verließ den Tresen und kam kurz darauf lächelnd zurück.

Wenig später saßen Heidi und Frederick Dr Finninger im Behandlungsraum gegenüber.

„Was kann ich für Sie tun, Inspectors?", fragte der Arzt. Er fuhr auf seinem rollbaren Sessel nach hinten und legte die langen Beine übereinander.

„Sie haben sicher davon gehört, dass Graham Spencer verunglückt ist."

„Ja, ein tragischer Unfall. Ich kenne Matthew Spencer gut, wir sind beide Mitglieder im Lions Club", sagte Dr Finninger stolz, dann legte er die Stirn in Falten. „Graham sollte einmal die Firma übernehmen. Es war ein harter Schlag für Matthew, dass er verunglückt ist. Und natürlich auch für seine Frau. Ich glaube, Emilia leidet am meisten. Es muss schwer sein, das einzige Kind zu verlieren."

„Dann wussten Sie nicht, dass es Probleme zwischen Vater und Sohn gab?", hakte Heidi nach.

„Ach, das war sicher nichts, was sich nicht klären ließ", antwortete Dr Finninger und rollte mit seinem Sessel wieder näher an den Tisch heran. „Falls Sie denken, dass Matthew oder Emilia etwas mit Grahams Tod zu tun haben, dann sind Sie auf dem Holzweg, das kann ich Ihnen versichern. Für die beiden lege ich meine Hand ins Feuer."

Da lehnt sich aber einer weit aus dem Fenster, dachte Heidi. „Deswegen sind wir auch nicht hier."

Dr Finninger blickte sie interessiert an.

„Ist es richtig, dass Sie der Hausarzt der Familie Hillington sind?", fragte nun Frederick.

„Das stimmt." Dr Finninger verzog das Gesicht. Ganz offensichtlich hatten die Spencers auch ihn beeinflusst.

„Mögen Sie die Hillingtons nicht?", fragte Heidi ohne Umschweife.

„Oh, doch, natürlich." Das klang nicht besonders glaubwürdig.

„Alles, was hier besprochen wird, unterliegt doch dem Arztgeheimnis, richtig?", vergewisserte Heidi sich.

„Aber selbstverständlich."

„Wussten Sie, dass Cecilia Hillington schwanger war?"

Dr Finninger zögerte, sagte dann aber: „Nein, das ist mir neu."

„Und wussten Sie, dass sie eine Beziehung zu Graham Spencer hatte, bevor sie verschwand?" Heidi beobachtete den Arzt genau.

„Nein, auch das wusste ich nicht." Dr Finninger war sichtlich überrascht.

Dann konnten sie wohl davon ausgehen, dass die Spencers auch nicht eingeweiht waren.

„Wann haben Sie Cecilia das letzte Mal gesehen?"

„Ein paar Monate vor ihrem Verschwinden. Sie war hier, weil sie sich impfen lassen wollte. Sie plante eine Auslandsreise und bat mich, sie gegen alle erdenklichen Reisekrankheiten zu impfen."

„Ist das denn nötig bei einer Reise nach Italien?", wollte Frederick wissen.

„Das ist es ja gerade, eigentlich nicht. Dass sie nur nach Italien gefahren ist, habe ich erst später erfahren."

„Ist Ihnen an dem Mädchen damals irgendetwas aufgefallen?", fragte Heidi.

„Sagen wir mal so: Sie war nie einfach."

„Wie meinen Sie das?"

„Nun, für ihren Vater und die Brüder war sie das Ein und Alles und sie ließen ihr meines Erachtens sehr viel durchgehen. Cecilia war ja das einzige Mädchen in der Familie. Dadurch war sie sehr eigenwillig."

„Aber etwas Spezielles ist Ihnen bei dieser letzten Begegnung nicht aufgefallen?", fragte Heidi noch einmal.

„Nein."

„Sie haben die Hillingtons doch auch ärztlich betreut, nachdem Cecilia verschwunden war, nicht wahr?", wechselte Heidi das Thema.

„Richtig. Es war nicht einfach für die Familie, mit der Situation umzugehen. Besonders Franklin Hillington hatte schlimme Albträume und kam nicht mehr zur Ruhe."

„Haben Sie ihm Diazepam verschrieben?"

Dr Finninger blickte Heidi überrascht an. „Ja, das habe ich in der Tat."

TIMOTHY TROMMELTE NERVÖS mit den Fingern auf den Tisch, als Heidi und Frederick den Vernehmungsraum betraten. „Heidi, was ist los? Wieso wollt ihr mich schon wieder befragen?“

Heidi ignorierte seine Fragen und legte die Postkarte, auf der die Engelsburg zu sehen war, vor ihn hin. „Hast du diese Karte geschrieben?“

Timothy nahm die Karte und drehte sie um. „Das ist eine Postkarte von Cecilia aus Rom. Weshalb sollte ich sie geschrieben haben?“ Dann fuhr er sich durch die Haare. „Wie kommst du auf diese Idee?“

„Die Karte ist eine Fälschung“, erklärte Heidi. „Wer auch immer sie geschrieben hat, ist wahrscheinlich Grahams Mörder.“

Timothy schien nicht zu verstehen.

„Wir sollten in die Irre geführt werden“, sagte Heidi ungeduldig und legte die zweite Postkarte auf den Tisch. „Diese Karte haben wir in Cecilias Tagebuch gefunden, die hat sie tatsächlich aus Rom geschickt.“

Noch immer schaute Timothy sie fragend an. „Und was habe ich damit zu tun?“

„Wir wollen von dir wissen, wie die Postkarte in das Tagebuch gelangen konnte.“

Timothy hob die Schultern. „Das kann ich dir nicht sagen, ich weiß es nicht.“

„Dann hast du sie nicht dort hineingesteckt?“

„Nein, ganz sicher nicht.“

„Wie kann die Karte sonst hineingelangt sein?“

„Irgendjemand muss sie wohl hineingesteckt haben, oder?“

„Das liegt nahe“, antwortete Heidi gereizt. „Wo wurde das Tagebuch denn aufbewahrt?“

„Im Safe, bei meinen Eltern im Cottage. Aber erst, nachdem dein Vater offiziell die Ermittlungen eingestellt und nicht mehr bei uns im Haus rumgeschnüffelt hat. Davor hatte ich es in meiner Pferdebox versteckt. Es sollte niemandem in die Hände fallen, denn keiner sollte von Cecilias Schwangerschaft erfahren."

„Wieso habt ihr das Buch dann nicht vernichtet?"

„Das hätte keiner von uns übers Herz gebracht."

„Hat außer dir und deinen Eltern noch jemand Zugriff zu dem Safe?", fragte Heidi.

Timothy schüttelte den Kopf.

„Und was ist mit Benjamin?"

„Er wusste nichts von dem Tagebuch."

Für einen Moment hatte Heidi das Gefühl, Zweifel aus seinen Worten herauszuhören.

~

FRANKLIN HILLINGTON STARRTE stur auf die Tischplatte im Vernehmungszimmer und schwieg, und das schon seit mehr als einer halben Stunde. Sergeant Simmons hatte ihn abgeholt und aufs Präsidium gebracht, worüber er sich anfangs bitterböse ausgelassen hatte. Dass er nichts von der Polizei hielt, wussten nun alle hier. Seine Protestrufe und Beleidigungen waren nicht zu überhören gewesen. Doch seit Heidi und Frederick mit der Befragung begonnen hatten, schwieg er eisern.

Langsam verlor Frederick die Geduld. „Mr Hillington, so kommen wir nicht weiter."

Der Angesprochene zuckte nur gleichgültig mit den Achseln.

„Also noch einmal von vorn", versuchte es Heidi. „Wir haben Benjamins Nanny ausfindig gemacht und sie hat uns erzählt, dass Sie ihr damals fünfzigtausend Pfund bezahlt haben, damit sie aus Ihrem Leben verschwindet."

Franklin Hillington machte ein Gesicht, als ob er ertappt worden war, sagte aber nichts.

„Wir werden schnell herausgefunden haben, wann und wie das Geld bezahlt wurde."

Noch immer reagierte Franklin Hillington nicht.

„Außerdem sagte Ihre frühere Nanny aus, dass Sie damals mitten in der Nacht mit dem Wagen zum Cottage zurückkehrten. Wo kamen Sie um die Uhrzeit her?"

Franklin Hillington schwieg weiter eisern.

Frederick platzte der Kragen. „Dann werde ich Ihnen sagen, was ich denke: Sie haben Ihrer Tochter etwas angetan. Womöglich hatten Sie herausgefunden, dass sie schwanger war. Und das passte so gar nicht in Ihre ach so heile Welt! Wir haben selbst erlebt, wie wütend Sie werden können. Sie haben die Kontrolle über sich verloren und Cecilia getötet. Dann haben Sie sie weggeschafft. Als sie zurückkamen, sind Sie der Nanny in die Arme gelaufen. Sie hat bemerkt, dass Sie Cecilias Geldbeutel bei sich hatten, und Verdacht geschöpft. Also musste sie auch weg. Wenigstens haben Sie sie am Leben gelassen."

„Das ist Unsinn!", rief Franklin Hillington. „Ich habe meine Tochter nicht getötet!"

„Wie war es dann?", fragte Heidi und sah ihn eindringlich an.

Doch er schwieg erneut.

„Dann kommen wir also zu Graham Spencer", sagte Frederick nach einer Weile. „Wir haben herausgefunden, dass er mit einer hohen Dosis Diazepam ruhiggestellt wurde. Deshalb konnte er auf dem Spielfeld nicht mehr reagieren und wurde schließlich von seinem Pony abgeworfen. Und von Ihrem Hausarzt wissen wir, dass Sie seit

Cecilias Verschwinden Diazepam nehmen, um überhaupt noch schlafen zu können. Haben Sie Schuldgefühle, weil Sie Ihre Tochter auf dem Gewissen haben?"

„Ich habe meine Tochter nicht auf dem Gewissen!"

Doch Frederick ließ sich nicht beirren: „Für Sie war es ein Leichtes, Graham Spencer das Mittel im Polo Club in ein Getränk zu mischen. Sie wurden am Getränkestand gesehen."

Franklin Hillington schüttelte den Kopf. „Ich war das nicht!", protestierte er. „Ich habe damit nichts zu tun!"

„Außerdem hatten Sie im Blenheim Palace Zugang zu dem Briefpapier, auf dem der Drohbrief geschrieben wurde. Wie lange haben Sie gebraucht, bis Sie Cecilias Handschrift beherrschten? Einen Monat? Zwei? Und mit den Postkarten sollten wir in die Irre geführt werden. Wir sollten glauben, dass Cecilia den Drohbrief geschrieben hat und tatsächlich noch lebt. So wären wir einem Phantom hinterhergejagt und Sie hätten uns dabei zugesehen. Sie wollten uns tatsächlich glauben machen, dass Ihre Tochter noch am Leben ist."

Franklin Hillingtons Wangen röteten sich, dann sagte er mit fester Stimme: „Sie lebt."

Heidi und Frederick warfen sich einen irritierten Blick zu. Für einige Momente herrschte Stille.

„Mr Hillington, laut unserer Schriftexpertin ist es fast unmöglich, dass Cecilia den Drohbrief geschrieben hat. Sie lügen uns an", sagte Heidi schließlich. „Wir sind Ihnen auf die Schliche gekommen: Sie haben erst Cecilia getötet und dann Graham. Hören Sie endlich auf, uns etwas vorzumachen, und sagen Sie uns die Wahrheit!"

„Cecilia lebt", wiederholte Franklin Hillington unbeirrt.

„Sind Sie jetzt verrückt geworden?", fragte Frederick wütend. „Ist das Ihre neue Strategie, um von sich abzulenken? Das funktioniert nämlich nicht! Sie haben zwei Menschenleben auf dem Gewissen und werden dafür ins Gefängnis wandern."

„Ich habe die beiden nicht getötet. Ich sage die Wahrheit. Aber offenbar wollen Sie die nicht hören."

„Dann erzählen Sie uns doch mal Ihre Wahrheit!", forderte Heidi ihn auf.

Franklin Hillington blickte ihr direkt in die Augen und sagte: „Ich war an dem Abend im Schlosspark unterwegs und habe den Hund meiner Frau ausgeführt. Damals hatten wir so einen alten Pudel. Und der hat auf einmal eine dunkle Gestalt auf dem Boden entdeckt und keine Ruhe gegeben. Ich habe ein Wimmern gehört und bin hinübergelaufen."

Heidi schluckte.

„Es stellte sich heraus, dass das meine Tochter war. Sie lag da wie ein Häufchen Elend. Sie war völlig aufgelöst, konnte nicht mehr sprechen, weil sie so sehr geweint hat. Zuerst habe ich gedacht, jemand hätte ihr etwas angetan. Ich half ihr auf und irgendwann beruhigte sie sich etwas. Dann erzählte sie mir, dass sie von Graham schwanger sei und er sie nicht heiraten wolle."

„Wann genau soll das gewesen sein?", fragte Frederick unwirsch.

„So gegen dreiundzwanzig Uhr."

„Erzählen Sie weiter!", forderte Heidi.

Frederick saß mit verschränken Armen neben ihr und machte deutlich, dass er den Mann für einen Lügner hielt.

„Sie hatte sich alles so schön ausgemalt, sich erhofft, noch vor der Geburt des Kindes zu heiraten und dann mit Graham in seinem Haus in Wantage zu wohnen. Doch als sie ihm während des Spaziergangs von der Schwangerschaft erzählte, reagierte er ganz anders, als sie sich das vorgestellt hatte. Er wollte sich von ihr trennen! Und mehr noch, er drängte sie zu einer Abtreibung. Sie stritten sich heftig deswegen. Cecilia hat dann so getan, als ob sie einen Anruf bekäme, und ist ihm davongelaufen."

„Und was ist dann passiert?"

„Wir hatten nicht viel Zeit und mussten schnell eine Entscheidung treffen. Ich wusste genau, dass meine Frau sie zu einer Abtreibung gezwungen hätte, wenn sie von der Schwangerschaft erfahren hätte. Cecilia hat mich angefleht, ihr das nicht anzutun. Sie hat sogar gedroht, sich das Leben zu nehmen, wenn sie abtreiben müsste. Ich hatte Angst um mein Kind. Und ich wusste genau, dass sie es ernst meinte. Sie hatte schon immer einen unglaublich starken Willen. Also habe ich sie in meinen Wagen gesetzt und zu einer Bekannten nach London gebracht."

„Eine schöne Lügengeschichte, die Sie uns da auftischen wollen", sagte Frederick spöttisch. „Ich glaube Ihnen kein Wort."

„Meine Tochter lebt", behauptete Franklin Hillington noch einmal. „Wenn Sie sie nur lange genug suchen, dann werden Sie sie finden."

Frederick schüttelte den Kopf. „Mr Hillington, ich verhafte Sie wegen Mordes an Ihrer Tochter Cecilia und an Graham Spencer. Ich rufe jetzt den Psychologen, der wird sich um Sie kümmern. Und morgen werden wir uns noch einmal über Ihre Tochter unterhalten und darüber, was tatsächlich an dem Abend geschehen ist. Und wie Sie sich an Graham Spencer gerächt haben." Dann rief er Sergeant Simmons in den Vernehmungsraum und ließ Franklin Hillington abführen.

Der protestierte lautstark. „Ich bin unschuldig! Das können Sie nicht machen! Ich will mit meinem Anwalt sprechen!"

„Natürlich“, sagte Heidi. „Simmons, lassen Sie ihn den einen Anruf machen!“

„Der Mann ist wirklich clever“, meinte Frederick, nachdem der Sergeant und Franklin Hillington den Raum verlassen hatten. „Beinah wären wir ihm auf den Leim gegangen. Seine Tricks waren gut durchdacht. Und jetzt, da wir ihm auf die Schliche gekommen sind, steht seine Tochter plötzlich wieder von den Toten auf. Er hat doch tatsächlich geglaubt, dass er uns an der Nase herumführen kann! Dass wir jahrelang nach ihr suchen würden, nur um dann festzustellen, dass die ganze Geschichte erstunken und erlogen ist“, sagte er aufgebracht und ging zur Tür.

„Was haben Sie vor?“, fragte Heidi.

„Ich werde den Chief Inspector informieren, dass wir unseren Täter haben.“

~

ALS SIE DAS Büro von Chief Inspector Meyers betraten, war der gerade dabei, sich ein Stück Kuchen in den Mund zu schieben. Vor ihm stand ein Teller mit drei großen Stücken und eine Tasse Tee.

„Stören wir Sie gerade beim Afternoon Tea?“

„Kommen Sie nur herein!“, sagte Chief Inspector Meyers kauend. „Setzen Sie sich! Ich habe schon auf eine Nachricht von Ihnen gewartet. Stimmt etwas mit Ihrem Handy nicht, Green? Ich habe unzählige Male versucht, Sie zu erreichen.“ Er blickte sie vorwurfsvoll an.

„Wirklich?“ Heidi tat so, als wüsste sie von nichts.

„Wir haben gute Nachrichten“, warf Frederick ein.

„Sie haben keinen Täter?“

„Oh, doch.“

„Und wen?" Die Anspannung war Chief Inspector Meyers anzumerken. „Aber nicht etwa Mrs oder Mr Spencer?"

„Nein, nein. Es ist Franklin Hillington."

Chief Inspector Meyers atmete erleichtert auf. „Und er hat beide auf dem Gewissen?"

Frederick nickte.

„Wo ist die Leiche seiner Tochter?"

„Das wird hoffentlich der Psychologe herausfinden."

„Verstehe. Dann lassen Sie uns schnellstmöglich eine Pressekonferenz einberufen."

~

ZWEI STUNDEN SPÄTER waren sie im Konferenzraum von unzähligen Reportern und Kamerateams umringt. Frederick blickte zu Heidi. Sie schien sehr nervös zu sein. Doch bevor sie ans Mikrofon treten und etwas sagen konnte, hatte Chief Inspector Meyers schon das Wort an sich gerissen und erklärte, dass mit Franklin Hillington der Mörder von Cecilia Hillington und Graham Spencer gefunden worden sei.

Die Journalisten stürzten sich wie die Geier auf die Nachricht, dass Graham Spencers Tod kein Unfall gewesen, sondern dass er einem Verbrechen zum Opfer gefallen war. Und dann stand das Ganze auch noch mit dem Verschwinden von Cecilia Hillington in Verbindung!

In der Menge entdeckte Frederick Peter Maloney, mit dem er im Café zusammengesessen hatte. Er nickte dem jungen Journalisten zu. Nun hatte er seinen Skandal.

~

IN SEINER WOHNUNG öffnete sich Frederick eine Flasche Saint-Émilion Grand Cru und füllte den edlen Tropfen in ein Weinglas. Allein der feine vollmundig-schokoladene Geruch ließ bereits etwas Stress von ihm abfallen. Er trank einen Schluck und lehnte sich in seinem Sessel zurück. Was für ein verrückter Tag!

Er dachte an Blanche. Eigentlich hätte er die gute Nachricht sofort mit ihr teilen müssen. Seit vier Tagen hatte er sie nun nicht gesehen, und er vermisste sie nicht. Das sollte eigentlich anders ein, sagte er sich und hatte ein furchtbar schlechtes Gewissen. Auch, weil ihm immer wieder das Bild von Louise im Kopf herumschwirrte – ihr freches Lachen und diese wachen Augen. Allein bei dem Gedanken an sie begann sein Herz schneller zu schlagen. Durch die kurze Begegnung mit ihr im Polo Club war ihm bewusst geworden, dass Blanche nicht die Richtige für ihn war. Es lag sicherlich nicht an ihr, objektiv betrachtet war sie eine tolle Frau. Doch wenn er ständig an eine andere denken musste, konnte ihre Beziehung nicht funktionieren. Ob sich jemals etwas zwischen Louise und ihm entwickeln würde, war mehr als fraglich. Aber darum ging es auch nicht. Er musste sich seinen wahren Gefühlen stellen und mit Blanche sprechen, noch heute Abend.

„MUSS DAS DENN sein?", schimpfte Rich. „Der Fernseher soll doch nicht laufen, solange die Kinder noch wach sind."

„Shhhhh!", rief Heidi. „Das ist heute eine Ausnahme. Es geht um unseren Fall."

Interessiert setzte Rich sich neben sie aufs Sofa und blickte auf den Flachbildfernseher. „Da habt ihr aber ziemlich groß aufgefahren."

Heidi nickte. „Das war eine der größten Pressekonferenzen, die wir jemals abgehalten haben. Der Chief Inspector hat darauf bestanden, dass er die Konferenz leitet. Collins und mir war das nur recht. Meyers hat alle nationalen Fernsehsender eingeladen, und sie sind auch alle gekommen. Ein Verbrechen am Sohn des Fabrikanten Spencer, die Sensationsmeldung wollten sie sich nicht entgehen lassen!"

„Dann hat Franklin Hillington also tatsächlich seine eigene Tochter auf dem Gewissen? Das hätte ich ihm ehrlich gesagt nicht zugetraut. Ich hatte immer den Eindruck, die beiden hatten ein sehr inniges Verhältnis. Und er war es auch, der Graham das Beruhigungsmittel ins Getränk gemischt und damit seinen Tod in Kauf genommen hat", verfolgte Rich die Berichterstattung. „Ich fand den Mann immer so sympathisch. Aber das sind ja oft die Schlimmsten."

Heidi sagte nichts.

„Zweifacher Mord, er wird für den Rest seines Lebens ins Gefängnis wandern", kommentierte Rich weiter. „Ach, und da sieht man ja auch die Spencers. Matthew Spencer muss natürlich gleich seinen Senf dazugeben. Kein Wunder, dass er den Medienrummel für sich nutzt. Jetzt hat er jemanden, den er für den Skandal um seinen Sohn verantwortlich machen kann. Und da bist ja auch du zu sehen!", rief er aufgeregt. „Du siehst gut aus in deinem schwarzen Kostüm, mein kleiner Fernsehstar", meinte er lachend und küsste sie auf die Wange. „Und das kann jetzt ganz England sehen!"

„Hoffentlich!"

Samstag,
8. November

HEIDI HATTE EINMAL mehr schlecht geschlafen. Denn sie hatte mit dem Anruf wesentlich früher gerechnet und sich die ganze Nacht nervös im Bett hin und her gewälzt. Endlich vibrierte ihr Handy. Sie hatte es direkt neben ihr Kopfkissen gelegt, um den Anruf ja nicht zu verpassen. Simmons bat sie, sofort aufs Präsidium zu kommen.

Sie rollte sich zu Rich und flüsterte ihm zu: „Ich muss zur Arbeit."

Rich gab einen Laut von sich, der wie ein Okay klang, und drehte sich dann auf die andere Seite.

~

AUCH FREDERICK HATTE kaum ein Auge zubekommen. Ihm hing das Gespräch mit Blanche von gestern Abend noch nach. Alles hätte so unbeschwert sein können zwischen ihnen beiden. Doch genau das hatte er nicht mehr ertragen können. Er hatte in den letzten Tagen festgestellt, dass ihm das nicht reichte. Er wollte Leidenschaft, nicht nur Harmonie und Sicherheit, auch wenn er sich vielleicht die Finger verbrennen würde. Aber er hatte keine Angst mehr davor.

Sein Handy klingelte und riss ihn aus seinen Gedanken. Es war Sergeant Simmons.

~

VORSICHTIG ÖFFNETE HEIDI die Tür zum Vernehmungsraum. Sie war angespannt. Zuerst konnte sie die Frau auf dem Stuhl nur von hinten sehen. Sie hatte kurze schwarze Haare und trug eine dunkle Lederjacke. Als sie Heidi bemerkte, drehte sie sich um und blickte ihr direkt in die Augen.

„Du bist es wirklich", rief Heidi verblüfft. Sie konnte es noch immer nicht fassen.

Mit dem fröhlichen blonden Mädchen von den Fahndungsfotos hatte diese Frau mit dem ernsten Gesichtsausdruck kaum etwas gemein. Doch die blauen Augen und die Nase waren unverkennbar. Vor ihr saß Cecilia Hillington. Auch sie schien Heidi wiederzuerkennen.

Nun betrat Frederick den Raum. Er musterte die Frau zunächst eindringlich, bevor er sich zusammen mit Heidi an die andere Seite des Tisches setzte.

„Dann sind Sie also tatsächlich Cecilia Hillington?", fragte er skeptisch.

„So ist es, Inspector", antwortete die junge Frau leicht gereizt.

Heidi nahm an, dass sie nervös war. Schnell fragte sie: „Wie ist es dir all die Jahre ergangen?"

Cecilia beugte sich vor und stützte die Ellenbogen auf den Tisch. „Es war eine sehr schwere Zeit, Heidi. Besonders am Anfang hätte ich mich am liebsten jeden Tag in den Zug gesetzt und wäre nach Blenheim Palace zurückgekehrt. Ich bin ja nicht freiwillig gegangen."

„Hat dein Vater dich gezwungen?"

„Oh, nein, so meinte ich das nicht. Ich musste gehen, weil ich sonst sehr unglücklich geworden wäre. Ich hätte mein Kind verloren, wenn ich auf Blenheim Palace geblieben wäre. Entweder hätte meine Mutter dafür gesorgt oder Graham." Sie hielt inne. Es fiel ihr offenbar schwer, darüber zu sprechen, sie sah unglaublich traurig aus.

Heidi hätte ihr gern etwas Aufmunterndes, Tröstendes gesagt, wusste aber nicht was.

Nach einer Weile fuhr Cecilia fort: „Und obwohl ich das wusste, war die Trennung von Graham das Schlimmste für mich. Ich war damals so sehr in ihn verliebt und konnte einfach nicht verstehen, wieso er die Beziehung zu mir und unser Kind nicht wollte. Es hat Jahre gedauert, bis ich darüber hinweggekommen bin. Inzwischen bin ich verheiratet", sagte sie mit fester Stimme und lächelte matt. „Es ist seltsam, wieder Cecilia genannt zu werden. Den Namen habe ich damals hier in Oxford zurückgelassen. Ich heiße jetzt Barbara Wathey." Ihr linkes Augenlid zuckte nervös. „Aber ich bin nicht hier, um über mich zu sprechen. Heidi, ihr müsst meinen Dad wieder freilassen! Als ich in den Nachrichten gesehen habe, dass er verhaftet wurde, habe ich mich sofort auf den Weg hierher gemacht. Ich kann nicht zulassen, dass er für den Rest seines Lebens ins Gefängnis wandert für eine Tat, die er nicht begangen hat", sagte sie aufgeregt. „Nur deswegen bin ich hergekommen."

Heidi warf Frederick einen triumphierenden Blick zu. Ihr Plan war tatsächlich aufgegangen.

„Dann stimmt die Geschichte also, die Ihr Vater uns erzählt hat: Er hat Sie damals in der Nacht nach London gebracht?", vergewisserte Frederick sich.

„Ja. Es musste alles ganz schnell gehen."

„Wie erklären Sie sich, dass niemand Sie gesehen hat?"

„Es war schon spät. Alles war dunkel. Und Dad ist ganz langsam gefahren, er hatte die Lichter des Wagens ausgeschaltet. Und am Hinterausgang war ohnehin niemand."

„Hast du deine Entscheidung jemals bereut?", fragte Heidi, obwohl sie wusste, dass es darauf wohl keine Antwort gab.

Doch Cecilia lächelte sie an. „Nein, für nichts in der Welt würde ich meinen Sohn wieder hergeben wollen."

Heidi konnte sie gut verstehen.

„Und in London, wie ging es da weiter?", wollte Frederick wissen.

„Mein Vater hat mich bei einer Bekannten in einem Vorort untergebracht. Sie hat mir einen falschen Pass besorgt."

„Auf dem Schwarzmarkt dort, nehme ich an?", hakte Frederick nach.

„Richtig. In Soho."

„Und wie haben Sie sich all die Jahre finanziell über Wasser gehalten?"

„Mein Vater hat Mrs Lynn – seiner Bekannten – jeden Monat Geld für mich überwiesen. Allerdings ist sie vor zwei Jahren gestorben und der Kontakt ist abgebrochen."

„Und niemand hat jemals Verdacht geschöpft?"

Cecilia schüttelte den Kopf.

„Also gut, Mrs Wathey, Ihr Vater wird durch Ihre Aussage zwar entlastet, was Ihr Verschwinden betrifft, aber er steht immer noch im Verdacht, Graham Spencer getötet zu haben", erklärte Frederick nüchtern.

„Ich habe über Grahams Tod in der Zeitung gelesen. Aber ich dachte, er sei beim Polospielen vom Pferd gefallen. Wieso wird mein Vater verdächtigt, etwas damit zu tun zu haben?", fragte Cecilia verständnislos.

„Ganz so einfach ist es leider nicht, Cecilia", erklärte Heidi. „Oder soll ich dich lieber Barbara nennen?"

„Cecilia ist schon in Ordnung."

Heidi nickte und fuhr fort: „Wir denken, dass jemand bei Grahams Unfall nachgeholfen hat. In seinem Blut wurde eine große Menge Diazepam gefunden. Irgendjemand muss ihm das Beruhigungsmittel in sein Getränk gemischt haben und ist so mitverantwortlich für seinen Tod."

„Verstehe."

„Außerdem haben wir bei Grahams Sachen einen Brief

gefunden, in dem ihm gedroht wurde. Und das Seltsame ist, dass er mit ‚Cecilia' unterschrieben wurde. Irgendjemand wollte sich in deinem Namen an Graham rächen", erklärte Heidi weiter.

„Aber wer sollte ihm denn schaden wollen?", fragte Cecilia.

„Da kommen einige in Frage. Vor allem Timothy und Benjamin kommen mit deinem Verschwinden bis heute nicht zurecht und haben Graham dafür verantwortlich gemacht." Heidi schob Cecilia den Drohbrief zu. „Siehst du, hier hat jemand mit deinem Namen unterschrieben. Die Schrift sieht deiner zum Verwechseln ähnlich."

Cecilia überflog den Brief. „Du meinst, das war einer meiner Brüder?"

„Gut möglich. Also du hast den Brief ganz sicher nicht geschrieben?"

„Ich habe mit Graham und mit meiner Vergangenheit hier in Oxford schon lange abgeschlossen", sagte Cecilia ernst. Sie wirkte wesentlich reifer als andere junge Frauen in ihrem Alter. „Ich hätte niemals mein jetziges Leben aufs Spiel gesetzt, um mich für etwas zu rächen, das so lange zurückliegt." Das klang ehrlich. Cecilia schien sich tatsächlich in ihr neues Leben gefügt zu haben.

„Wer auch immer den Brief geschrieben hat, konnte aber anscheinend nicht vergessen", warf Frederick ein. „Derjenige wollte wohl Ihr Schicksal rächen."

Cecilia verzog auf einmal das Gesicht.

„Was ist los?", fragte Heidi.

„Dieses Shakespeare-Zitat beschäftigt mich schon die ganze Zeit. Es erinnert mich an etwas. Oder besser gesagt, an jemanden."

Benjamin sass mit offenem Mund vor ihnen und konnte nicht glauben, was sie ihm gerade erzählt hatten. Sie hatten ihn direkt von einem Eishockeyspiel in die Thames Valley Police Station bringen lassen. In seinem breiten Trikot saß er nun im Vernehmungszimmer und zappelte unruhig hin und her. Erst als Heidi Cecilia holen ließ und sie tatsächlich vor ihm stand, sickerte es zu ihm durch. Zuerst wich alle Farbe aus seinem Gesicht, als würde er ein Gespenst sehen. Dann röteten sich seine Wangen vor Aufregung.

„Ich habe all die Jahre gedacht, du wärst tot!", rief er und fiel seiner Schwester schluchzend in die Arme. „Wie konntest du mir das nur antun?"

Auch Cecilia liefen Tränen über die Wangen. „Ich musste mich entscheiden, Benny!", sagte sie. „Entweder für das Kind – dann musste ich aber Blenheim Palace für immer verlassen – oder ich hätte es abtreiben müssen. Graham hätte nie zugelassen, dass ich das Kind bekomme, und Mum auch nicht. Ich musste weg. Aber ich habe jeden Tag an dich gedacht, ich habe dich schrecklich vermisst. Trotzdem hätte ich meinen kleinen Benjamin niemals abtreiben können. Ich musste gehen, damit er leben kann."

„Du hast deinen Sohn nach mir benannt?", fragte Benjamin gerührt. Auch ihm liefen nun dicke Tränen übers Gesicht.

Cecilia nickte.

Heidi und Frederick ließen den beiden Geschwistern etwas Zeit für sich.

Nach einer Weile sagte Heidi: „Benjamin, wir müssen dir noch ein paar Fragen stellen."

Er blickte sie überrascht an.

Frederick sah, wie sehr ihn die Situation mitnahm,

und kam gleich zum Punkt: „Haben Sie Zugang zum Safe Ihrer Eltern?"

Benjamin wirkte, als ob er erwischt worden wäre, doch er schwieg.

„Heißt das, ja?", bohrte Frederick nach.

Mit einem sichtbar schlechten Gewissen gab Benjamin zu: „Eigentlich haben meine Eltern mir verboten, an den Safe zu gehen. Aber den Schlüssel haben sie nicht besonders einfallsreich versteckt. Er liegt in einer leeren Tabakdose in der Bibliothek. Vor ein paar Wochen, als alle aus dem Haus waren, habe ich ihn mir genommen und den Safe geöffnet."

„Warum ausgerechnet zu diesem Zeitpunkt?"

„Ich beginne bald mein Sportstudium und wollte Blenheim Palace nicht verlassen, ohne zu wissen, was sich im Safe befindet."

„Und so hast du Cecilias Tagebuch entdeckt?", fragte Heidi.

Benjamin nickte. „Und drei alte Postkarten aus Italien."

„Dann hast du uns also angelogen, als du gesagt hast, du wusstest nichts von Cecilias Schwangerschaft", stellte Heidi fest. „Als du es erfahren hast, warst du doch sicherlich unheimlich wütend, oder?"

„Das war ich", sagte Benjamin aufgebracht. „Immer wurde ich wie ein kleines Kind behandelt, keiner in meiner Familie hat mich ernst genommen. Ich konnte nicht fassen, dass Timothy und meine Eltern mir das all die Jahre verschwiegen haben. Ich bin doch kein kleiner Junge mehr!" Er schnappte nach Luft. „Aber am meisten geärgert habe ich mich über Graham. Er hat meiner Schwester das angetan!"

„Musste er deshalb sterben? Wollten Sie Ihrer Familie

beweisen, dass Sie Manns genug sind, ihn zu töten?", fragte Frederick.

Benjamin blickte sich panisch um, dann sprang er vom Stuhl auf. „Ich will raus hier! Das wird mir alles zu viel!"

„Bitte setzen Sie sich wieder!", forderte Frederick und stand ebenfalls auf, aber Benjamin starrte ihn nur an.

„Benjamin, bitte beruhige dich!", sagte Cecilia und legte ihm eine Hand auf den Arm.

Das schien zu wirken. Benjamin setzte sich wieder und Frederick kurz darauf ebenfalls.

Heidi schob den Drohbrief und die drei gefälschten Postkarten zu Benjamin hinüber. „Hast du die geschrieben?"

Er blickte erst auf die Postkarten und dann auf den Brief.

„Ich weiß noch genau, wie ich dir immer Shakespeare vorgelesen habe, als du noch klein warst", sagte Cecilia.

„Nein, ich habe damit nichts zu tun. Und Graham habe ich auch nicht getötet", erklärte Benjamin und schaute Cecilia eindringlich an. Es schien, als ob er Heidi und Frederick gar nicht mehr wahrnahm. „Ich würde dich doch niemals anlügen."

„Ich weiß, Benny!" Cecilia umarmte ihn. „Es tut mir alles so leid."

Dann wandte sich Benjamin an Heidi und Frederick: „Aber ich kann Ihnen sagen, wer die Postkarten geschrieben hat."

~

MIT BLAULICHT FUHREN Heidi, Frederick und drei weitere Kollegen zum Blenheim Palace. Der Pförtner hatte ihnen bestätigt, dass sich sowohl Timothy als auch Victoria

Hillington im Cottage aufhielten. Der Schlosspark war gut besucht, noch mehr als während der Woche. Hier ging es für die beiden Polizeifahrzeuge nur im Schritttempo voran, da immer wieder Spaziergänger den Weg blockierten. Heidi beschwerte sich lautstark und selbst Frederick wurde ungeduldig. Je näher sie dem Cottage kamen, desto mehr wuchs seine Anspannung.

Endlich parkten sie vor dem alten Haus. Schnell bildete sich eine große Traube von Sensationslustigen und auch Reporter und Kameraleute waren nicht weit. Anscheinend erhofften sie sich eine Stellungnahme zur Festnahme von Franklin Hillington. Die drei Kollegen warteten im Wagen, während Heidi und Frederick sich durch die Menge zur Eingangstür des Cottage kämpften. Auf die unzähligen Fragen der Reporter gingen sie nicht ein. Eines war jedoch sicher: Was die Meute hier in Kürze miterleben würde, würde weitere Schlagzeilen machen.

Frederick drückte auf den Klingelknopf. Wenig später öffnete ihnen Victoria Hillington die Tür, und sofort startete ein Blitzlichtgewitter.

„Kommen Sie schnell herein! Das ist ja schlimmer als damals, als meine Tochter verschwand." Hastig schloss Victoria Hillington die Tür hinter sich. „Was wollen Sie, geht es um meinen Mann?"

„Was ihn betrifft, gibt es tatsächlich gute Nachrichten", erwiderte Frederick. „Wir würden gerne mit Ihnen sprechen – und mit Timothy."

Es war schwer einzuschätzen, wie er reagieren würde.

„Er ist im Wohnzimmer, folgen Sie mir bitte. Wir können beide noch immer nicht fassen, was mein Mann getan hat, aber Timothy ist mir eine wichtige Stütze", erklärte Victoria Hillington und führte Heidi und Frederick in den Raum.

Timothy stand am Fenster und blickte auf die Menschenmenge vor dem Haus. Er hatte dunkle Augenringe und wirkte nervös. Ganz offensichtlich hatte er in der letzten Nacht nicht geschlafen.

Frederick sah sich um. Außer einem langen Schwert, das über dem Sofa hing, gab es keinerlei Gegenstände, die man als Waffe hätte benutzen können.

„Was ist denn nun mit meinem Mann? Welche Neuigkeiten sind das, von denen Sie sprachen? Sagen Sie schon!", verlangte Victoria Hillington ungeduldig. „Und was ist mit Benjamin? Ich wurde von seinem Trainer informiert, dass Sie ihn mitten im Spiel abgeholt haben! Was haben Sie sich dabei gedacht?", fuhr sie Heidi und Frederick an. „Er hat mich angefleht, heute spielen zu dürfen. Ich hatte gehofft, das würde ihn etwas ablenken. Aber der Trainer meinte, die Presse wäre sogar in der Eishockeyhalle gewesen und hätte ihn bedrängt."

Frederick bemerkte, wie Timothy verunsichert zu ihnen herübersah. „Er ist noch auf dem Präsidium. Es geht ihm gut", antwortete er daher. „Machen Sie sich bitte keine Sorgen!"

„Am besten, Sie setzen sich, Mrs Hillington, und du auch, Timothy", meinte Heidi.

„Wir haben wichtige Neuigkeiten", fuhr Frederick fort und wartete, bis die beiden Platz genommen hatten. Ihre Reaktion auf das, was er ihnen nun eröffnen würde, war schwer vorhersehbar. „Cecilia ist wieder da. Sie lebt."

Er beobachtete die beiden genau. Timothy starrte ihn ungläubig an und seine Mutter sackte auf ihrem Stuhl in sich zusammen.

„Sie lügen!", sagte sie mit matter Stimme. „Das kann nicht sein. Das ist nur ein Trick!"

„Wie ist das möglich?", fragte Timothy entgeistert. „Ist das wirklich wahr?"

„Das ist es. In der Nacht, in der sie verschwand, hat dein Vater sie nach London gebracht", gab Heidi wieder, was Cecilia ihnen erzählt hatte. „Er wusste all die Jahre, dass sie noch lebt."

„Aber wieso hat er sie dorthin gebracht?" Timothys Stimme klang halb erstickt.

„Cecilia hatte große Angst davor, dass Graham und deine Mutter sie zwingen würden, das Kind abzutreiben", erklärte Heidi weiter. „Also hat sie sich dafür entschieden, alles hinter sich zu lassen und in London neu anzufangen. Inzwischen hat sie einen fast siebenjährigen Sohn."

„Dann hat sie das Kind also tatsächlich geboren", sagte Victoria Hillington angewidert. „Was für eine Schande für unsere Familie! Und dass der Bastard ausgerechnet von diesem verdammten Spencer sein muss!" Sie schüttelte sich.

„Genau aus diesem Grund ist Cecilia untergetaucht, Mrs Hillington: weil sie wusste, wie Sie reagieren würden. Sie hätten es ihr nie verziehen, wenn Sie ihretwegen in einen Skandal verwickelt worden wären", platzte es aus Heidi heraus.

„Wollen Sie damit andeuten, dass ich an all dem schuld bin?", rief Victoria Hillington entrüstet. „Aber Sie sagten doch gerade, dass mein Mann sie nach London gebracht hat!"

„Weil Cecilia Angst vor Ihnen hatte", mischte sich Frederick ein.

Victoria Hillingtons Gesichtsausdruck änderte sich von einer Sekunde zur nächsten: Sie wirkte auf einmal traurig, schien den Tränen nahe. „Wie konnte sie mir das nur antun?"

„Ihnen?", fragte Heidi verständnislos.

„Ja, mir!", rief Victoria Hillington und ihre Wangen

röteten sich. „Hätte sie uns nicht verlassen, dann hätte ich Graham nicht für ihr Verschwinden verantwortlich gemacht und es wäre niemals zu dem Eklat mit den Spencers gekommen. Vor ihnen herumgekrochen bin ich, habe mich öffentlich von ihnen demütigen lassen." Hass flackerte in ihren Augen auf. „Aber die feine Emilia Spencer konnte mir ja nicht verzeihen. Seitdem bin ich ein Niemand, ich bin gesellschaftlich ruiniert. Und das alles wegen Cecilia!"

„Mum!", sagte Timothy entsetzt. „Was redest du da? Dafür ist Cecilia wohl kaum allein verantwortlich!"

„Natürlich war das nicht nur ihre Schuld! Wäre Graham nicht gewesen, dann wäre es niemals so weit gekommen", zischte Victoria Hillington. „Dieser Dreckskerl hat meine Tochter verführt! Er hat uns erst in diese schreckliche Lage gebracht!"

„Dann wollten Sie sich also an Graham Spencer rächen. Sie haben ihm das Diazepam verabreicht", stellte Frederick fest.

Victoria Hillington schluckte. „Haben Sie Beweise dafür?"

„Vielleicht können wir Ihnen nicht nachweisen, dass Sie ihm das Diazepam in sein Getränk gemischt haben. Dennoch haben Sie einen Fehler begangen", beharrte Frederick.

„Ich mache keine Fehler!"

„Mum, du hast doch nichts mit Grahams Tod zu tun, oder?", rief Timothy.

„Ich mache keine Fehler!", wiederholte sie schrill.

„Da muss ich widersprechen", sagte Heidi ruhig. „Der Drohbrief hat Sie verraten, Mrs Hillington. Sie sind eine Perfektionistin, der Brief sollte unbedingt so authentisch wie möglich sein. Es musste so aussehen, als käme er von

Cecilia. Deswegen haben Sie Shakespeare zitiert. Aber genau dadurch haben wir Sie letztendlich entlarvt. Denn sobald klar war, dass Cecilia den Brief nicht geschrieben hat, wussten wir, dass es nur jemand sein konnte, der ihre Vorlieben kannte. Und Sie haben uns damals in Cecilias Zimmer ja fast darauf gestoßen."

„Außerdem hat die Postkarte im Tagebuch Ihrer Tochter Sie verraten", ergänzte Frederick.

„Woher wissen Sie von dem Tagebuch?", fragte Victoria Hillington überrascht.

„Timothy hat es uns gegeben", sagte Heidi.

Victoria Hillington warf ihrem Sohn einen strafenden Blick zu.

„Bereits als Sie uns die drei Postkarten aushändigten, habe ich geahnt, dass damit irgendetwas nicht stimmt", fuhr Heidi fort. „Und als wir dann die alte Postkarte in Cecilias Tagebuch fanden, ergab plötzlich alles einen Sinn: Sie haben die Postkarten gefälscht, damit es so aussieht, als würden sie und der Drohbrief von Cecilia stammen. Aber Benjamin hat Sie dabei beobachtet, wie Sie die Karten gefälscht haben. Er hat bereits eine Aussage gemacht und ist bereit, diese vor Gericht zu wiederholen."

„Das sind alles Lügen!", schrie Victoria Hillington.

„Außerdem konnten Sie ja nicht ahnen, dass wir bei Graham Liebesbriefe von Cecilia finden würden, sodass wir noch weitere Schriftproben von ihr hatten", sprach Heidi weiter.

Victoria Hillington kniff die Augen zusammen.

„Und Sie waren die Einzige, die sowohl eine Verbindung zu Graham als auch zu Penelope Lancaster hatte. Sie wissen von Penelopes Schwangerschaft und dass Graham der Vater ihres ungeborenen Kindes ist, nicht wahr?", fragte Heidi.

Victoria Hillington schwieg, doch plötzlich liefen ihr Tränen übers Gesicht. „Als ihre Mutter es mir erzählte, kamen all meine Trauer und meine Wut darüber hoch, was Graham mir und meiner Tochter angetan hat“, schluchzte sie. „Er hat nicht nur Cecilias Leben zerstört, sondern auch meins. Und er musste dafür bestraft werden.“

„Und dann haben Sie ihm beim Poloturnier das Diazepam in sein Getränk gemischt?“

Victoria Hillington nickte. „Es war einfach, an das Mittel heranzukommen. Mein Mann nimmt es jeden Abend gegen seine Schlafstörungen.“

„Und im Polo Club haben Sie es dann in die Becher gegeben, als Sie gesehen haben, dass Graham zum Stand kommt?“, fragte Heidi.

„Die Mädchen dort hatten ja nur Augen für ihn“, sagte Victoria Hillington vorwurfsvoll. „Die übrigen Becher mit dem Mittel habe ich entsorgt. Ich hatte mir das vorher genauestens überlegt.“ Kurz klang Stolz in ihrer Stimme mit. „Aber dass er sich das Genick brechen würde, konnte ich nicht ahnen, das hatte ich so nicht geplant.“

„Sie hatten nicht damit gerechnet, dass das Diazepam so stark wirkt, nicht wahr?“ Frederick sah ihr direkt in die Augen. „Sie wussten nicht, dass Graham noch Alkohol im Blut hatte vom Abend zuvor.“

„Ich wollte, dass er sich verletzt, ja, ich wollte ihn leiden sehen. Ihn und seine Familie, vor allem Emilia Spencer. So wie ich leiden musste, nachdem Cecilia verschwunden war“, jammerte Victoria Hillington. „Aber töten wollte ich ihn nicht! Ich wünsche keiner Mutter, dass sie ihr Kind verliert!“

Das glaubte Frederick ihr sogar.

VICTORIA HILLINGTON LIESS sich widerstandslos abführen. Auf dem Weg vom Haus zum Polizeiwagen versuchte Frederick sie mit seiner Lederjacke vor den Kameras der Journalisten abzuschirmen. Timothy blieb allein in dem großen Haus zurück.

Heidi griff nach ihrem Handy und rief ihren Bruder an. „Tom, ich glaube, Timothy könnte jetzt einen guten Freund gebrauchen. Du solltest nach Blenheim Palace kommen."

„Ich hab es schon in den Nachrichten gehört: Ihr habt seinen Vater verhaftet."

„Seine Mutter", korrigierte Heidi ihn. „Die Festnahme von Franklin Hillington war nur Taktik. Aber das ist eine längere Geschichte. Und es gibt da etwas, das ich dir unbedingt sagen muss."

„Was denn?"

„Cecilia ist wieder da."

Heidi hörte am anderen Ende der Leitung einen Knall. Offenbar hatte Tom vor Überraschung das Handy fallen lassen.

~

„SIE SOLLTEN SCHAUSPIELER werden, Collins!", sagte Heidi zu Frederick und klopfte ihm anerkennend auf die Schulter. „Chief Inspector Meyers hat es sofort geschluckt. Selbst ich habe fast daran geglaubt, dass Franklin Hillington der Täter ist. Die Pressekonferenz war ein voller Erfolg!"

„Es war Ihre Idee, Cecilia so nach Oxford zu locken."

„Und Sie haben es überzeugend rübergebracht."

„Wir sind eben ein gutes Team."

„Das sollten wir feiern." Heidi lächelte ihm vergnüglich zu.

Doch Frederick reagierte nicht. Er schien in Gedanken.

„Ist alles in Ordnung mit Ihnen, Collins? Sie sehen nicht so aus, als ob Sie in Feierlaune wären."

Frederick druckste etwas herum. „Ich habe mich von Blanche getrennt."

Damit hatte Heidi nicht gerechnet. „Darf ich fragen weshalb?"

„Sie war einfach nicht die Richtige für mich. Das gewisse Etwas hat gefehlt." Er seufzte. „Es war nicht leicht, mir das einzugestehen, aber es war die richtige Entscheidung."

„Verstehe." Heidi überlegte kurz, dann hatte sie einen Einfall. „Ich finde trotzdem, dass wir anstoßen sollten. Ich werde Sie schon wieder aufheitern!" Sie strahlte ihn an. „Sagen wir in einer halben Stunde im Head of the River Pub?"

Frederick zögerte.

„Na, kommen Sie schon!"

„Also gut. Soll ich den Kollegen Bescheid sagen?", fragte er.

„Lassen Sie mal, ich mach das schon, ich muss hier eh noch was erledigen."

FREDERICK STAND AN der Bar im Head of the River Pub und wartete auf die Kollegen. Er starrte auf den Zapfhahn und beobachtete, wie der Bierschaum langsam auf die Theke tropfte. Am liebsten wäre er nach Hause gegangen, er war wirklich nicht in Feierlaune. Ungeduldig blickte er auf seine Uhr. Langsam wurde es Zeit, dass endlich mal jemand eintrudelte.

Er hob die Hand und gab dem Barmann zu verstehen, dass er noch ein zweites Pint wollte. Der Mann nickte ihm kurz zu, drehte dann aber abrupt den Kopf und starrte zur Eingangstür. Frederick folgte seinem Blick und stockte. Sein Magen zog sich zusammen. Da war sie! Sie trug ein rotes Kleid, das ihren Körper leicht umspielte. Die braunen Haare hatte sie zu einem Pferdeschwanz gebunden. Suchend schaute sie sich um, bis ihre Blicke sich trafen. Er konnte ihr ansehen, dass sie genauso überrascht war wie er. Für den Bruchteil einer Sekunde hatte er das Gefühl, dass sie auf der Stelle kehrt machen wollte. Doch sie tat es nicht. Er sprang auf und ging auf sie zu, bevor sie es sich noch einmal anders überlegen konnte.

„Suchen Sie etwa Heidi?", fragte er und hoffte, dass sie das Zittern in seiner Stimme nicht bemerkte. „Ich warte schon seit einer halben Stunde auf sie."

„Und ich war vor einer halben Stunde hier mit ihr verabredet", erklärte Louise. „Ich bin spät dran!" Sie lachte. „Bis jetzt ist sie also noch nicht aufgetaucht?"

Frederick schüttelte den Kopf. „Und ich glaube auch nicht, dass sie es überhaupt vorhat."

„Na, die kann was erleben!", schimpfte Louise im Scherz.

Für ein paar Sekunden schwiegen beide verlegen.

„Darf ich Sie zu einem Drink einladen?", wagte Frederick schließlich zu fragen.

Louise zögerte kurz, dann lächelte sie ihn frech an. „Na, wenn ich schon mal hier bin."

Er jubelte innerlich.

~

HEIDI BLICKTE GUT gelaunt auf die Uhr. Inzwischen mussten Louise und Frederick im Head of the River Pub aufeinandergetroffen sein. Dass Louise sich noch nicht bei ihr gemeldet und sie ausgeschimpft hatte, nahm sie als gutes Zeichen. Sie gefiel sich heute darin, Amor zu spielen, und hatte noch eine Idee. Energisch klopft sie an die Tür von Sergeant Simmons' Büro.

„Ja bitte", hörte sie seine gequälte Stimme sagen.

Sie trat ein. „Gut, dass ich Sie noch erwische, Simmons. Zuerst einmal vielen Dank für Ihre gute Arbeit in der letzten Woche", begann sie und lächelte ihn an.

Sergeant Simmons' leidender Gesichtsausdruck verwandelte sich in ein breites Grinsen. „Sehr gerne, Inspector Green. Aber dass Cecilia Hillington noch lebt, damit hätte ich ja in hundert Jahren nicht gerechnet. Sie etwa? Also, wenn ich mir vorstelle, dass ..."

„Sagen Sie, haben Sie hier noch viel zu tun?", unterbrach Heidi ihn.

„Ich muss den Abschlussbericht abtippen, aber danach bin ich endlich fertig. Ist Ihnen schon mal aufgefallen, dass ich immer der Letzte bin?", fragte er und sprach gleich weiter. „Nein, das kann Ihnen ja gar nicht aufgefallen sein, weil ich schließlich der Letzte bin, der geht. Dann sind Sie ja nicht mehr da."

Heidi verkniff sich einen Kommentar. „Könnten Sie mir noch einen Gefallen tun?", fragte sie stattdessen.

Er stöhnte, doch dann sagte er: „Sicher, Inspector Green. Was kann ich für Sie tun?"

„Diese Briefe hier", sie hielt ihm Cecilias Liebesbriefe entgegen, „könnten Sie die nach Wantage zu einer gewissen Melinda bringen? Sie arbeitet im Haus der Spencers."

„Kein Problem. Ist das alles?"

„Ja. Aber erledigen Sie das bitte persönlich."

„Sicher, Inspector Green."

Heidi verließ das Büro und lächelte in sich hinein.

Kleine Einführung in den Polosport

Wer an Polo denkt, wird sich möglicherweise an eine Szene aus dem US-amerikanischen Kultfilm „Pretty Woman" erinnern: Vivian (Julia Roberts) tritt auf einem Polofeld die von Pferdehufen aufgerissenen Grasnarben wieder ein und hat sehr viel Spaß dabei – eine alte Tradition in der langen Pause zwischen dem zweiten und dritten Spielabschnitt eines Polospiels.

Normalerweise besteht ein Spiel aus vier Abschnitten (Chukker) von je 7½ Minuten Dauer. Nach jedem Abschnitt müssen die Pferde zu deren Schonung gewechselt werden. Die Regeln lassen zwar zu, dass Polo auf jedem beliebigen Pferd gespielt werden kann, doch zumeist werden speziell gezüchtete edle Polo-Ponys gewählt, die überwiegend von argentinischen Gestüten stammen.

Beim klassischen Rasenpolo treten zwei Teams à vier Spieler gegeneinander auf einem circa 270 x 180 Meter großen Feld an. Mit den Poloschlägern, Hooks oder Sticks genannt, wird versucht, einen Ball ins gegnerische Tor zu manövrieren.

Polo ist der einzige Mannschaftssport, bei dem Männer und Frauen in einem Team gemeinsam spielen. Seine Geschichte geht bis in die Zeit von Alexander dem Großen (356 bis 323 v. Chr.) zurück. Damals war das Spiel in Persien unter dem Namen Chaugán bekannt und äußerst beliebt. Eine Anekdote erzählt, dass der persische

König Dareios III. seine Abgaben an Alexander nicht zahlen wollte. Als dieser ihm daraufhin Gewalt androhte, schickte der König dem mazedonischen Herrscher einen Chaugán-Stick (Poloschläger) mit der Nachricht, dass dies Alexanders fehlender Reife und Erfahrung wohl eher angemessen sei als Waffen und Krieg. Alexander ließ diese Provokation nicht auf sich beruhen und antwortete Dareios mit den verheißungsvollen Worten: „Der Ball ist die Erde und ich bin der Stick." Später schlug er den Perserkönig vernichtend bei der Schlacht von Gaugamela (331 v. Chr.).

Von Persien aus verbreitete sich der Sport rasch nach Indien und China. Über den Mogulherrscher Akbar den Großen und die chinesischen Kaiser weiß man, dass jede Beförderung ihrer Bediensteten erst im Polospiel erkämpft werden musste. Sobald die Spielerqualitäten eines Beamten oder Offiziers nachließen, wurde er degradiert oder gar aus dem Dienst entlassen.

Während der Kolonialzeit entdeckten die Briten das Spiel für sich. Die Tibeter hatten es nach ihrem Wort für „Ball" benannt – *„Pulu"*. Daraus machen die Briten „Polo" und brachten es in den 1850er Jahren in ihre Heimat. Damit begann der europäische Siegeszug des Spiels. Im Jahr 1900 feierte Polo olympische Premiere in Paris, gefolgt von vier weiteren olympischen Wettkämpfen: 1908 in London, 1920 in Antwerpen, 1924 erneut in Paris und 1936 in Berlin. Die ersten drei Turniere gewann jeweils eine britische Mannschaft. Und noch immer gehört Großbritannien zu den großen Polo-Nationen. Fast alle männlichen Mitglieder des britischen Königshauses sind begeisterte Polospieler, darunter auch die Prinzen Harry und William, die Polo besonders bei den jungen Briten populär gemacht haben.

Blenheim Palace

Das Barockschloss Blenheim Palace liegt etwa 13 Kilometer nordwestlich von Oxford in dem kleinen Ort Woodstock in der Grafschaft Oxfordshire. Der größte nicht königliche Adelssitz Großbritanniens zählt zu den schönsten Anwesen des Landes. Das macht ihn zu einer begehrten Location für herrschaftliche Empfänge und Hochzeiten, aber auch zur idealen Filmkulisse. So jagte beispielsweise Daniel Craig als James Bond in „Spectre" hier Verbrecher und auch einige Szenen aus „Harry Potter und der Orden des Phönix" wurden auf dem herrschaftlichen Landsitz gedreht.

Errichtet wurde Blenheim Palace im frühen 18. Jahrhundert. Als Dank für seine Erfolge im Spanischen Erbfolgekrieg überließ Queen Anne dem General Marlborough den Park bei Woodstock sowie eine großzügige Summe Geld. Im August 1704 hatte der 1. Duke von Marlborough, John Churchill, mit seinem Verbündeten Prinz Eugen einen entscheidenden Sieg gegen die Armeen von Frankreich und Bayern errungen. Diese Schlacht nannten die Briten den *„Battle of Blenheim"*, nach dem Dorf Blindheim in der Nähe von Höchstädt an der Donau. Blenheim Palace erinnert noch heute an diesen Sieg.

Entworfen wurde das monumentale Schloss von Sir John Vanbrugh. Das mit Türmen und Säulen reich geschmückte Gebäude ist im Stil des englischen Barock gebaut. Es hat den längsten Korridor Europas. Winston Churchills Mutter, die im siebten Schwangerschaftsmonat beim Tanzen von den Wehen überrascht worden sein soll, schaffte es deshalb wohl nicht mehr rechtzeitig aus dem Ballsaal in ihr Schlafzimmer und so erblickte ihr Sohn nach einer Sturzgeburt in der Damengarderobe das Licht der Welt. Heute erinnert eine Dauerausstellung im Schloss an den späteren Premierminister Englands und Literaturnobelpreisträger.

Blenheim Palace ist ein beliebtes Ausflugsziel, sowohl für Einheimische als auch für Touristen. Doch nicht nur das Schloss ist sehenswert. Auf 850 Hektar laden wunderschöne Parks und Gärten zum Spazieren ein. Für die Kleinen gibt es eine Mini-Eisenbahn, einen Irrgarten, ein Schmetterlingshaus und einen Abenteuerspielplatz. Und auch für das leibliche Wohl ist im schlosseigenen Café und Restaurant gesorgt. Oder man packt einen Picknickkorb, sucht sich ein Plätzchen im Park und genießt den berühmten Blick auf den gestauten Schwanensee und die Brücke mit dem Schloss im Hintergrund.

Das Areal ist von Oxford aus leicht zu erreichen – mit dem Taxi, Auto (Parkplatz auf dem Gelände), Fahrrad (ruhige Radwege der Route 5 des National Cycle Network, weitere Informationen unter www.sustrans.org.uk) oder Bus (Linie S3, Abfahrt jede halbe Stunde vom Oxforder Hauptbahnhof oder vom Busbahnhof Gloucester Green, weitere Informationen unter www.stagecoachbus.com).

Mehr über das Schloss finden Sie auf www.blenheimpalace.com.

Danksagung

Mein Dank gilt meiner Verlegerin Sandra Thoms und dem Team des Goldfinch Verlags.

Herzlich bedanke ich mich auch bei meiner Lektorin Kristina Frenzel und der Fehlerjägerin Birgit Rentz für die wunderbare Zusammenarbeit – es ist nun schon unser drittes gemeinsames Buchprojekt.

Mein besonderer Dank richtet sich an meine Familie: an meinen Mann Aidan, der mich auf so vielfältige Weise unterstützt, und an meine Eltern, die mir immer wieder zeigen, dass es sich lohnt, für seine Werte und Ideale einzustehen, und die ich für ihren Mut und ihre Stärke bewundere.